幻島はるかなり

推理・幻想文学の七十年

紀田順一郎

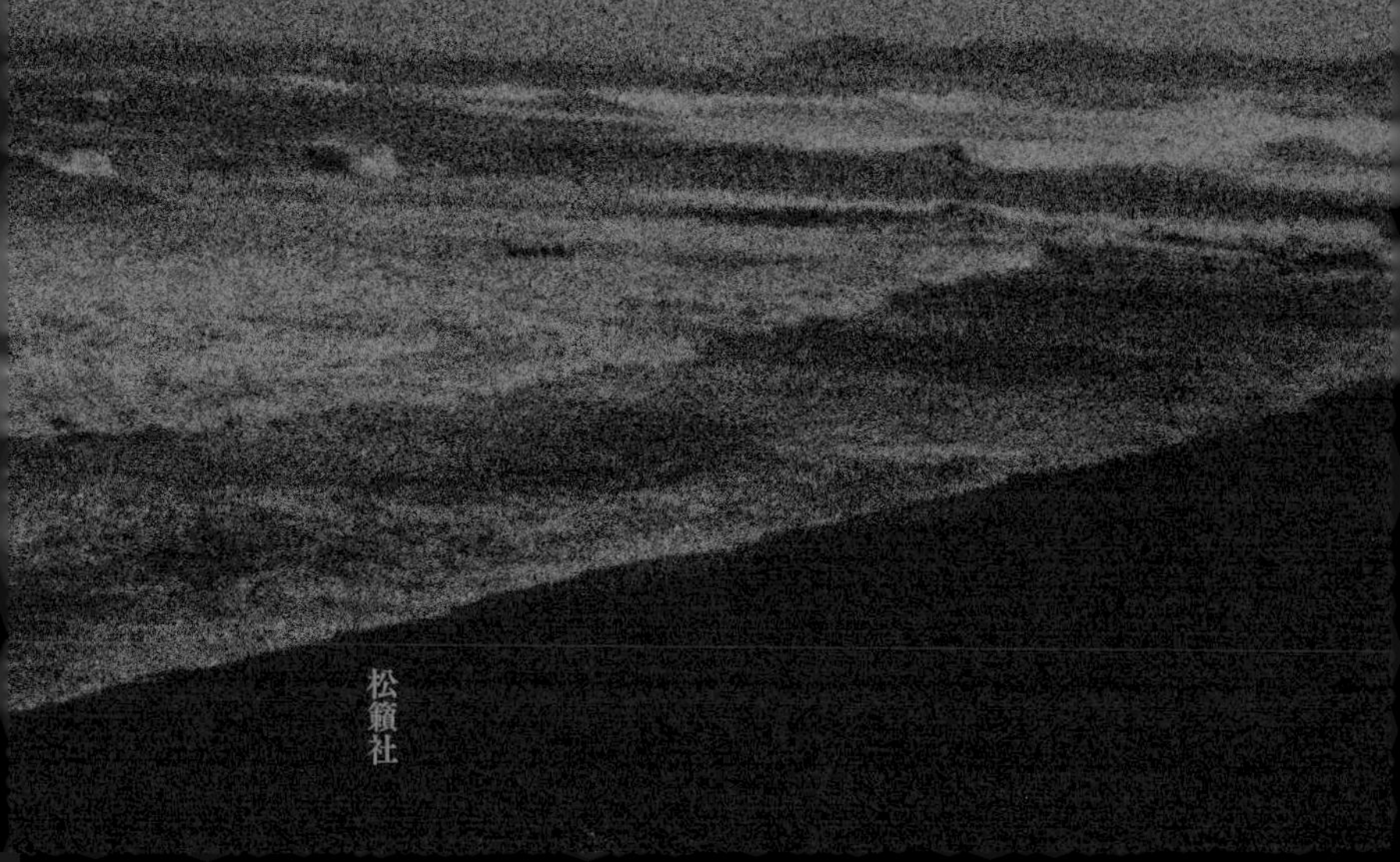

松籟社

幻島《げんとう》はるかなり〈推理・幻想文学の七十年〉【目次】

幻島《げんとう》はるかなり〈推理・幻想文学の七十年〉

I　奥深い闇を手探る

戸棚の中の骸骨

「どこの家の戸棚にも骸骨がしまってある」というのはイギリスのことわざで、いかにも推理小説の盛んな国らしい。この場合の骸骨とは、他人に知られたくない家の秘密や内情を指すので、別に犯罪とは関係がない。

いきなり、こんなことから書き出したのは、ほかでもない。私が本好き、読書好きになった理由、その中でもとくに推理小説や幻想怪奇文学を好むようになったわけを、自分で確認したいと思うようになったからだ。私の青少年時代、いや中高生ぐらいまでは、友人たちの多くは（現代の水準よりはるかに）読書好きであった。私の推理小説や幻想怪奇文学ごのみは、それら友人たちによって触発されたといってもよい。しかし、彼らはそれから間もなく読書そのものから離れ、別の趣味娯楽へと移行していった。本や読書をやめるということは、余人はいざ知らず、私にとっては異なる境界（森鷗外訳の『即興詩人』の冒頭に出てくることばで、この場合「境遇」と同じ）に入りこむようなものである。どうやら、私はそうした友人たちとはちがっていたに相違ない。

それではどうしてちがってしまったのか。性格とか感じ方とかのDNAに関わる部分もあろうが、それよりも環境の影響が大きいと思う。家庭環境や時代環境である。後者は戦前から戦後にかけての起伏の多い、価値観が百八十度ひっくりかえった時代だから、同世代には共通のはずだが、百人いれば百通りの時代経験があり、共通の要素よりも異なる因子のほうが強いということ、専ら個人としての感じ方、意味づけに左右されがちということが、長い間の読書や見聞からわかってきたように思われる。

したがって、この回想にも多くの読者の直接関知しない戦前、戦中という時代や、無縁な一家（旧家）の歴史ということが含まれる可能性もあるが、その点はどこかで必ず推理小説や幻想文学と親近性のあるテーマと結びつく、一風変わった回想録ということで、お許しをいただくほかはない。

戦中派のみそっかすとして

——日本が米英両国に宣戦を布告し、いわゆる大東亜戦争が勃発した翌年、私は横浜市中区は本《ほん》牧《もく》地区の外れにある北方国民学校の初等科一年に入学した。つまり、戦中派のみそっかすであり、戦後最初の民主教育を受けることになる世代である。この世代がいかに複雑な命運に陥ろうとは夢にも知らず、満開の桜の下を、代用皮革の黒いランドセルを背負い、紋付き姿の母親に手を引かれ、うきうきしながら校門をくぐった。校長の訓示などは、もとより記憶しているわけもないが、国民学校と名が変ってから二年目の生徒として、あるいは〝決戦下の少国民〟として、勉学に、錬成（兵士になるための基礎体力づくり）に本分を尽くすべし、という趣旨であったにちがいない。

しかし、そのようなことにはならなかった。

たしかこの年の秋、私は父親の干渉を逃れて庭の一角にある古い庫に逃げ込み、棚に山積みされている書類の山を覗き込むことに熱中していた。戦時中とて落ち葉掻きの植木職人はやってこないし、三人の弟妹もどこか別の場所で遊んでいるらしく、周辺は静まりかえっていた。

いまでも目を閉じると、うずたかく積まれた大福帳や売掛帳を引っ張り出したときの、プーンと気の遠くなるようなカビのにおいを思い出す。子どもには読めない古風な崩し字の間に奇妙な虫食いの跡があり、そこから薄気味のわるい銀色のウジがポトンと落ちてくる。「衣魚《しみ》という害虫だよ」と母親から教えられた。

もとより、そんなものに興味があるはずもない。私はもっぱら和紙の山にまぎれこんでいる古雑誌探しに熱中した。ほとんどが「主婦之友」「サンデー毎日」といったものばかりだったが、たまに「キング」「講談倶楽部」「面白倶楽部」「日の出」などという昭和初期の娯楽雑誌が見つかると、秘密の宝物を掘り当てたように小躍りすると同時に、禁断のものにふれるような後ろめたさを感じ、思わず背後を振りかえるのだった。というのは、父親から日常的に「子どもは絶対に大人のものを読んではならん」と、厳しく禁じられていたからである。

しかし、父親は病気がちでめったに庭には出てこなかったし、第一そうした厳命に従うには、古雑誌の誘惑はあまりにも大きかった。大人の雑誌には子ども（「ヨイコドモ」）向けの強制的でウソっぽい物語などではなく、秘密めかしく、興味津々たるものがいっぱい詰まっている。英語のマガジンということばの原義には「軍用倉庫」という意味があるそうだが、私にとっての古雑誌は、いわば子どもが立入を許されない「禁断の宝庫」にほかならなかった。

国民学校一年生用教科書
『ヨイコドモ上』(1941)

ただし、戦前から戦中にかけての大手出版社の大衆雑誌や婦人雑誌には、戦後のカストリ雑誌のようにあざとい、えげつない記事は少なく、自主規制がなされていた。「新青年」「犯罪公論」や「グロテスク」の類は、さすがにわが家には侵入していなかった。そろそろ気になり始めていた男女の秘事などに関しては、こうした雑誌のオブラートに包んだ表現よりも、学校に入った途端にマセた級友から得た話のほうが段違いに刺激的だったほどで、いまから思えば私は閉鎖的な空間の中で見つけたちっぽけな覗き穴に、こわごわ目を近づけるだけの、中途半端な未熟児でしかなかったといえよう。

こんな有様なので、何をどう読んだかも大方忘れてしまったが、二、三の犯罪（怪奇）実話や探偵小説については記憶がある。たとえば犯罪実話では、学士が高利貸しを殺害、トランク詰めにして信濃川に遺棄した鈴弁殺し（一九一九）や、厄介者の身内を兄妹三人で殺害、死体をコマ切れにして私娼街の溝に遺棄した玉の井バラバラ事件（一九三二）などの猟奇事件は、この種の雑誌の定番として、繰り返しとりあげられていたものだ。とかく忘れられがちなのは、犯罪実話と探偵小説は発達史的には前者から後者が派生したという理由から、すこぶる近親性が強いということで、子どもの未熟な読書経験からはほとんど同一線上のものと感じられたのは不思議ではない。現実に一九六〇年前後までは、探偵雑誌や全集叢書の別巻に犯罪実話が含まれていることを、だれも怪しまなかったのである。

一方の探偵小説だが、当時の部数の多い大衆誌は圧倒的に時代小説、現代小説、それに講談読物が多かったので、たまに目につく探偵ものは子どもの目にも希少価値があった。ただし、号数が不揃い、筋は断片的にたどるほかなかったせいか、ほとんど記憶がない。題名だけ思い浮かぶのは横溝正史の『幽霊騎手』（一九三三）、海野十三の『疑問の金塊』（一九三五）、大下宇陀児《うだる》の『幽霊薬局』などで

大下宇陀児『幽霊薬局』
（1939）

ある。大下の作品については、殺人の手段が現代のスプラッター的な残虐きわまりないものだったので、あとから気になって調査したところ、一九三八年（昭和十三）の一月号から九月号まで「冨士」に連載されたものと知れた。画家の探偵とその恋人が、それぞれの親の悲劇的な恋愛の経緯をそのままたどるうちに、殺人犯の罠に落ちていくという古風なスリラーだが、子どもにとっては、その挿絵一枚の中に複数の場面をあたかも連続映画のさわりのように散りばめた趣向が、強く印象にのこったものである。

戦争は時間を加速する

ここで、前後するようだが、私の読書体験の舞台となった庫について説明しておきたい。じつは明治期に曾祖父が建てた土蔵が関東大震災によってあえなく倒壊、その後は格下げして木造の納屋に多少の補強策をほどこしたものを、家人が習慣的に庫と称していたにすぎない。したがって、庫とは名ばかりの、所々に節穴が開いていて、古雑誌に目が疲れたときなど、そのピンホールを通して庭で遊ぶ弟妹の姿がさかさまに投影されているのを眺めているうちに、やがてのぞき見的な興味で道行く人などを観察し、その像が現実よりもはるかに美しく、魅力的な、もう一つの世界として立ち現れているのに気づいて、いいようのない快感を覚えたものだ。要するに江戸川乱歩の少年時代を一まわりスケールダウンした形で追随していたのだが、時代は戦中である。ゆったりと、夢と現実のあわいをさ迷っている暇はなかった。

成人してからの実感であるが、戦争は時間を加速する。衣食住から学校生活、子どもの遊び、読書生活にいたるまで、何もかも平時の四、五倍、いや十倍もの速さで一変し、過去のものにしてしまう。庫の中で探偵小説や実話という、新奇な快楽を発見してから終戦までわずかに三、四年にすぎないが、その短い期間に私は読書に目覚め、戦後に入ってからは小学校（国民学校は一九四七年に廃止）の上級生から中学生にかけての僅か二、三年間に、少年小説、冒険小説、探偵小説など、戦前黄金期の大衆児童文学のエッセンスを息せき切って後追いすることになる。

麒麟麦酒の工場（明治末期）

私は一九三五年（昭和十）、神奈川県横浜市の南東部にあたる本牧という平坦で広大な地域の一角（千代崎町）に生まれた。本名は佐藤俊《たかし》である。北方に山手という外国人の居留する標高四十メートルほどの丘陵を控え、そこを越した先に港湾を含む横浜市の中心部がある。ちなみに山手には、ノルウェー生まれの帰化アメリカ人ウィリアム・コープランドが興した日本初のビール工場の一つ（麒麟麦酒の前身）があった。

この地方は三浦半島の東京湾に面した側（東側）分の根っこにあたり、地図で見ると小さな突起に見える。現在の住民には想像しがたいかもしれないが、むかしの人はこの一帯を出島と見ていた。戦国時代に北条水軍の拠点となっていたこともあるが、土地そのものはさしたる取り柄もなく、半農半漁の土着民が「蓮っ田」と呼ばれる水捌けの悪い田圃にしがみつき、麦や大豆、野菜などを栽培したり、水質のよい岩礁からとれる海鼠《なまこ》を熬海鼠《いりこ》という専売品に加工し、幕府に納入することなどで細々と生計を立てていた。

私の祖先はここにかなり古くから住みついていたらしく、菩提寺の過去帳からは八代前、享保年間の祖先の名が読み取れるが、事蹟らしきものは何もない。唯一の例外は五代目の佐藤兵衛門という人物で、私にとっては曾祖父にあたる。天保年間（一八四二）の生まれなので、二十歳に達する文久年間になれば、丘一つ隔てた港のにぎわいが嫌でも耳に入り、時には羽振りのよい商人の姿なども目にするようになったであろう。このまま痩せた田圃を耕しながら一生を終えるのは如何なものか、という心境に陥ったのも無理はない。年号が明治に入るころ、父親を説得して少額の元手を出して貰い、木綿の白生地の販売をはじめたのである。

開港地の交易の主役はあくまで絹織物で、木綿製品などは脇役でしかなかったが、日本人向けの市場では結婚祝い、快気祝いなどに贈答品として重宝されていた。しかし、本牧地域の住民に限っては、常に割高の商品を押しつけられていた、というのは、仕入れ先の開港地から商品を本牧地区へと運搬するにあたって、丘陵のけわしい坂道を越えなければならなかったからで、その結果、人件費や馬力代などが嵩み、他地域より二割、三割も高い「本牧値段」となってしまう。本牧は港湾や居留地とは直近とはいえない、陸の孤島だった。両地区を結ぶ市電専用のトンネルが完成したのは、明治末以降である。

かつて、未だクルマ社会でなかったころ、私はこの故郷にうっすらとした孤立感を抱いていた。たしかに地域内には商店も多いし、学校もある。いちおう用が足りるのだが、好きな本屋回りもトンネルのある個所まで。それ以上は遠すぎた。山手の丘陵を徒歩で越せばよいのだが、子どもの足には遠すぎた。

詳しいことは不明だが、曾祖父が商売気よりもまず感じたのは、閉塞感ではなかったろうか。その不便を克服するため、原始的だが自家用の馬力を活用し、本牧値段の大幅な引き下げに成功したのだった。商売は繁盛し、屋号の「出嶋屋」は本牧地域に知れ渡った。

時代もよかった。明治維新後、本牧は港湾地区の後背地として労働力の供給源となり、近県から人口が流入しはじめ、それに伴って田畑はつぶされ、長屋や安宿がひしめく新開地へと変貌した。ビール会社は日本人の手に移ったが、経営的には成功し、従業員が増え始めた。芝居小屋なども集まってきた。かの有名な本牧チャブ屋街は、幕末に発生した外国人相手の歓楽施設だが、一キロと離れていなかったので、出嶋屋の商圏内であった。

「商人の息子に学問はいらん」

忘れないうちにいっておくと、幼いころの私は庫の中に居心地のよさを求めたことからもお察しのように、きわめて非活動的な虚弱児だった。すでに国民学校の低学年で、入院が必要な病気を二度も経験し、「この子は育つんだろうか」と母親を不安にさせたほどだ。いささか飛躍に聞こえようが、こうした体質的な制約は、環境の閉鎖性に敏感ならしめ、そこを超えようとした曾祖父に対し——顔を見たこともないが——尊敬に近い気持を抱かせる一因となったのかもしれない。

逆に子ども心にも尊敬できなかったのが祖父である。私の名付け親で、顔を見たこともないのは同様だが、桁外れに狷介固陋な人物だったらしい。曾祖父が日清戦争の終わった年（一八九五）に五十三歳で他界してしまうと、かねがね商売向きでないという自覚があったものか、家督相続が済むや否や「本日をもって白生地問屋は廃業する」と爆弾宣言を行い、蓄積した利益金をすべて近隣の土地購入に投じると、さっさと貸地業者におさまってしまったのである。

祖父は、さらに奇妙な行動をとった。先代の商いの記録である大福帳をはじめ、売掛帳、伝票などを細大漏らさず土蔵の中にしまい込んだのである。なぜこんなものを保存する気になったのか、私には長い間ナゾであった。後年になってから、跡取りに商売を復活させるつもりだったのかもしれないと気がついた。現に長男の萬藏（私の父親）が尋常小学校の卒業間近に上級学校への進学を希望したところ、狼狽した顔つきで「商人の息子に学問はいらん」と、怒鳴りつけたという。

当時の旧弊な商人の意識はこんなものだったから、私の父は別におどろくこともなく、淡々と中学校を受験し、合格してしまったので、祖父はやむなく入学を許可した。学校とはY校の通称で知られた横浜商業学校（現在の横浜市立横浜商業高等学校）で、「商人の子どもにも学問は必須だ」という信念を有する横浜商人の有志により、一八八二年（明治十五）に横浜商法学校の名で創立され、厳格な専門教育を実施し、横浜を中心とする実業界に多くの人材を送り出した。

旧弊な親に抗してこの学校に入った私の父は、ある意味で最も建学の精神に適った生徒であった。校長は福沢諭吉門下の美澤進で、岡山の僻陬の地に生まれたが、思い立って故郷を脱出し、苦学しながら英学を修めた。Y校では経営の傍らスマイルズの『自助論』を講読したが、その岡山弁まる出しながら迫力ある講義は、生徒の立志の念を掻き立てた。

この学校で七年間学んだ父は、一九二五年に全課程を卒業した。席次は七十四名中の六番であったが、それよりも美澤皆勤賞をもらったことが自慢だった。この賞は遅刻一度でもアウトとなるため卒業証書をもらうよりも難しく、一九〇二年卒の左右田喜一郎（経済哲学者）でさえ、野球部と短艇部に所属して時間を取られたせいか、受賞できなかったほどである。私の父はこのような碩学とは比較になるまいが、勤勉という点では優るとも劣らなかった筈だ。何しろ、前述のように陸の孤島の本牧から、新開地の南区にある学校までの約六キロの道程を、雨の降る日も風の日もひたすら通い続け、無遅刻無欠席を達成したのであるから。そのかいあって、父は卒業と同時に日本銀行の国債局に入ることができた。震災から四年目、横浜はようやく復興の萌しが見え、佐藤家にも春が訪れたかのように思われた。

芥川龍之介の『魔術』に感銘

親に金があっても、息子は精神的に苦学同様の苦しみを経験することになる。私はこのような父親の境遇のみならず、性格、気質、意思、生き方を受け継いだ。成人するまで、いや文筆によって生計を立てるようになってからも、〝商人の子孫〟という自覚は全くなかった。無論、商人で構わないし、横浜というところは商人のステータスが高い。私は父親が祖父の旧弊な思想に反旗を翻したのを、わが家の歴史の中での（唯一の）快挙と思っただけである。

快挙はよいとして、年代記としてはこのあたりから私にとっては暗い話題に入ることになるので、一服がわりに父親の読書生活がいかなるものであったか、その私に対する影響ということを振り返ってみたい。

いまでも私は、父の本箱をかなり鮮明に思い出すことができる。高さが一メートルほどのガラス戸付きのもので、中身は二百冊程度であったろうか。銀行業務に関わる専門書のほか、わずかながら文学書が混じっていたが、そのほとんどは昭和初期の円本だった。たとえば『現代日本文学全集』（改造社）、『明治大正文学全集』（春陽堂）、それに『現代大衆文学全集』（平凡社）などである。それらを引っ張り出して見ているうちに、何となく二葉亭四迷、山田美妙、高山樗牛、正岡子規などという名を覚えてしまったものだが、積極的に読みたいと思ったのは『現代日本文学全集』中の第三十三巻『少年文学集』（一九二八）だけ。内容は巌谷小波、小川未明、秋田雨雀、芥川龍之介、

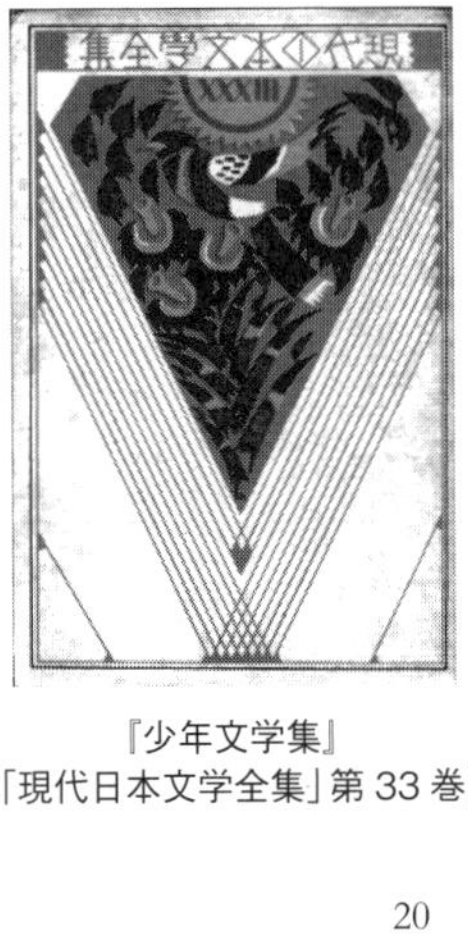

『少年文学集』
（「現代日本文学全集」第33巻）

佐藤春夫らの童話のほか、森田思軒訳の『十五少年』や若松賤子《しずこ》訳の『小公子』などを熱心に読んだ。編者の鈴木三重吉は、この一冊で明治以降の児童文学を網羅しようとしたらしい。庫の中の読書体験とともに、私の初期の体験としては忘れられない一冊にあたる。

とはいえ、何遍も繰り返し読んだのは芥川龍之介の『蜘蛛の糸』『杜子春』『魔術』の幻想三作品であった。とくに『魔術』である。語り手はインド人の魔術師から「欲心を出さないこと」という条件付きで秘法を伝授してもらおうとするが、禁を破って一攫千金をもくろんだため、あっさり拒絶されてしまう。芥川の他の童話と同じ教訓臭がつきまとうが、魔術がどうのこうのというよりも、この話全体が一瞬の夢であったという個所がひどく気にいった。私が怪奇幻想的な物語に惹かれたのはこれが最初である。

余談だが、唐の李公佐の『南柯太守伝』にしても、日本の浦島太郎伝説にしても、さらには江戸時代の黄表紙『金々先生栄華夢《きんきんせんせいえいがのゆめ》』や『見徳一炊夢《みるがとくいっすいのゆめ》』にしても、私にはすべての営為が、結局は儚く空しい一場の夢にすぎないという思想に共鳴してしまう傾向がある。それがどこから生じたものかといえば、芥川の作品もさることながら、これから述べるような少年時代の体験にも深く根ざすものがあるような気がする。

昭和初期の遅い青春

一九二六年末からスタートした『現代日本文学全集』は、父が就職してから二年を経ていて、当時の新聞には連日一ページ大、二ページ大の広告が出ていたので、いやでも父の目に入ったことだろう。それに勤務先が日本橋室町にあったので、最寄りの東京駅八重洲口までの間にある丸善に立ち寄っては購入した可能性も高い。単なる偶然にすぎないが、ちょうどこのころ宮沢賢治が上京のたびに同店に立ち寄っていたことが思い合わされる（「丸善階上喫茶室小景」一九二八）。

しかし、学生時代の父は、吝嗇な祖父からろくに小遣いを貰えなかったため、自分の思い通りに読書ができなかった。自分で収入を得るようになってから、まず第一に考えたのは読書をすることであった。

もう一つは映画（当時は活動写真といった）を見ることである。映画を見る若者が「不良」という烙印を捺される時代だったが、学生時代の友人たちは親や教師の目を盗んでは映画館に通い、グリフィスの『國民の創生』や『イントレランス』、チャップリンの『犬の生活』などの感動を語る。そのたびに父は羨望の念を禁じ得なかったという。社会人になってからはその遅れを取り戻そうと、土曜日の午後にせっせと映画館に通いつめた。

こうして遅い青春を謳歌していた父は、当然のように祖父から早く身を固めるよう命令されたが、持ち込まれた縁談をことごとく蹴ってしまった。桁外れに旧弊な舅がのさばっている家に、なんで嫁が居着くわけがあろうか。近県から嫁いできた母（私にとっての祖母）は病がちで、十人の子どもを儲けながら、たった三人しか育たなかった。祖父はこのことを常に非難し、女中頭に家事采配を任せてしまった。祖母はこれを苦にして病死した。父が社会人となってから七年目である。

近所では、祖母がいびり殺されたという噂が立った。

これではいかん、と思ったのだろう。父は縁談の一つに乗ることにした。相手はちょうどそのころ、山手のミッションスクールの一つを卒業した、才媛とはいえないが、明朗なハイカラ娘であった。彼女は十人の兄妹の長女に生まれたが、弁護士から貸地業に転じた父親があまりに厳格すぎる上に、子どものできない最初の妻を離縁して女中頭と再婚したということもあって、早いところ家を出たかった。なぜ旧家の男は女中頭が好きなのかという疑問はさておいて、私の父は双方の境遇がよく似ているということから、結婚を決意した。彼女は興信所の調査で例の噂を耳にしてはいたが、父の真面目なところが気に入り、嫁ぐ決心をした。私の母である。

果たして勃発した嫁舅の熾烈な戦争に関しては、省略に従うしかない。一つだけ強調しておきたいのは、父が終始嫁の側についたことである。そのような対立が積み重なり、結婚後三年目、私が二歳のとき、父は母と私を伴い、家を出てしまった。六角橋という新興住宅地に家を借りての別居だった。これは家族制度下の戦前としては、まったく革命的な、思い切った行動だった。祖父は跡取りに裏切られ、「勘当だ！」と一声叫んだ途端に昏倒、そのまま息を引き取った。享年六十八。死因は脳出血だった。

性格の一変した父親

父は淡々と生家に戻り、高額の相続税を支払って家督相続を済ませ、家業を引き継ぎ、銀行勤めもそのまま、何もなかったかのように勤め人としての日常に戻った。翌年日中戦争がはじまったものの、このころの四年間がわが家にとって最も平穏な時代だった。Y校で野球部に所属していた父は、銀行でも野球を続け、日曜日ごとに狩り出されていたのだが、私の三人の弟妹のうち最年少の妹が生まれた一九四一年の春、ある日曜日の午後、真っ青な顔でバットをかかえながら帰宅すると、そのまま寝ついてしまった。試合中に喀血したらしく、浸潤性結核と診断された。以後の五年間、保養地通いを繰り返し、終戦を待たずに他界した。私は、玄関の隅にポツンと置き忘れられた細身のバットを、七十年後のいまでも鮮明に思い出すことができる。

父のように恵まれた、平均以上の体力の持主が罹患することは珍しいといわれたが、実は成長期に母親や女中頭から信じられないほど栄養価の低い食事を与えられた結果、基礎体力がつかなかったためという。タクアンに梅干し一個しか入っていないような弁当を、七年間持たされたらどうなるか。その上に頑張り性で几帳面な性分から無遅刻無欠席を敢行、銀行に入ってからも大学卒に伍していくために、残業の上に残業を重ねていたのであった。

戦前にあって結核は死病であったから、父は銀行を辞めざるを得なくなり、入院を繰り返しながら死を覚悟したらしい。初期の、まだ回復の望みを抱いていたころには、子どもたちを繁華街の大きな書店に連れていったり、たまには近所の映画館に連れていってくれたりしたものだが、病状が進むと、厳しい性格に一変した。前述のように私は元来腺病質で、国民学校入学時も遠足や錬成についていけず、急性肺炎などで二度ほど入院したので、勉強の遅れを心配した父から、離れの療養部屋に呼びつけられ、特訓を施された。いまでも苦い記憶があるのは、修身の教科書の朗読で、「ケフハ ウンドウクヮイデス」という一節を「きょうはうんどうかいです」と読んで「バカッ」と怒鳴られたことだ。「なんで、けふはうんどうくわいです、と読まないか！」。意味がわからず、真っ赤になって俯いていると、さらに「バカッ、バカッ」と浴びせかけられる。あとで知ったところでは、下級生のころ漢字の表記通りに発音し、記憶しておくと、上級生になってから字音かな遣いに悩まなくても済むという教育法があったということだが、そんなことは子どもにはわからない。ベソをかきながら、指示通りに蚊の泣くような声で返事をし、やっと勘弁してもらうという体たらくだった。

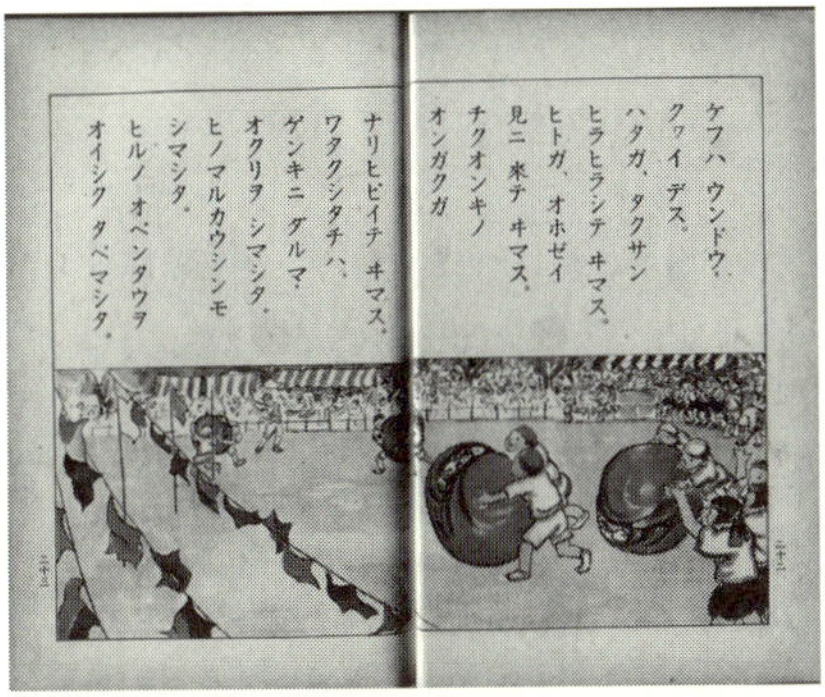
ケフハ ウンドウ
クヮイ デス。
ハタガ、タクサン
ヒラヒラシテ ヰマス。
ヒトガ、オホゼイ
見ニ 来テ ヰマス。
チクオンキノ
オンガクガ
ナリヒビイテ ヰマス。
ワタクシタチハ、
ゲンキニ ダルマ
オクリヲ シマシタ。
ヒノマルカウシンモ
シマシタ。
ヒルノ オベンタウヲ
オイシク タベマシタ。
国民学校一年生用修身教科書「ウンドウクヮイ」

以上に縷々述べた家庭環境について、私は子どものころから「いやに暗い家だな」と内心思っていた。近所には何人か長屋や借家に住んでいる友だちがいたが、遊びに行くたびにわが家よりも明るく、何よりも笑い声があることに強い印象をうけた。そのころ子どもの間に「お座拭き紙」という蠟紙を収集することが流行ったが、その紙で友人の家の畳をこすっていると、わが家のそれよりもずっと黒ずみ、ケバだっているのがわかったが、私にはそのほうがよほど親しみのあるものに思えたものだ。

幻島はるかなり

息苦しさを逃れる読書

とにかく、息苦しい空気から逃れたいという欲求は、子どもとしてはごく当然といえようが、私の場合は明確に読書という解決手段があった。父親の特訓を逃れるため、土蔵に隠れ、好きな古雑誌のページを繰りながら、時間を過ごすという手を覚えた。母屋に戻っても父の怒声が聞こえるようときには、そのまま塀の外へと逃れ出る。わが家から歩いて数分のところに本牧通りという幹線道路があり、下町の膨大な人口を背景に約一・五キロにわたって商店街が伸びていた。路面電車が走っていたので、地元の人たちは「電車みち」と称していた。この通りには七、八軒の書店があった。零細ながら新刊書店あり、古書店あり、貸本店ありというもので、いずれも取り澄ました学術書など置かない、典型的な《街の本屋》ばかりだった。新刊書店の平台に並べられている「幼年倶楽部」「幼稚園」「小学一年生」などの色あざやかな表紙に気がついたのは、四、五歳のころだろうか。

そのうちに父親から「おまえは来年から小学校に行くのだから、「幼年倶楽部」を予約購読しろ」といわれ、ほんとうは漫画本が欲しいのだが、それでも《予約購読》という一言に舞い上がり、十銭玉を四個握りしめて本屋に走った。

「幼年倶楽部」はわずか一年後に、「国民学校に入ったのだから」という理由で「少年倶楽部」への格上げを命じられた。子ども心に「せっかちな」と思ったが、何もいえなかった。生き急いでいた父には、子どもの成長をゆっくり見守ってはいられない心境だったのだろう。

それかあらぬか、亡くなる二年ほど前、「お前はもう大きいのだから、一人で寝るように」と、おそらく息子の鍛錬のためか、何と私に仏間に寝るようにと命令したのである。そこは六畳間で大きな仏壇があり、薄暗い内部には五具足や華鬘《けまん》や位牌が、鈍く光っている。なるべくその方を見ないようにして横になると、障子の向こうにある長い廊下のどこかから、ピシッ、ピシッというかすかな音が響き、何者かが近づいてくるように聞こえる。あまりに怖いので、枕元に「少年倶楽部」を置き、表紙の凜々しくも勇ましい少年の顔を見ながら、寝についたこともある。

何の音かと母親に問うたところ、「ああ、あれは昼間凹んだ板が、夜になると元に戻ろうとして反り返る音だよ」という答えに、一瞬拍子抜けしたものである。翌日の夜から、恐怖心はかなり和らいだ。

このことでもわかるように、私は生来臆病だが、それでも怪奇推理小説や幻想怪奇的なものを好むのは、こわいもの見たさが人一倍強いからだろう。また、推理小説の場合、「発端の怪奇性」で恐怖を味わっても、「結末の合理性」によって感じるカタルシスで帳消しとなる。その快感を、私は仏間の経験で体得したといってよいだろう。旧家というものには、とかくこういうバカバカしい話も起こりがちなのである。

探偵小説の幻想怪奇性

しかし、戦時下の少年雑誌ほど味気ないものはなかった。まだ十歳にも満たない子どもだから、初期の戦捷報道には気分が高揚し、軍歌を口ずさんだり、戦争ごっこに興じたりしたものだが、当時の少年雑誌は一歩先んじて少国民としての心構えを説き、銃後の覚悟を促していたので、いきおい内容は重苦しく、親しみにくいものとなったのは自然である。

大正末期から昭和一ケタ台の「少年倶楽部」のほうが五倍以上も厚冊で、内容も子どもの世界を大きく広げるような多様性に富んでいたことを、私は学齢に達する以前から知っていた。佐藤紅緑《こうろく》『あゝ玉杯に花うけて』、吉川英治『神州天馬侠』、大佛次郎『角兵衛獅子』、南洋一郎『吼える密林』、佐々木邦《くに》『苦心の学友』、高垣眸《ひとみ》『快傑黒頭巾』、山中峯太郎『敵中横断三百里』などという作品が、どれほど当時の少年たちをとらえたことか。発売日（毎月十日）に五十銭玉をしっかり握りしめ、幼い弟とともに雪の山道を何里も歩いて、書店に急いだ話とか、ある学校が発売日に授業の開始時間を遅らせたというエピソードなどが伝わっているほどだ。これでは、自分の講読中の貧弱な戦意高揚雑誌との落差を、いやでも実感せざるを得ないわけで、いつしか「もう五年早く生まれていたら」などと、ひそかにわが身を呪ったことも一再にとどまらない。

このような変貌が、直接的には二・二六事件や日中戦争を契機に生じたことはいうまでもないが、いきなり戦争一色になる前に、微妙なワンクッションが置かれた。版元講談社の社史によれば、二・二六事件に言論統制の予兆を感じ取った編集者たちは、率直に反抗の声をあげるのは大衆誌の使命ではないので、「重苦しい不安の重圧から大衆を解放して、彼等の頬に失うている笑をとりもどし、その萎縮した心におもしろさ、愉快さを与えて、元気づけることこそ大切であろう」（『講談

戦時下「少年倶楽部」表紙の変遷（1943-45）

社の歩んだ五十年』一九五九）と結論し、成人誌に関しては盛んに「痛快面白づくし号」といった増刊をつるべ撃ちにし、大当たりをとったとある。

「少年倶楽部」の場合も、ほとんど同時期の一九三六年（昭和十一）一月号あたりから、それまでの路線になかった、純然たる娯楽色が加わる。その象徴が江戸川乱歩の『怪人二十面相』と続編の『少年探偵団』（一九三七）や『妖怪博士』（一九三八）の三作品で、今日なお読まれ続ける少年探偵団シリーズ（ポプラ社版で全二十六巻）の発端となった。周知のように明智小五郎探偵とその助手小林少年が、二十面相と名乗るルパンもどきの盗賊と虚々実々の闘争を演じる物語だが、それ以前の少年向け探偵小説にないスリルとサスペンスを盛り込み、読者の大人気を獲得した点で画期的といえる。

特筆すべきは従来の同誌のモットーとしての正義、友情、勇敢、愛国、忠孝などの徳目を掲げた「面白くてタメになる」路線とは無関係な、扇情的な犯罪や奇想天外なトリックの興味を追求した作品であったことだ。元来子ども相手の創作には全く関心がなかった乱歩が、戦時中の不本意な環境にあることを知った同誌編集部の要請により、しぶしぶ腰をあげたものだが、いざ蓋を開けてみると読者からの「毎号むさぼるようにして読みます。これを読んでいると自然に力こぶが入って手に汗がにじみます」「特別に面白い小説です。小林少年はどうなるのでしょう。僕のおばあさんも『怪人二十面相』が一番面白いといっています」といった反響がひきもきらないので、一気に乱歩カラーを強めたことが想像される。

私は最初の三作を連載時から四～五年遅れて、

『怪人二十面相』の初出（『少年倶楽部』1936年6月号）

しかも古本の形で手にした読者ではあるが、まずは同時代の読者といってよいと思う。いまに残る印象は、ページを繰るのに相当な恐怖心に耐えなければならなかったことだ。あまり指摘されないことだが、もともと戦前の探偵小説は成人向けの「変格もの」を含め、論理的な解決よりも幻想怪奇的な趣向に重点を置くものが多く、とくに少年ものは論理性では読者が退屈することを恐れ、森下雨村や小酒井不木など一部の科学探偵小説を除いては、怪奇探偵小説として発表されることが多かった。江戸川乱歩も最初からそのつもりで、論理性よりも怪奇性を強く打ち出したのである。

読書狂と集団疎開

古書店で「少年倶楽部」を探し出すや、小遣い銭がないときは立ち読みで済ませるが、当時は前に買った号を持参すると、わずかな金額を足すだけで新しい号を売ってくれたものだ。それをかかえて飛ぶように家に帰るや、慌ただしくページをめくる。今度は目のほうが走る、走る。またたく間に主な小説を読んでしまうと、目次やあとがき、懸賞の当選者一覧、さては奥付から広告にいたるまで、活字という活字はことごとく舐め尽くしてしまう。母親からは「もっとゆっくり味わいながら読みなさい」と叱責されるのだが、どうにも止まらない。ポーの「読書狂は普通の読者が何分間か掛かって読む所を、一目で見てしまう。そして、読んだ結果から言えば、読書狂の方が普通の読者よりも有効的に読んで居るのである」（ポオ「覚書」吉田健一訳）という観察からすれば、私は子どもながら読書狂以外のなにものでもなかった。

菊池寛編『少年探偵譚』(1928)

読書狂はまた好奇心も強い。開戦と同時に街の書店から技術書や地図類が消えたという話は、古書業界史などにも見られるが、下町の多くの本屋では、それまで店の奥に置いてあった初期の円本『世界大衆文学全集』(全八十巻)の端本類が、あっという間に姿を消した。端本とはいえ、後に乱歩が『幻影城』巻末リスト中に「探偵小説又は探偵小説味あるもの」として掲げたルブラン、ドイル、フレッチャー、オルツィー、ガボリオ、マッカレイらの代表作である。当時の十代から二十代のはじめごろにかけて、だれもが好奇心から手にした「通俗名作」が、一時この世から完全に払底し、ちょうどその読者たるべき年齢にあった私たちを、極度の欲求不満に陥し入れたのである。

しかし、ようやく芽生えた探偵小説への関心も、空襲の切迫と疎開騒ぎで中断される運命にあった。わが家は地方の縁故が全くないので、私一人だけが学童集団疎開に従うほかなかったのである。そのさい本を二冊だけ持参してよいというので、一冊は友だちから物々交換で入手した「小学生全集」中の一冊『少年探偵譚』(菊池寛編)をリュックに収めたところ、「この時局下に、こんなふざけたしろものを、持っていくやつがあるか」と、教師から一喝された。それはルブラン『奇巌城』、マッカレー『地下鉄サム』、ドイル『古城の怪宝』(『四つのサイン』)を抄訳したもので、考えてみれば翻訳探偵小説の初体験となった一冊である。「レイモンドはふと聞き耳をたてた。再び聞ゆる怪しい物音は、寝静まった真夜中の深い闇の静けさを破って何処からともなく聞こえて来た」(『奇巌城』)という書き出しを、何遍繰り返し読んだことだろう。ルブランが筋よりも書き出しに凝ることを知ったのは、大人になってからである。

その疎開先は箱根の強羅《ごうら》温泉だった。強羅は冬期の気温がマイナスになることがあり、おまけに当時は冷泉で、燃料の補助なくしては温い湯に浸かることもできない筈だったが、首都空襲の切迫に慌てた軍部は、この地の旅館へ大勢の学童を送り込んだのである。他校の父兄からは「毎晩温かい湯船に浸りながら、夜はグッスリ眠れていいね」などと羨ましがられたが、予想もしない厳しい現実が待っていた。

すべてが軍隊組織で、自由時間は極度に制限され、毎月父親が送ってくれる戦意高揚版の「少年倶楽部」さえ読む暇がなく、一日の大半は薪集めや錬成に明け暮れた。軍隊システムの弊害として、後に野間宏『真空地帯』(一九五二)に描かれたような、上級生による下級生への猛烈なしごき、というよりも内務班もどきのリンチが横行、おまけにシラミの大流行に悩まされたり、手指の凍傷が悪化して、骨が露出するという災難に見舞われた。もはや読書どころではない。辛くも五ヶ月で生還し得たが、敗戦まで一年間も同じ環境に置かれていたら、おそらくこの世にはいなかったろう。

集団疎開の生き地獄から脱出できたのは、淋しいことだが、敗戦直前の一月に父が死亡したからだった。疎開先から戻って校長に報告に行ったところ、「まあ、しばらく娑婆にいるんだな」と一言いわれた。私の中学時代の一年後輩で教育者として大成したY氏は、疎開先で罹病したが、医者に診てもらえず、危うく死にかけたところを、当人のハガキを見た親が学校に掛け合い、強引に連れ戻してもらった。ハガキは検閲があるので「病気で死にそうです」などとは一切書けなかったが、親はわが子の文字があまりに乱れているところから、変事を察知したという。

かくて神風は吹かず

集団疎開の過酷な環境から脱出して間もなく、私は今度は縁故疎開を経験することになる。この間の約十ヶ月間はほとんど読書どころではなかったが、それでも必死に本の形をしたものを求め続けた。

一九四五年（昭和二十）三月十日の東京大空襲後、「次は横浜だ」との噂が巷を駆け巡った。それまで小規模の空襲や機銃掃射は幾たびも経験していたが、空から爆発物が落下してくるという恐怖感は尋常のものではない。前述のように田舎のない私たち一家が、偶然に知り合った人の縁故で小田原市の漁村に疎開先を定めたのは、五月の上旬であった。手をつないだ十歳を頭に四歳まで四人の兄妹が、住み慣れた家をあとにした。横浜大空襲は五月二十九日であるから、一家はわずかの差で助かったことになるのだが、後遺症は大きかった。後にふれるが、当時亡父の四歳下の妹が、中途失明者のため施設に入っていたのだが、到底一緒に連れていく余裕はなかった。

横浜大空襲のさい、米軍五百十七機の落とした焼夷弾四十三万八千五百七十六発（二千五百七十トン）。空襲は午前中であったから、晴れ渡った空が真っ赤に染まった。借家の縁側に立っていた母が「ああ、横浜が焼けてるよ！」と悲鳴をあげたが、歌っているような奇妙な調子だった。私はこのとき、自分の家の庭や土蔵の炎に包まれている情景が、まざまざと眼前に彷彿するような気がした。

人生の中で、教科書を除いて全く本や雑誌を手にし得なかったのは、それから敗戦までの三ヶ月間である。後に当時の「少年倶楽部」一九四五年五月号を見たが、表紙のない三十二ページほどの小冊子で、「敵陣をふっとばす手榴弾」という記事が載っていた。「沖縄の戦線では、諸君と同じ年ごろの少年が、手に手にこの手榴弾をにぎって敵中に突撃した。われらも今から訓練をして、本土決戦に備えよう」

私の疎開した田舎町では、授業のないのをよいことに、上級生が肩を組み、「どうせ行くなら九段坂」などと放歌しながらのし歩き、民家の羽目板や塀をぶち毀《こわ》す。私の家を覗き込んでは、「なんだ、バシタ（母親）はいねえのかよ。イモ隠すなよ」などと捨てぜりふをのこして立ち去る。このような日常のもとでは、もはや読書どころではない。ましてや教科書などひもとく気も起こらない。

そして、ついに敗戦の日の正午を迎えた。縁側にぼんやり座り込んでいた私は、木戸から慌ただしく駆け込んできた母親が「俊ィィ、負けちゃったよォ！　日本はアメリカに負けちゃったよォ」と叫んだとき、反射的に「ウソだい！　鬼畜米兵が攻めてきたら、みんな差し違えて死ぬんだって、先生がそういってたよ」といい返したこと、これに対して母が「神風だって、吹かなかったじゃないか」と呟いたことをはっきり記憶している。

一ヶ月ぐらい過ぎてから、母の実家で「空襲なんかあり得ない」と豪語していた大学生の叔父が、焼け出されて私たち一家のもとへ転がり込んできた。土産にと持参したのがヤミ市場で入手したコーンビーフと、ほかに「少年倶楽部」八・九月合併号だった。相変わらずペラペラの冊子で、表紙には漁村で日の丸を掲げる少年の版画と、「仰げ日の丸、新日本の門出だ」という惹句があり、巻頭には「堪へ難キヲ堪へ忍ビ難キヲ忍ビ」のポツダム宣言受諾詔書と「玉砂利にそそぐ熱涙」という表題のもと、八月十五日の皇居前に跪《ひざまず》く「臣民」の写真が大きく掲載されていた。

「少年倶楽部」
1945年8・9月合併号

II 日の光、雲間を遁れ出て

父の死と戦後の混乱

これまでに述べたように、戦前の私の読書環境は一風変わったものといってよく、親しんだ本にもだいぶ偏りがあったと思う。以下に述べるのは、それらの要素が、推理小説、幻想怪奇小説という二つのジャンルに結びついていく経過であるが、何しろ戦後の大きな混乱期で、史上最も書籍の入手に不自由した時代であるから、なかなか一直線にはいかない点が後続世代とは異なる。一口にいって、本を選べる時代ではなかったからだが、半面、与えられた本を丁寧に読み、ジャンルを拡げることができたように思う。欠乏の時代に手にした一冊の本は、物の豊富な時代に消費した一冊の本よりも、深く人生に関わったといえようが、しかし、その「欠乏の時代」とは、いったいどのようなものであったろうか。

——終戦の年の冬、私は自分の家の焼跡で、ぼんやりと瓦礫の山を眺めていた。ところどころに露出した土が赤黒く、有機ごみを燃やしたような不快な臭いがした。あの幻影をひそかに紡ぎ出していた土蔵はもとより、周囲一帯には建物らしきものは何もなく、ただ焼けトタンで囲っただけの仮小屋が二、三軒あり、その周辺に薄い煙が漂っているだけだった。満目蕭条《まんもくしょうじょう》という形容には、まだ詩的なものがこめられているが、私が目の前にしているのは単なる「無」であった。戦争を知っている者と知らない者の区別は、この一種の虚無感を知っているかどうかにあると思う。それは火事の焼け跡とは根本的に異なるもので、自分の家が失われたというだけではなく、それまでのささやかな世界のすべてを奪われたことを意味する。十歳の私にはうまく表現することができなかったけれど、悲しみと虚脱感と焦りと不安とが綯《な》い交ぜになった感情としかいいようがない。それはやがて怒りと忌々しさに変化していくのである。

四十歳を一期として、妻と四人の子どもをのこして他界した父は、脱商人の志を遂げられなかったという点では無念だったろうが、自分の家族の将来については、ほとんど不安を感じていなかったろう。戦局が不利であることは知っていたが、多くの日本人同様、負けるとは夢にも思っていなかったのではあるまいか。日銀という職場にいたことも、かえって判断力を衰えさせた。先祖譲りの動産のほとんどすべてを国債にかえてしまったのだが、それは敗戦と同時に紙屑となり、換金性

終戦の翌年、自宅の焼け跡で。小学五年生だった。

のない不動産ばかりが遺された。ということは、現金だけがものをいう、戦後のインフレ時代には何の役にも立たなかったわけだ。母はうつろな目で紙っぺらの束と地代の元帳を見ていたが、いきなり甲高い声で「だまされたんだ。だまされたんだよ。軍人にだまされたんだよ」と叫んだ。それに、戦争さえなければ、結核の新薬ペニシリンが入手できた筈だという無念の思いが、怒りを増幅させたのである。

私は父の臨終には間に合わなかったが、母に対して「子どもたちを大切にしろ。長男に家督を継がせろ。医者にするように」とだけいうと、咳き込んでしまい、間もなく息を引き取ったという。告別式の後、このことを知らされたが、私にはその遺言の意味も重大性もわからず、ただ少々重苦しい感じを受けたにとどまった。予感というべきか、この遺言は将来の進路を考えるべきころから、徐々にボディーブローのようにきいてくることになる。

焼跡に甦る書店

それはともかく、焼け跡の、父が病臥していた部屋のあたりを見るたびに、「バカッ」と怒鳴りつけられた記憶が甦り、やりきれない思いになる。そんなとき、私はフラフラと瓦礫を掻き分けながら、電車みちに出て見るのだった。本牧のチャブ屋街へ向かっている幹線道路には、まだ市電を見かけることも少なく、時折進駐軍のジープが猛スピードで走っているだけだった。

そのわびしい通りに沿って数軒の商店が営業を再開している中に、本屋があるのを見つけ、思わず駆け寄った。焼けトタンを打ち付けただけの店の奥には、顔なじみの主人が地べたにしゃがみこんでいるだけ。にわか造りの平台も棚も隙間だらけで、ほとんど本屋の体をなしていない様子だったが、私は目ざとく天井から吊した一本のひもから、小さなパンフレット状のものがぶら下がっているのを見つけた。それが『日米会話手帳』（科学教材社）であるのを知って、思わず叫んだ。

「この本、おくれ！」

持ち合わせがないので、一旦家へ駆け戻った。代金は八十銭。いまの二百円程度だろうか。わず

『日米会話手帳』（1945年10月3日発行）

か三十六ページの、文字通り片々たる小冊子だったが、これが終戦直後の世相不安と英会話ブームに投じ、一挙に百万部を記録したことを私は知っていた。当時はまだベストセラーということばはなかったが（戦前は「大売れ本」といった）、その第一号と目された出版物である。「いらっしゃいませ」を「グッデイ・サー」、「郵便局はどこですか」を「ウェヤ・リ・ザ・ポーストフィス」という具合に、実際に耳で聞くような振り仮名が付してある。じつに他愛ないしろものだったが、戦時中英語の本が国禁だったことを思えば、子どもにも貴重感と解放感のある一冊だった。実際、いまから考えると滑稽だが、私などはもし米兵からいきなり話かけられたら大変と、この小冊子をお守りのようにポケットに忍ばせていた時期もあったのだ。

終戦の冬は寒かったが、こんな小さなパンフレットがきっかけとなり、消されかけた読書欲の熾火が、再び燃えあがった。その書店に毎日一度顔を出しては、めぼしい雑誌が出ていないかと狭い店内を見回した。「少年倶楽部」という誌名は「少年クラブ」となり、「楠木正成」が連載打ち切りとなり、巻頭口絵に宮沢賢治の「雨ニモ負ケズ」が掲げられ、軍艦を描いては右に出る者のなかった樺島勝一が、雪中の松などを描くようになったことに象徴されるように、雑誌の世界は激動に見舞われていた。といっても、本当に読みたいものにはなかなかお目にかかれなかったのだが、翌一九四六年（昭和二十一）の三月、家から一・五キロほど離れた書店で、全く思いがけない雑誌の創刊号を目にしたのである。

「宝石」の創刊号

その店は例のトンネルに接していて、前述のように本屋回りのゴールとなっていた。婦人雑誌やカストリ雑誌がごっちゃに並べられた平台に、「宝石」という大きな題号を見つけたとき、私は何か悪いものでも見たように若い店番の様子をうかがいながら手に取り、あわただしくページを繰った。なんと、戦時中厳禁だった探偵小説の雑誌ではないか！　いまや世の中がひっくり返ったおかげで、そいつが堂々と復活したのだ。

堂々と、といっても、たった六十四ページしかない貧弱な雑誌である。私はそれを無我夢中で買い求め、家に駆け戻るや否や、わずか一時間ぐらいで完読してしまった。最大の売りものらしい横溝正史『本陣殺人事件』の第一回は、旧家を舞台にその暗い宿命を背景とした密室殺人事件らしいのだが、「旧家」というだけで当時の私が退け腰となってしまったのは是非もない。むしろ印象に残った記事は、表紙裏の江戸川乱歩の近影だった。メガネをかけた痩せぎすの中年男性で、不鮮明な印刷でも背広がダブダブなのがわかった。あとで栄養失調と知ったが、『怪人二十面相』のころとはほど遠いイメージで、大いに落胆したものだ。

「宝石」創刊号
（1946 年 4 月）

「宝石」の創刊号は、この前後から続々創刊された「ロック」「黒猫」「真珠」「妖奇」などの探偵誌と同様、私を満足させるものではなかった。私はいまだ『怪人二十面相』のロマンに浸っていたのだろう。というのは、大人の探偵雑誌と前後してはじまった、戦前の少年向け探偵小説の焼き直しを追いかけることに懸命になってしまったのである。例の少年探偵団シリーズをはじめ、佐川春風（森下雨村）の『怪盗追撃』、大下宇陀児『仮面城』などが続々刊行されていた。

光文社版『怪人二十面相』は戦前のモダニズム調の布装とは異なり、表紙絵も松野一夫のペン画に変わっていた。内容は紙型が残されていたのか、元版のおどろおどろしい挿絵が再現されていたので、店頭に出るや否やたちまち売り切れという騒ぎ。容易に入手できるものではなかった。私の場合は、たまたま見つけた書店で、「これ、おくれ」と差し出したところ、「すみませんね。ボク、これは《抱き合わせ》なんですよ」といわれてしまった。

「抱き合わせ？」いぶかる私に、若い主人は奥へ引っ込むと、「光」という雑誌を出してきた。光文社が戦中から出していた、大判の総合雑誌である。「この雑誌と一緒でなければ売れないんですよ」

ページをめくって見ると、子どもには全然興味のない記事ばかり。現在私の手元にあるのはその前年の四月号だが、目次には谷川徹三「大和魂という言葉について」、窪川鶴次郎「啄木寄稿」などが並んでいる。

「どうしようかな」と、私は五分ぐらい考え込んでいたように思う。それから黙って二冊の合計金額を支払い、店を出た。『怪人二十面相』はそれほどの貴重品で、一度逃したら、次はいつ入手できるかわからなかったからだ。「すみませんね」と、アタマをかいた主人の表情を、いまだに覚えている。この抱き合わせ販売は、業界史などには全くふれられていない。

江戸川乱歩と並んで、戦後復活作家の中でひときわ強烈な印象をのこした海野十三についてもふれておきたい。その代表作の一つ『謎の透明世界』（一九四七）は、敗戦直後『四次元漂流』の題名で「子供の科学」に連載された作品だが、海野の再起を賭けた力作である。人間が四次元空間に入りこんだらどうなるかということは、大いに作家の想像力を刺激すると見え、たとえば怪奇小説ではブラックウッドの『とびら』（原題 "Entrance and Exit"）という短編は四次元世界をたくみに描いたことで知られている。しかし、海野のこの長編も、対象は少年読者だが、その怪奇ミステリ的な構想力において、ひけを取らないと思われる。私は小学校六年生のときに読んで異常な感銘を受けたが、これは私だけでなかったようで、日本の初期ＳＦ界を牽引した小松左京をはじめとする作家たちの多くは、本作品を読んでＳＦ界を志したという。

海野十三『謎の透明世界』（1947）

空白期を埋めた海外名作

しかし、戦後作家が十分に育っていないということは、戦前からの作家による海外名作の再話ものが多かった理由ともなる。元来、児童書というジャンルは翻訳もののウェイトが大きい。翻訳シリーズとして最も早いものは、一九四七年にスタートした光文社の「少年文庫」シリーズで、その中の『黄金虫』には表題作のほかに『大渦巻』『死頭蛾』『ぬすまれた手紙』の四作が収録されていたのだが、私はその訳者が江戸川乱歩とあるのを見て、読む気になった（のちに実際の訳者は松村喜雄であることを知った）。いまでも覚えているのは、『大渦巻』（メールシュトレーム）で、語り手の漁夫が恐怖の大渦巻の発生する時刻を避けるよう、最寄りの港を出たのが「私の時計で七時」だったと伏線を置いた個所である。子どもの読者が対象なので、ここを見逃さないように、わざわざゴシックで印刷してあるのだが（原文では“*by my watch*”とイタリックになっている）、やはり子どもは子どもで全然気がつかず、真相を知って驚くという始末だった。あとから考えると、私はこのときに推理小説の妙味（巧妙な伏線）に開眼したといえよう。

「少年文庫」は二百ページ足らずの貧弱なシリーズだったが、間もなく講談社から出た『少国民名作文庫』は三百数十ページの厚冊となり、さらに『少年少女世界名作全集』へと発展する。第一巻がユゴーの『ああ無情』（野村愛正訳）、第二巻がスチーブンソン『宝島』（高垣眸訳）で、そのほかボアゴベイ『鉄仮面』（江戸川乱歩訳）、トウェーン『トム・ソウヤーの冒険』（佐々木邦訳）などが続いた。とくに高垣眸『宝島』の人気は抜群で、「十と五人で棺桶島によ、流れついたはラム酒が一本よ」という不気味な海

高垣眸訳『宝島』（1946）

賊のうたなど、当時の子どもで知らない者はないほどだった。

このシリーズの初期は造本が粗末であったが、後には貼箱入りのハードカバーとなり、私が社会人になるころまでに、なんと百十九巻まで続いた。戦前、この前身ともいうべきシリーズが数冊出ていたことを知ったのは、ずっと後のことである（『宝島』の初版は一九三七年に出ていた）。講談社が戦後他社に先駆けて翻訳名作シリーズを立ち上げることができたのは、このような遺産があったからで、「少年倶楽部」系のベテランを訳者に起用できたことが大きい。その多くが《超訳》で、『岩波少年文庫』など完訳主義のシリーズと比較され、後に批判の対象となったものだが、空白期を埋めた企画としては評価されなければなるまい。いま読んでも原作以上に面白いのである。

それはともかく、このような例を見ると、いかにも子どもたちが自由な読書環境を取りもどしたかのように見えるが、未だ出版界全体が立ち直ったわけでもない。学校図書館も貧弱そのものだったので、読書の自由などということばは中学生になっても耳にした記憶はない。

ちなみにこのころの私は、親にねだって購入する本が、せいぜい月に一冊程度だった。日本人が経験したことのないような、怖ろしいインフレが進行中で、敗戦の翌年に十五円から二十円程度で入手できた児童書が、翌年再版されると五、六十円にハネ上がっているという状況では、小遣いもねだりにくくなる。物価水準から見ると、一九四六年に五百四十円だった公務員の初任給が、二年後には二千三百円になっている（「週刊朝日」編『値段の明治大正昭和風俗誌』）。いかに書籍代が高くついたか、現代からは想像もつくまい。

新かな遣いの困惑

――小学校時代の思い出は尽きないが、一つ重要なことを付け加えておくと、当用漢字、新かな遣いの採用がある。周知のように、これらは戦後国語改革の基本となるもので、一九四六年、私の小学校五年生のときに施行されたのだが、その時点からいきなり日本語の表記変更という大事業が実現したのではない。最も問題だったのは当用漢字で、たしかに国語の授業で指導は受けたものの、「繃帯」を「包帯」、「藝術」が「芸術」、「蔭」を「陰」と書かせるものの中には、これまで略字や当て字として固く禁じられたものが多かったので、小学生なりに戸惑いが多く、私などは「これは学校の外では使えないのではないか」という不安を抱いたほどだった。作家や出版社の場合も、ただちに従った例は少数で、読物雑誌の類は当初どこ吹く風かという態度であった。戦前からの大手出版社ほど思い切りが悪く、全集本などは長いあいだ旧かな、旧字体であった。

しかし、私などは戦時中のように黒々とした漢字で埋まっている新聞雑誌を、過ぎ去ってみれば二度と見たくないと思うようになっていたので、山本有三ら改革派の主張する「あまり画数の多い漢字はやめ、かな遣いも可能な限り発音通りとし、やさしくわかりやすい文章を心がける」という意味の主張にも一理あるような気がしていた。「半年のうちに世相は変った」（坂口安吾『堕落論』）ということば通り、世の中が忽然と一八〇度ひっくり返った時代である。川端康成のように、日本語をやめてフランス語にせよとか、山本有三のように人間の眼は横に長いから、横書きのほうが読みやすく、眼も悪くならないといった主張さえ現れた時代である。子どもながら「いちおう従っておくか」という妥協的な考えに落ち着くほかはなかった。「どうせ、またひっくり返るんだろう」

このような過渡期に教育を受けた私は、新旧の表記を二股かけて学習したため、旧かな遣いの文章は抵抗なしで読めるものの、年長の世代のように あくまで旧かな遣いに固執する気にもならず、さりとて拙速の改革を全面支持する気にもなれず、国語表記に関しては冷めた距離をとるようになっていった。この問題を日本語の複雑な性格とからめて考え直す気になり、『図鑑 日本語の近代史』(一九九七)などという本を書くまでには、半世紀近い、長い時間を要したのである。

小さなテイクオフ

一九四八年(昭和二十三)、私は横浜国立大学付属横浜中学校に入学する。新制中学の二期生だった。学校は丘のてっぺんにあった。前述の幹線通りを二百メートルほど歩き、古書店のある辺りから裏道へはいると、間もなく丘陵への狭い登り階段がある。毎日始業に遅れまいと、筆箱の鉛筆をカタカタ響かせながら駆け上がり、登り切ったところで一息入れる。眼下には下町のバラック風景が延々と広がっていたが、その時、何の脈絡もなく「治安の夢に耽りたる栄華の巷低く見て」という一高寮歌の一節(「あゝ玉杯に花うけて」)が浮かんできた。このころ読んでいた佐藤紅緑の影響にちがいなかった。

無論、目に入っているのは戦後の生活難にあえぐ庶民の町である。どこをどう押しても治安の夢の欠片《かけら》もない。そのとき私の脳裏に萌していたのは、ただ単に自分は今日から陸の孤島の境涯より、もう一つ別の境涯へと離陸するのだというささやかな高揚感ないしは気負いにすぎなかったのだが、いま思えば、その根底には早いところ旧弊なる物から遁れたいという切実な思いがあった。

この学校の母体は、戦前の神奈川県女子師範学校が戦後国立大学へと再編されたものだが、国語教育に力を入れていたので、入学早々「読書録」を作るよう指導されたのには驚くと同時に、大いに張り切ったものだ。私は得々と少年雑誌の感想を記して担任の皆川鎮枝（旧姓秋田）先生に提出したところ、「もっと夏休み中に、深い読書ができるとよかったですね」などと、朱を入れられてしまった。ギャフンとなって周囲を見回したところ、トルストイの民話や芥川龍之介の『羅生門』、下村湖人の『次郎物語』などをシコシコ読んでいる。どうやら二十面相やルパンなどは、お呼びではないらしい。だれから聞いたのか、旧制中学時代の親は、子どもが上級学校に進学すると、小学校の教科書や雑誌類を燃やす習慣があったという話を連想した。伊藤整はわが子が友人から講談本を借りてきたのを見て、それを便壺にたたき込んでしまったという（伊藤礼『伊藤整氏　奮闘の生涯』）。

戦前から戦後にかけての、高等教育をめぐる文化環境には、たしかにこのような一面が伏在した。それは私より若い世代にとっては、考えても見ないことであろうし、無用のことでもあったろうが、私にとってこうした過渡期の体験は必ずしもマイナスとはならなかった。

あなた好みの話

秋田先生は戦時中に六年間だけ存在した特設高等科国民学校の新任教師として赴任したというめずらしい経歴の持主で、短歌をよくした。国語あるいは読書教育にきわめて熱心で、当時の水準を超えていた。いまでも記憶にのこっているのは、明治期から昭和戦前までの代表的な日本作家について、一人一作という条件で作品名をリストアップさせた授業である。年代別に三班（チーム）に分けての分業となるから、十数人ずつが乏しい読書歴を持ち寄り、未読の作家については簡単な文学史年表を参考にした。それを先生が一応チェックした後、模造紙に清書させた。マジックインキの登場以前だから、きちんとした墨書である。こうして夏目漱石は『坊ちゃん』、森鷗外は『高瀬舟』、下村湖人は『次郎物語』といった、中学生らしいセレクションが出来上がる。その選考理由について、各班の選ばれた代表者が発表する。私は大正後期から昭和十年ぐらいまでの班に属したが、発表者はクラスの中でも大人びた、席次一番のI君だった。「吉屋信子は『良人の貞操』がよいと思いましたが、先生が『内容がよろしくない』と仰るので、少女小説の『桜貝』に替えました」といったので、一同はシーンとなった。先生はといえば、めずらしく赤面していた。

しかし、それは余計な話である。こうして完成した苦心のリストを教室の後ろの壁に貼りだしたところ、普段はあまり見ないが、雨降りの日など何となく眺めているうちに、太宰治は『走れメロス』、林芙美子は『放浪記』というように、知らず知らずのうちに記憶してしまった。そうなれば、図書館や書店に行って、その題名の文庫本などを見つけたとき、「ああ、あれか」と手にとってみることになる。この敷居を低くすることが先生のねらいだったのだと、後から気がついた。

先生は個別的な読書指導も行った。私には「これはあなたの好みそうな話なので、読んでご覧」と、中勘助の『銀の匙』を貸してくれた。『銀の匙』の主人公は東京の神田生まれながら、ひ弱で、いくじなしで人見知りで、厳格な兄にも大和魂を鼓吹する先生にも馴染めず、ひたすら世話をやいてくれる「伯母さん」と自然と絵画だけが心の慰め、という性格である。たしかに極端な内向性などは私と本質的に似ているが、私が共感を抱いたのは作品全体を覆う感傷性、叙情性だった。懐かしい過去、遠い昔――とかく現実より過去を志向しがちな私の性格を、先生からは早々と見抜かれていた。

もう一つ、この小説にはわが身に引き比べて気になる個所があった。「私」の家の近所がみな旧幕時代からの士族出身者で、「世がかわって零落はしたがまだその日に追われるほどみじめな有様にはならず、つつまやかにのどかな日をおくっている人たちであった」としている。私はこのくだりを読んだ際、小説の懐古的世界から離れて、ふと考え込んだことを思い出す。御一新のころと戦後の混乱期とは比較にならない。わが家はすっかり微禄し、私をふくむ四人の子どもを進学させるだけでも容易ではないはずだ。

じつは、ここまでに記す機会がなかったのだが、亡父とは

中勘助『銀の匙』(1926)

八歳下の弟（つまり私の叔父）が商業学校を出ると直ちに海軍に入り、開戦後はニューギニア戦線に送られていたのが、敗戦の翌年に復員、私たち母子の窮状を見かねて「佐藤の家名を守るため」に、すでに婚約者がいたのを断り、母と再婚した。一家は離散から救われたのだった。

父親不在の子どもたちは、まだ戦争が激しくならないころ、叔父が時たまの休暇で帰宅するのを楽しみにし、大いに甘えたものであった。しかし、最大の激戦地の一つから生還した後は、臓器不全で痩せ衰え、マラリアの発作が頻発したこともあって、かなり性格の変化をきたしていた。戦争とは苛酷なものである。

しかし、私にとって、継父となった人は元来身内であるから、どこかに親愛感は残っていたし、その後長い半生を通じて折り合いが悪いと思ったこともない。その意味では幸せな関係であったが、「家名を守る」という自己犠牲的な考えに対する感謝の念とは別に、その旧時代の残滓を感じさせる感覚に戸惑いを覚えたことは是非もない。学生時代の私にはそれを一種の負い目として受けとめたり、遠慮となったりしながら、さらに人生の節目節目の問題、たとえば進路選択のさいなどに重い負担となっていくのである。

新しいミステリの地平

中学時代の読書は一生を決めるというのが私の経験である。理想的というより実験的な読書教育によって近代文学に入門した私は、飛躍的に読書欲がふくらむのを覚えたが、市中の図書館には、中学生の好奇心をひくような本など見当たらず、書店には仙花紙の薄っぺらなカストリ雑誌が氾濫しているのみという状況だった。新刊書では一九四九年（昭和二十四）ごろ、戦後第一次の探偵小説ブームが起っていた。「岩谷選書」や「ぶらっく選書」、さらには「アメージング・ストーリーズ」などの叢書を書店で見かけることが多かったのだが、当時は無関心だった。これらを含めて書物に出会うことのできる場所は限られ、相変わらず本牧通りの古書店に出入りするほかはなかったのだが、多くの店は当時横浜港に入ってくる船舶から、米兵の読み捨てたポケットブックやファッション誌を一山いくらで仕入れ、大量に積み上げていたので、東京辺の洋書愛好家のメッカとなっていた。一時は植草甚一らも頻繁に訪れたという。

それよりも図書館について、強い衝撃を受けた思い出がある。社会科の授業で、そのころゲーリック球場（現在横浜スタジアム）の付近にあった横浜アメリカ文化センターの図書室を見学に訪れたときのことである。その開架式閲覧室は、「ライフ」や「ニューヨーカー」など、アメリカの代表的な雑誌の派手な表紙、豪華な美術書や辞典類、それにポケットブックの毒々しいカバー絵などから立ち上るオーラで、眩しいほどだった。圧倒的な物量の差に呆然と立ちつくしているうちに、三十分の見学時間は過ぎてしまったのだが、出口ではもう一つのおどろきが待ち構えていた。行列がなかなか進まないので、首を伸ばして様子を窺うと、何と、一人一人が鞄の中を検査されているらしい。

私は全身がふるえた。「渇しても盗泉の水を飲まず」と叫びたかったが、ここを訪れる日本人に書盗が多いのも事実のようだった。私は自分の番がくると、だまってズックの鞄の蓋を開けるほかはなかった。戦争に負けるとはこういうことだと思った。

この経験が一つのきっかけとなって、図書館は以後の私の関心事となった。学卒後に流行した歌の一節に「秋の日の図書館の、ノートとインクのにおい」（「学生時代」）とあるが、単なる感傷にとどまらなかった。文筆生活に入ってからも、図書館問題は一つの重要なテーマとなった。

横浜アメリカ文化センターの図書館の蔵書は、占領時代が終わると「ACC文庫」の名で神奈川県立図書館に移管された。現在から見ればそれほどの内容とも思われまいが、立派に見えたのは、敗戦直後の日本の図書館があまりにも貧弱だったせいである。私はといえば、その貧弱な図書館にさえ、一冊、二冊の本が読みたくて通いつめたことが忘れられない。もとより満足できるはずがないので、「図書館で宿題を調べたい」といって母親から電車賃をもらい、実際に図書館に行き、帰りに本屋に立ち寄り、四、五十円の本を買うようにしていた。現在の数百円程度だから、選択肢はほとんどない。当時岩波文庫は星（★）一つが三十円だったが、その値段では中学生の興味を引かないキケロの『老境について』や上田秋成の『春雨物語』のようなものしか買えない。「アテネ文庫」は薄くて廉価ながら内容の充実性を売りものにしていたが、これも取っつきにくかった。書店の棚を見回して、「リーダーズ・ダイジェスト」日本語版が四十円で買える雑誌であることを発見したときは、胸が躍った。

たまたまオーウェルの『一九八四年』の要約が同誌の一九四九年十一月号に掲載されていたの

で、私は中学生ながら、翌年に出た完訳（龍口直太郎・吉田健二）に先だって内容を知ったことになる。後半三分の一は削除というしろものだったが、何といっても原作の発表年で新聞紙上でも話題になるという、リアルタイムの鮮度に惹かれた。

しかし、これは楽しい読書ではなかった。日常的にテレスクリーンなるものを通じ、一秒刻みで休息の時間さえも監視を受ける管理型の全体主義国家の描写は、まったく救いのない暗さのために、読み進めるのがつらいほどだった。たとえばその国では本一冊買うことも、日記をつけることさえも許されない。違反者は五十年の懲役刑に処せられるというのである。私が集団疎開のタコ部屋まがいの宿舎で、ひねもす監視の目ばかりを意識しながら送った日々を思い出したとしても、何のふしぎもないであろう。親もとから届いた軍国調の少年雑誌さえ、隠れ読みをしなければならなかった、あの体験はわずか四年前のことでしかなかった。

——ある意味で、『一九八四年』は中学時代の読書の中で、最も強い影響を受けた、重要な書物だったといえよう。「戦争は平和なり／自由は隷属なり／無知こそ力なり」という全体主義国家のスローガンは、いまなお私

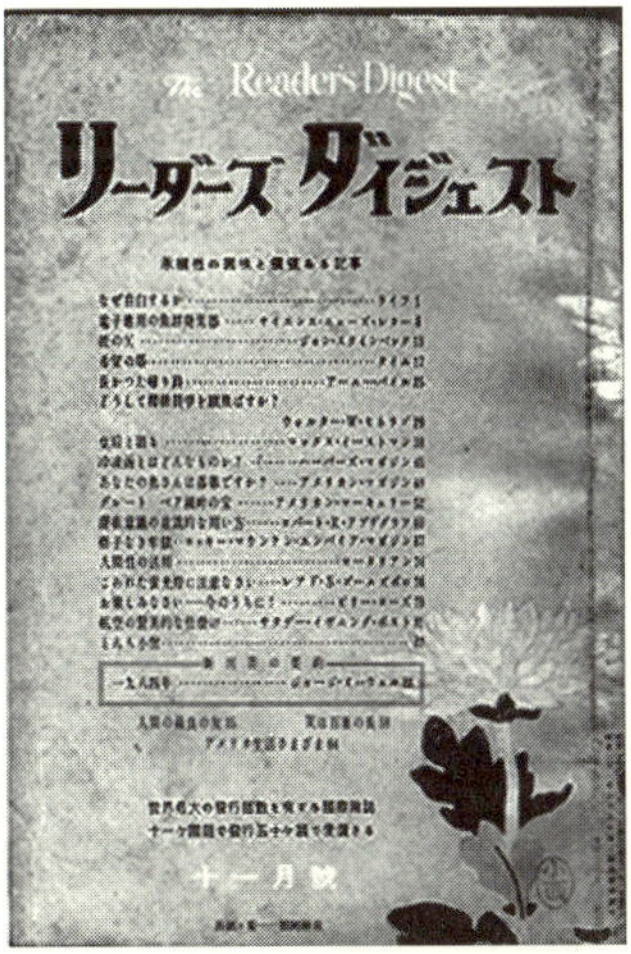

オーウェル『一九八四年』初紹介の「リーダーズ・ダイジェスト」(1949.11)

の脳裏にこびりついて離れないばかりか、戦後七十年の今日、ますます耳障りな大音声となって私を悩ませ続けているのである。

中学時代の体験を終えるにあたって、当時親しんだ媒体としてラジオを忘れることはできない。一九四九年から四年間、NHK第二放送で百回近く続いた「灰色の部屋」（金曜日午後八時十五～三十分）という番組は、すべてを聴いたわけではないが、印象に残ったものが多い。水谷準『司馬家の崩壊』、夢野久作『難船小僧』、高木彬光『緑衣の女』など、当初は奇妙なラインアップだったが、間もなく三十分番組に昇格、江戸川乱歩の『蜘蛛男』や横溝正史の『蝶々殺人事件』などをとりあげるようになってからは、大いに盛り上がった。

ジャーンと思わせぶりなテーマ音楽に続いて、地獄の底からのように「灰色の部屋……」という声が響いてくる。この番組が探偵劇よりもスリラーやサスペンスがねらいだったのは明らかだが、私は『難船小僧』（小杉義男朗読）や『蜘蛛男』（菅井一郎主演）などの不気味な演出効果にすっかり乗せられ、聞き逃がすまいとしたことを思い出す。うれしいのはわずかながら翻訳ミステリも含まれていたことで、コーネル・ウールリッチの『ひすい（翡翠）のナイフ』（北沢彪主演）などは戦後初の本格的探偵劇として人気を博したせいか、半年後に異例の再放送が行われた。私を含め、ウールリッチの名をはじめて耳にした視聴者も多かったろう。「宝石」に紹介されたのはその後である。

この番組の意義は、敗戦直後GHQによるさまざまな制約や押しつけの中で、なかなか陽の目を見なかったミステリというジャンルが、まがりなりにもオンエアにこぎ着けたことであろう。何しろ一九四五年の大晦日に開始された「紅白歌合戦」でさえ、初期は「合戦」という呼称が封建的という理由で許可されず、やむなく「紅白音楽試合」としたほどだ。「灰色の部屋」も、企画から内容の細部にいたるまで、理不尽な干渉があったに相違ない。

純文学派が出会った『Yの悲劇』

一九五一年（昭和二十六）四月、私は慶應義塾高等学校に入学した。亡き父親の遺志に従い、大学進学は医学部へと心にきめていたのであるが、いざ入って見ると、そのような決意は急速にしぼんで、当面はのんびり趣味的、文化的欲求を満たそうかという心境に陥ってしまった。なにしろ生徒数からして、中学時代の百人程度とは比較にならず、じつに二千余人のマンモス学校である。母集団が大きい。生徒の部活や個々の趣味生活も多様きわまりないものがあった。

プロ級のジャズバンドがある。シャンソンや演劇の研究会がある。当時大人の給料の一年分に該当した高級カメラを全員が所持しているクラブがある。活版の新聞・雑誌を出している同人がある。群れることの嫌いな連中は一人でレコードを収集したり、映画を見たりしている。とにかく、本来の勉強に励んでいる者を見つけるのはむずかしい。戦中戦後の暗い、谷間のような環境に慣らされてきた私にとっては、いきなりまぶしい山頂に引っ張りあげられたようなもので、その解放感は筆舌に尽くしがたいものがあった。

戦後史における自由や解放といえば、政治的文脈から語られることが多い。私の場合も大きな文脈から見ればその通りだが、まずは〝封建的な〟個人的環境からの脱出という意識を自分のものとし、解放感を実感することで、ようやくおのれの個性を自覚しはじめたというのが真相で、それほどにプリミティブな段階にあったのである。

話の合う友を見つけるのにも時間はかからなかった。教室の席が近かったUは会社社長の息子だが、日ごろイシャーウッドの『山師』やメイラーの『裸者と死者』などを読んでいるかと思えば、電車の中で「文藝春秋」のページをめくっては「どうもヤマカン（山浦貫一＝政治評論家）はミキヨウ（三鬼陽之助＝経営評論家）に比べてもガクがねえなあ」などといい出す。文学青年ではなく、編集者予備軍ともいうべき雑食系の読書家であった。

「きみ、これ読むか？」と、あるとき、彼が一冊の本を投げてよこした。

「え？　エラリ・クイーン『Yの悲劇』？　なんだい、こりゃ」私はいささか安っぽい、垢抜けない装丁を眺めた。「ぶらっく選書」（新樹社）という見たこともないシリーズの一冊らしい。

「純文学派のきみなんかには、全然面白くないだろうがネ」

Uは人を小バカにする癖があったが、その表情を見れば面白いぞといっているのは明らかだった。戦前訳（井上良夫）の復刊らしく、巻頭に江戸川乱歩の序文がある。「『Yの悲劇』は着想の何とも云えぬ恐ろしさと、謎と論理の申し分のない魅力に於て、探偵小説愛好者の魂に喰い入る傑作である」

「まあ、読んでやるか」と、私はいささか斜に構えながらいった。当時、雑誌や読物は授業中に机の下に隠して読む、というのが習慣のようになっていたので、下校時までには半分ほど読んでしまった。黄金時代の長編を完訳で読むのは、これが初めてだった。

もう一体の骸骨

『Yの悲劇』が印象的だったのは、主要人物の一人に三重苦（盲・聾・唖）の女性が登場することだった。殺人の現場で寝ていたが、ふと何者かの気配を感じて立ち上がり、右腕を前方に伸ばして探り当てようとする。その手に何者かの顔がふれたという証言を、探偵や刑事たちは緊張と恐怖を感じながら聞き取る。このくだりを読みながら、私は図らずも中途失明者の叔母の仕草を生々しく思い出していた。亡父の四歳下の妹であることは先に記したが、その部屋で点字の練習をしているときに覗きにいくと、「だれ？」といいながら、ブルブル震える右手を私の顔の方に伸ばすのであった。

失明の原因は、私の母によると「偏食が激しかったからだよ」ということになる。事実、母が用意した食事が気に入らないと、お膳をひっくり返す場面を目撃したこともあるが、私は後年祖父の栄養学に関する無知と吝嗇の犠牲者ではないかと疑うようになった。四人の子どもをかかえる母は、到底この小姑の面倒まで見きれないと、視覚障害者のための施設

クイーン『Yの悲劇』（1950）

に入ってもらった。

叔母はほんの時おり自宅へ帰されるのだが、父も不在とあっては、だれ一人話相手になってくれる者もいない。一日中狭い部屋の中をグルグル歩き回ったり、点字盤を動かしたりするのみ。私が入っていくと、もう私とわかっているのだが、「だれ?」と震える手を伸ばしてくるのだった。

施設に残された叔母は、横浜大空襲の直前に病死した。母は遺骨を引き取り、戦後になるまで疎開先の家の床の間に、花一輪たむける余裕もなく、置きっぱなしにしていた。私はこわごわ骨壺の中を覗いてみたところ、白い米粒のような舎利が見えた。サラサラとした感触を鮮明に記憶している。叔母が哀れで仕方がなかった。

私はまた一つ、戸棚の中の骸骨をさらけ出そうとしたのではない。『Yの悲劇』を天才的な作品と思いながら、かすかな違和感を覚えたことをいいたいのである。作中の三重苦の女性が、怖ろしいメイン・トリックから読者の目をそらすため、ミスディレクションの道具として用いられている。彼女は犯行が行われた時間に目をさまし、探偵小説であるからには当然のことだが、その内面については何一つふれることはない。三重苦に設定し、齣として利用していることは明らかである。

本格探偵小説に対して、見当外れな、野暮な感想であることは百も承知だが、これが『Yの悲劇』初読のさい脳裏に浮かんだ思いであったことは否定しがたい。敷衍すれば、身内に障害者を持った者の、自然なリアクションにすぎなかったといえよう。

それから二、三年後、私は戦前から探偵作家たちの間で、探偵小説が文学であるか否かをめぐる論争が行われていたことを知り、興味を抱くようになるが、そのきっかけは『Yの悲劇』を読んだことに発する。単に探偵小説界の問題にとどまらず、論争自体が過去のものとなっても、文学性の問題は脳裏を離れないということになるのである。

ちなみに友人Uは、私が『Yの悲劇』に興味を示したのを見て、高木彬光の『能面殺人事件』や角田喜久雄の『高木家の惨劇』ほか日本作家の長編を数冊ほど貸してくれたが、それらの多くは「旧家の宿命」だの「呪われた血」だのを背景とした暗鬱な筋立てだったので、いま一つ高揚感が得られなかった。自由な学校の雰囲気を知って、旧家に象徴されるような前時代的な残滓は、早いところ叩《はた》き落としてしまいたかった。海外物はテキストそのものが入手しにくかった。「ぶらっく選書」や「雄鶏ミステリーズ」（雄鶏社）は二、三年前の刊行で品切れが多く、プレミアムがついているので、高校生には手が出なかった。探偵小説専門の文庫本など、出現までに間がある時期だったので、私の探偵小説に対する関心は一時中断を余儀なくされたのであった。

雑学に見る時代精神

——中断とはいえ、探偵小説への関心を最小限持続させた要因として、そのころ出たウンチク本『古今東西帖』（一九五二）を挙げておきたい。花森安治編集の「美しい暮しの手帖」の増刊ということからも、一言ふれておかなくてはならない。

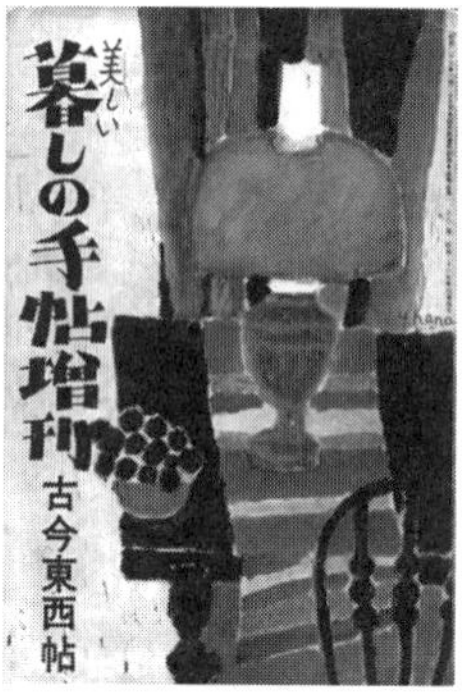

「古今東西帖」
「美しい暮しの手帖」増刊
（1951）

　この増刊はいまは完全に忘れ去られ、津野海太郎の精細な『花森安治伝』（二〇一三）にさえ言及がないが、花森が一時の思いつきで出したものとは思えない。戦時中の情報統制の反動で、極度に知識（とくに海外の）に飢えた私たちの世代には、ラジオの「話の泉」（一九四六年十二月三日〜一九六四年三月三十一日、NHKラジオ第一放送）や、新聞読者の質問にこたえる雑学情報「ポスト」（毎日新聞一九五〇年十月十六日〜）などでさえも、旱天の慈雨ともいうべき貴重なものであった。花森はそれらが現在でいう単なる雑学でなく、暮らしの活力の源泉であることを実感したからこそ、この一見非実用的な企画を立ち上げたのだと思われる。

　内容は東西文化史の一〇二項目について、無署名の筆者（渡邊紳一郎ほか）がウンチクを傾けたエッセイもしくはコラム集ともいうべきものである。例としては時計、自動車、巴里、サボ（木靴）、コーヒー、ビール、決闘、骨牌《かるた》、剃刀、ネクタイ、ゴルフ、オペラ、幻燈、ピストルほか、すこぶる多岐にわたり、東西文化史事典としても役立つ。

　肝心なことは、この中に「探偵小説」という項目があったことだ。冒頭にフランス語のロマン・ポリシェが判事の出て来る小説という意味で、ほかの国では犯罪小説といっているという解説があり、その歴史は古代の裁判記述に遡ることができるが、何といってもポオが元祖であるとして、以下ホームズの流行はビクトリア朝の天下泰平の中で、せめて読物だけでも変事とスリルを求めた結果であるとか、ポアロものは手を替え品を替えていても、要するにホームズの亜流たるを免れないとか、クロフツものはワトソン抜きのため、実録らしく描かれているとか、ペリー・メーソンものは悪徳弁護士ともいえる凄い刑事弁護士が活躍するが、版権が高いので邦訳がないとか、メグレ警部ものは本質的に心理小説であるとか……などとトピック的に列挙した上で、「日本の近頃のものは、落丁誤植だらけの精神病学を下手なペダントリーで、でち（ママ）上げた不愉快、読んでも楽しくないものか、原始的低級な驂物しかないといってる仁もある」などと批判的に結んでいる。「ポケットミステリ」創刊の二年前、まだホームズ数編しか読んでいなかった高校一年生の私にとって、とても貴重な情報源だったことを忘れることはできない。

『古今東西帖』は要するに雑学の本なのだが、現在の雑学志向とは根本的に異なる時代背景下に企画されたものであった。前述の「毎日新聞」の「ポスト」にしても、採用されたのは「富士山の命名者は」とか「お彼岸はどこの岸か」とか「おはぎとぼたもちはどうちがうか」などといった、実用的でない話題ばかりだったが、戦時中は「風船爆弾の戦果は」などという質問ですらタブー中のタブーだったので、何でもわかるということには一種のゆとり感、自在感、解放感が伴っていたことを見逃してはならない。この点は戦中戦後を〝知っている〟世代からも忘れられがちなので、改めて強調しておきたい。

現に『古今東西帖』のあとがきにある「海の向こうの『紋切り型字典』のひそみにならえば、これは、『無用百科事典』とでも申しましょうか。……あえて、みずから『無用』をかぶせた百科、しょせん『あそび』でありましょうとも、せめて、ひそかなねがいは、老子の言葉でございましたか、『無用の用』、ひとすじの、たまゆらにせよ、すずかぜなれかし、のおもいでございます」といった暢達な文章からも、この時代の空気が感じられないだろうか。戦後数年目の、混乱いまださめやらない時代のほうが、いまよりずっと明るく、自由であったということだが、それはともかく、時代精神というものは、案外埋もれやすい雑著の中からも見出すことができるのではなかろうか。

「ポケット・ミステリ」の登場

そのまま約一年間、推理小説に関する限りは、何ほどの展開もなかった。折から戦後最大の文学全集ブームが起こり、『アンナ・カレーニナ』や『罪と罰』の厚冊廉価版が氾濫し、読物にはまったく不自由しなかったこともあるのだが、高校三年になって、推理小説の世界にも画期的な動きが立て続けに生じた。その第一が「ポケット・ミステリ」（略称「ポケミス」）の出現である。

一九五三年（昭和二十八）九月、高校三年生の私は北海道への修学旅行に加わった。列車十両を借り切り、九泊十日で全道を周回するという、当時としては豪華版だった。長旅だというので、親から千円の小遣いを与えられた。サラリーマンの初任給が六千円という時代だったので、すっかり舞い上がった私は、この小遣いをできるだけ倹約し、本を買おうという思いつきにワクワクした。

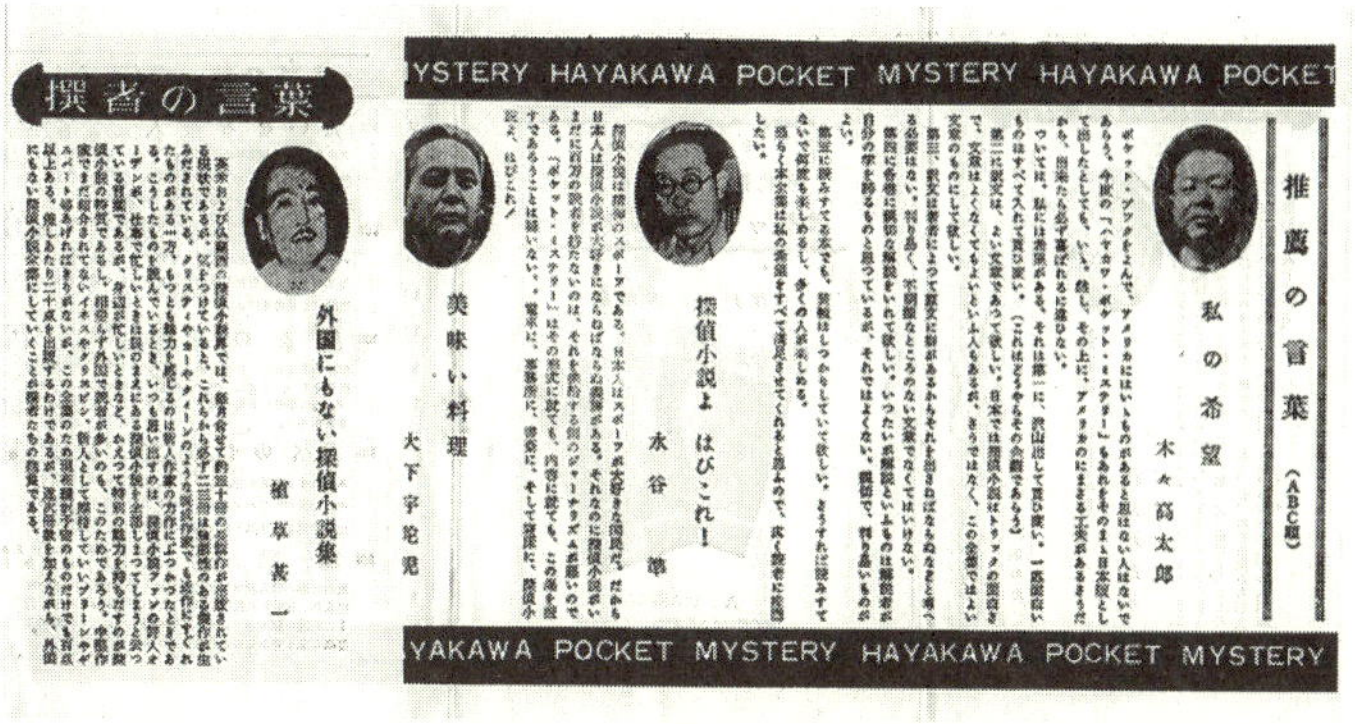

「ポケミス」内容案内（1953）

旅行が終わると、その帰りがけに書店に駆け込んだのだが、好みの翻訳文学の平台に近づいた瞬間、目が釘付けとなった。それまでの垢抜けしない探偵小説本とは似ても似つかない、瀟洒な装丁の新書版、というよりもアメリカのポケット・ブックの日本版ともいうべきものが、一挙に六点も並べられていたではないか。スピレイン『大いなる殺人』、同『裁くのは俺だ』、ハメット『赤い収穫』、ウールリッチ『黒衣の花嫁』、ウォーリス『飾窓の女』、メースン『矢の家』……。

私は無我夢中で、定価もろくに見ないまま三、四点を買ってしまった。当時「大人買い」などという言葉はなく、高校生の分際では乏しい小遣いをやりくりして、一冊一冊買うしかなかった。その習慣を破ったのだから、よほど惹きつけられるものがあったに相違ない。考えられるのは、発刊当時の内容見本に「ポケット・ブックをよんで、アメリカにはいいものがあると思わない人はないであろう。今度の『ハヤカワ・ポケット・ミステリー』もあれをそのまま日本版として出したとしても、いい」（木々高太郎）とあるように、戦後アメリカ文化の洗礼を受けた若者のセンスと懐具合と、要するにライフスタイルに適ったということであろう。肝心の内容については、私はその翌年から「ミステリ・ノート」をつけはじめたので、次章でふれることにしたい。

間もなく、電車の中でもポケミスに読みふける乗客を見かけるようになった。小口を黄色く染めた本なので、すぐにわかる。教室内でも、級友が「何読んでるんだよ」と寄ってくる。その一人に、Oという友人がいた。親は京浜間では有力なデパートの経営者だが、マメで剽軽な性格だった。私がポケミスを読んでいるのを見て、親切そうにいった。「おまえ、そんなに探偵ものが好きなら、兄貴の友だちに『雄鶏ミステリーズ』を五、六冊持っているやつがいるから、安く譲るよう、頼んでやるよ」

「それはありがたい。頼むよ」と、私は感謝したものだが、二、三日後、私の目の前に『アクロイド殺し』や『トレント最後の事件』など「雄鶏ミステリーズ」の目玉数点を並べたOの口からは、意外なことばが発せられた。

「全部で最低三千円はするというが、まあ、二千五百円に負けてもいいそうだ」

早川ポケット・ミステリの
第一回配本（1953）

私は仰天したが、デパートの御曹司ともなれば、こんな駆け引きには慣れているのかもしれないと思った。こちらが甘かったのだ。

とどのつまり、私は相手の言い値通りの金額を支払った。「教材を買う」といって、親をだましたのであるが、副読本が一冊百円程度の時代である。

このような思いをするにつけ、私はだんだん古書店ルートを開拓しなければと思うようになったのだが、その機会は意外に早くやってきた。同じ年の師走になって、学校の生徒会主催の講演会が神田一橋の共立講堂で開催されたのである。講師は徳川夢声で、ちょうど子息が慶應高校に入学していた。演題は「海外旅行雑観」だった。この年、夢声はエリザベス女王の戴冠式に招待された帰途、英独を漫遊していたので話題は豊富だったが、私はこの催しの終わった後、直近の神保町古書街を探険することしか念頭になかった。

「屋並屋並に金文字かざり、本にいわせる神田神田神田神田」（時雨音羽作詞『神田小唄』）という昭和初期のうたを聞くたびに、神田（神保町）への憧れをかき立てられていた私であるが、いざその入口に立ってみると茫漠として摑みどころがないのに、困惑するばかりだった。ようやくある店の主人に「アノー、探偵小説を置いている店はないでしょうか？」とこわごわ尋ねたところ、案に相違して「ああ、それなら西澤か石原だね」と教えられた。

西澤書店の店内には懐かしき戦前のカビの香りが充ち満ちて、私を陶然とさせた。棚には「新青年」がギッシリ並べられ、「ぷろふいる」「苦楽」「講談倶楽部」「日の出」などが平積みされていた。淡路町の露地裏にある石黒書店は薄暗い店だったが、目をこらして棚を見ると昭和初期の博文館版『世界探偵小説全集』、改造社版『日本探偵小説全集』などは序の口で、稀覯本の江戸川乱歩『怪人二十面相』、海野十三『浮かぶ飛行島』などが無造作に放り込まれているではないか。戦後の「雄鶏ミステリーズ」「アメージング・ストーリー」などは二束三文の扱いでしかなかった。私は何遍も目をこすった。

堰を切ったように神保町通いをはじめたのは、それから間もなくのことだった。

映画字幕と戦後

ところで、『Yの悲劇』を貸してくれた友人Uはまた無類の映画好きだった。占領軍による輸入制限を解かれたばかりの映画界は、ヒッチコックやクルーゾー、キャロル・リードやジュールズ・ダッシン、さらにはジョン・ヒューストンやビリー・ワイルダーなどの傑作が続々公開され、《戦後映画の黄金時代》を現出していた。学校がちょうど東京渋谷と横浜桜木町の中間にあったので、私たちは下校時に連れだっては盛り場の二番館か名画座にもぐりこんだ。メロドラマ、西部劇、ギャング映画など、あらゆるジャンルの映画を見たが、探偵映画は数が少ないので、見逃さないようにした。比較的見る機会の少ないジーン・ネグレスコ監督の『仮面の男』やロバート・シオドマクの『らせん階段』のような作品も含まれていた。前者は当時邦訳のなかったエリック・アンブラー『デミトリオスの棺』の映画化で、ピーター・ローレ主演というのもうれしかった。そのほかデルマー・デイビスの『赤い家』やフリッツ・ラングの『扉の蔭の秘密』などの傑作を、リアルタイムで見ることができたのも幸運だった。そのころの友人との映画談義がどのようなものだったか、同じシオドマクの『都会の叫び』（一九四八）を例にふれておきたい。

都会の吹きだまりに育った二人の少年が、一人は長じて刑事（ビクター・マチュア）となり、一人はギャング（リチャード・コンテ）となるが、刑事が幼なじみを立ち直らせたいという努力も空しく、最後はギャングに重傷を負わされ、逃げられようとする。刑事は必死に「法律の名において！」と叫んで背後から一発、かつての親友を斃す。

このラストの解釈で、私はUと意見が分かれたことを思い出す。Uは「背後から撃つのは卑怯で、後味がわるい」というのに対し、私は「苦渋の選択で、だから『法律の名において！』と叫んでいる。だいたい『都会の叫び』とは、これを指しているんじゃないか」と異を唱えた。いずれにせよ、この場面は周囲の学友にも多大の感銘を与えたと見え、昼休みの教室などで「法律の名において！」などと大声をあげているのを、よく耳にしたものである。ちなみに、近年のＤＶＤ版やＴＶ放映の字幕では、「とまれ、撃つぞ！」などという常套文句で片付けているが、作者の意図が全く理解されていない。昨今は警官が犯罪者に向かってこんな台詞を吐か

映画『都会の叫び』(1949)の
パンフレット

せること自体、リアリティーの欠如と評されかねないであろう。戦後はやはり遠くなったのである。

雑念に妨げられない年齢

高校時代の後半は、文学全集ブームに乗せられ、『赤と黒』、『戦争と平和』、『カラマーゾフの兄弟』、『魔の山』などを一日百五十ページ以上読み、三、四日から一週間で読破するという無茶なことをやったが、つくづく集中力の未だ衰えていなかった年代であったと思う。あとから考えれば、『緑のハインリヒ』や『ジャン・クリストフ』や『美しき惑いの年』などは、典型的な教養主義の雰囲気と進歩幻想の中にまどろんでいなければ読めないようなものだが、このような読書が可能な物理的条件というものがあって、それは雑念に妨げられない年齢ということに尽きるだろう。したがって終わるのも早く、大学三年のころには著しくペースダウンした記憶があるが、教養主義の時代が大衆社会の前にあえなく崩壊していく土壇場にあって、旧文化の粋を堪能し得たことは幸運だったし、ページ数が多くて固い内容の書目を、ためらわずに選ぶ習慣がついたことだけでも収穫だったといってよい。

十歳のときに円本の『少年文学集』を耽読したことはすでに記したが、8ポイントという小活字の三段組で、しかもページ数の多い本は、物質的に不自由で、活字に飢えた世代にとっては、またとないご馳走だった。このような基礎的な本を読む充実感を、早い段階で味わっていたために、戦後の全集ブームにも乗ることができたのだろう。よく戦後大衆文化の成り立ちに関して、大づかみに西欧型の精神文化、学知の尊重からの決別ということが論じられるが、私の時代は大衆文化発生のはるか以前であるから、それとの対立的な概念ではなく、戦前戦中の遅れを取り戻したいという思いから発した自然の欲求だった。私はたまたまそのような世代の最後列に居合わせたことになる。深夜、大著を読了した際の、頭の芯がグルグルと渦を巻いているような心地よい疲労感こそが読書の本源的な喜びであると思った。高校と大学時代を通じてこのような時間を持ち得たことは、いまとなっては感謝すべきこと以外の何ものでもない。

ただ、ここで肝心なことを一ついっておきたい。私はこのような青春を決して繰り返したくないと思うのだが、それは充実の裏側に、戦争による貧しさと混乱がベッタリと張り付いているからである。ワーズワースの「暮らしは低く、思いは高く」という一言は耳あたりはよいが、実際に体験したものでないとわからない辛いものがある。現在でも単に珍しい文献を渉猟したり、高価な書籍を収集したりする愛書家、蔵書家の列に加わることに違和感を覚えるのは、このような人生の基礎体験がトラウマとなっているせいだといえば、理解してもらえるだろうか。

天恵の自由が、すでに重荷に

進歩幻想といえば、高校三年のときに教材として与えられたエーリッヒ・フロム（新フロイト学派）の『自由からの逃走』（日高六郎訳）が、私の世界観、人間観に影響を及ぼし、ちょうど中学校時代の『一九八四年』と真っ直ぐにリンクし、かつ一九六〇年代の推理小説の転形期とも響き合ったような気がするので、一言ふれておきたい。

当時三年生の授業に「文化問題」という変わった選択科目があり、大学から出張した講師が一人で受け持っていた。横山親平という名で、後に『コトバは凡てではない〈言葉と表現とイメージ〉一般意味論入門』（一九六一）という著書を出しているが、この当時はまだ五十歳前で、年齢よりも老成した感じの講師だった。

『自由からの逃走』（一九四一）は、現在なお東京創元社の「現代社会科学叢書」の一冊として六十年以上のロングセラーとなっているが、私たちが手にしたのは翻訳が現れてから二年後、まだ著者の経歴さえ十分に明らかではなく、ましてや高校生ごときに予備知識などあろうはずもなく、「近代の個人は政治的、経済的権力の圧倒的かつ巧妙な仕組みに打ち克つことができず、無力感と恐怖と孤独と無意味の感情に埋没していく」「人間は自由であればあるほど、その自由の重荷に耐えることができず、ナチズムのような全体主義的イデオロギーをさえ、よろこんで希求するようになる」などという言説が、すんなり理解できるわけもなかった。なにしろ日本人が敗戦によって旧体制から解放され、与えられた民主的自由を享受している最中だったのだから、思い半ばに過ぎるものがあろう。

『自由からの逃走』
（東京創元社、1952）

しかし、この本は私にとっては何となく気になる存在であり、講師の訥弁にしばしば眠気を誘われながらも、懸命についていこうと努力をしたものである。その甲斐があったというべきか、あるとき、ふと横に坐った級友Hが欠伸を抑えかねているのを見た瞬間、ゆくりなくもフロムのことばが一枚の絵となって私の脳裏をよぎった。それは彼が学校の近所にある雀荘で、牌を打っている姿であった。

慶應のキャンパスがある日吉は、東急日吉駅の東側に降りると、銀杏並木に彩られた約二百二十メートルの通学路となるが、西側に降りると繁華な商店街となる。新学期も過ぎると、授業に出る意欲を失った生徒たちが通学の電車から降り、真っ直ぐに西口に直行してしまう。高校一年のときに知り合ったHもその一人だった。授業の休講となったある日の午前中、私はHにつきあって西口の商店街を歩いてみたことがある。小さなパン屋、八百屋、小間物店などが並ぶ表通りを一歩路地裏に入ると、トタン板にペンキ塗りの雀荘やビリ屋（ビリヤード場）が櫛比していた。Hはそのうちの一軒に入り、暗い階段を昇り、勝手知ったる様子で二階の薄暗い部屋に入ると、私をアゴで招き入れた。制服を脱いだ学生が数人、テーブルを囲んでいた。少し離れたところでは、一人の学生がボンヤリとポピュラー音楽に聴き入っている。

「ここと、通りの向いにある雀荘がおれの根城さ」とHは苦笑しながらいった。「学校よりも落ち着ける天国だからね。月の半分以上は、フラフラと西口に降りてしまうんだ」

旧家生まれという点で、私と境遇が似ていたHは、入学当初は真面目な生徒だったが、やがて親の期待が煩わしくなったと言いはじめ、急激にサボりの常習者となった。このときも「おれ、サボるためにこの学校に入ったのかもしれない」などといい、だれでも知っている佐藤春夫の詩をモゴモゴ呟いた。「ひともと銀杏葉《いてふ》は枯れて／庭を埋めて散りしけば／冬の試験も近づきぬ／一句も解けずフランス語／若き二十《はたち》のころなれや／三年《みとせ》がほどはかよしひも／酒　歌　煙草　また女／外に学びしこともなし」

私は「時代がちがうんじゃないか」といいかけて、口をつぐみ、Hが注文した珈琲を飲んでいるうちに、一卓の空きが出来てHがソワソワし始めたのを機に、そこを引き揚げた。

――横山講師の授業を受けながら欠伸をしているHを見て、私が連想したのはこのような情景なのであった。「つまるところ、Hは自由からの逃走者なんだな」というのが、私の理解だった。私たちより五、六歳上の世代は学徒動員や特攻隊入りで勉学の機会もなく生命を奪われていった。「それに比べればキミたちは恵まれているんだぞ」というのが、中学や高校の教師らのお説教の定番だった。お説教ではあったが、私たちが散華の世代とは紙一重の差で生き長らえたことには、まだまだリアリティーがあったのである。しかし、こうして得た天恵の自由をも、すでに重荷と感じはじめている同世代が出現していたのも確かだった。その後Hとはあまり話し合う機会もなく、三年後ぐらいから姿を見かけなくなってしまった。

高校には親が中産階級に属する者が多く、戦後いち早く経済的な離陸《テークオフ》が可能だった彼らの間から、いわゆる軟派や遊蕩学生が出現したこともまた事実だった。近県では湘南地方を中心に、後に太陽族と称される若者の蠢動がはじまっていた。ちなみに、石原裕次郎は私と同学年で、軽音楽のクラブに所属し、学内を闊歩していた。彼らの欲求不満が戦後十年目以後に生じた社会的な空白期に破壊衝動となって激発し、中間期の日本文化をリードする過程は、現在では「おたく文化」の初期的な症状として分析され、意味づけられているが、彼らと同世代で『自由からの逃走』に学んだ一人としては、まず自由を唱える戦後の社会の側に、その自由を重荷と感じさせるような心理的温床が存在したということ、さらには単なる学校という機制からの逃避者、ドロップアウトに過ぎなかった彼らが、間もなく地位を逆転し、大衆社会の象徴的な支配者として君臨しはじめるという解釈のほうにリアリティーを感じるのである。

『自由からの逃走』が私に与えた影響は、推理小説にも及ぶが、これについては後述したい。

III げに春の最中であった

新しいキャンパスとミステリ熱

一九五四年（昭和二十九）、私は大学の経済学部に進学した。ちょうど新聞の一面にビキニ水爆実験とか、自由党幹事長佐藤栄作の指揮権発動などの大見出しが躍っている時期である。日吉の大学キャンパスには戦後の駐留軍接収の置き土産であるカマボコ型兵舎が十棟以上も残り、ようやく成った新築の二階建て校舎も手狭で、常にスシ詰めの状態にあった。

このように不便も多かったが、いまから思えば右肩上がりの希望に満ちた時代だった。私は亡父の遺志に従って医者になるつもりだったので、当時の制度に従っていったん経済学部を履修し、二年後に医学部を目指す心づもりでいた。したがって、音声装置のよくない窮屈きわまる教室で、経済学のノートを取る気もなく、暇さえあれば海外文学や内外のミステリに読みふけっていた。週末の放課後は桜木町（野毛方面）か渋谷に出て映画を見るか、神保町に出て古本を漁るか、であった。〝私の大学〟は日吉以外の場所にあったということになる。

『続・幻影城』の扉と
江戸川乱歩の署名（1954）

　毎朝校門をくぐると、高校いらいの友人Iが待ちかまえていて、いきなり「まだ出ないねえ」と挨拶代わりの声をかけてくるのだった。江戸川乱歩の『続・幻影城』（早川書房）が、四月刊行と広告にあるのに、二ヶ月余り経っても出ないというのである。

「出ないねえ。早川書房は何をしているのかなあ」と、私。

「類別トリック集成なんか、期待しちゃうなあ」と、Iは色白の顔を紅潮させる。「とにかく、買いはぐれないようにしないと……」

　こんな話をしているうちに一時間目の鐘が鳴るのだった。

「探偵小説評論集」と銘打った乱歩の『幻影城』正篇（岩谷書店）の初版が出たのは、ちょうどその三年前、一九五一年である。日本初の本格的ミステリ評論集として、とくに海外探偵小説の情報量は圧倒的で、初版千部はたちまち品切となった。当時、市中の図書館でこの種のものを備えて

げに春の最中であった

いるところはないので、古書店を探すことになったが、神保町あたりでは軒並み七、八百円（いまの一万円以上）にも騰貴し、高校生には手も足も出なかった。戦前からのミステリ愛好家の中には、なんと全文をノートに筆写した猛者までいるという噂が立った。『続・幻影城』は、それを凌駕する内容らしい。Ｉや私がジリジリと待ちわびたのも当然といえよう。

ようやく七月上旬ごろに書店に並んだのであるが、私はその前に直接注文のほうが早いと思って、早川書房に送金してしまっていた。一つには、「著者の署名入りをお送りします」とあるのが魅力だったのである。

ところが案に相違して、なかなか送られてこない。Ｉのほうは「おれ、もう読んじゃったよ。期待以上だったよ。」などと、ニヤニヤしている。怒り心頭に発した私は、思い切って早川書房に電話を入れた。

「『続・幻影城』はもうとっくに出ているのに、どうして直接注文者には送ってこないんですか？」

「ああ、そうですか」電話の向こうから、のんびりした声が返ってきた。「今日あたり、何冊か風呂敷に包んで、乱歩さんのところにサインを頂きにいこうかと思っていたんです」

私は意外な返事に、督促も忘れて電話を切った。あとで知ったのだが、この相手は当時編集部にいた福島正実だった。

苦労して入手したこともあり、私は『続・幻影城』を文字通り嘗めるように読んだ。「英米の短編探偵小説吟味」、「最近の英米探偵小説」、「Ｊ・Ｄ・カー問答」などは、これ以上は望めない読書指針となった。これに反して、「類別トリック集成」はあまり丹念に読むと、今後の読書の興をそがれるような気がしたので、斜め読みにとどめた。意外に感銘を受けたのは「変身願望」で、乱歩という作家に濃厚な逃避願望（「隠れ蓑願望」）があるということ、それが戦前の「変格」作家の通奏低音となっていることに気づかされた。

いずれにせよ、『続・幻影城』は私のミステリ熱を煽りたてる役割を果たした。乱歩流にいえば私の中の小さな虫が、突如真っ赤な鬼に成長し、躍り出てくるのを感じたのである。Ｉも同じ思いだったようで、「類別トリック集成」を熟読し、最も登場頻度の高いクリスティーに改めて尊敬の念を強くしたようだった（卒業後交友は途絶えたが、Ｉは実務家を経て、経営学者として業績をのこした）。

十八歳のベストテン

これより前、私は高校三年の冬休みに日記帳形式のミステリ読書ノートをつけはじめた。本格的な読書録というと面倒になるが、トルストイやドストエフスキイの作品とちがって、ミステリはトリックや人物、推理の過程などに定型があるので、それらの感想を述べるだけなら簡単なように思えた。すでに映画のノートは実行していたので、その延長のような軽い気持ちで始めたのである。

開始日が一九五四年（昭和二十九）一月七日で、書目はクリスティー『忘れられぬ死』（村上啓夫訳）である。ポケミスのクリスティー第一号で、奥付を見ると前年十二月三十一日発行とあるか

げに春の最中であった

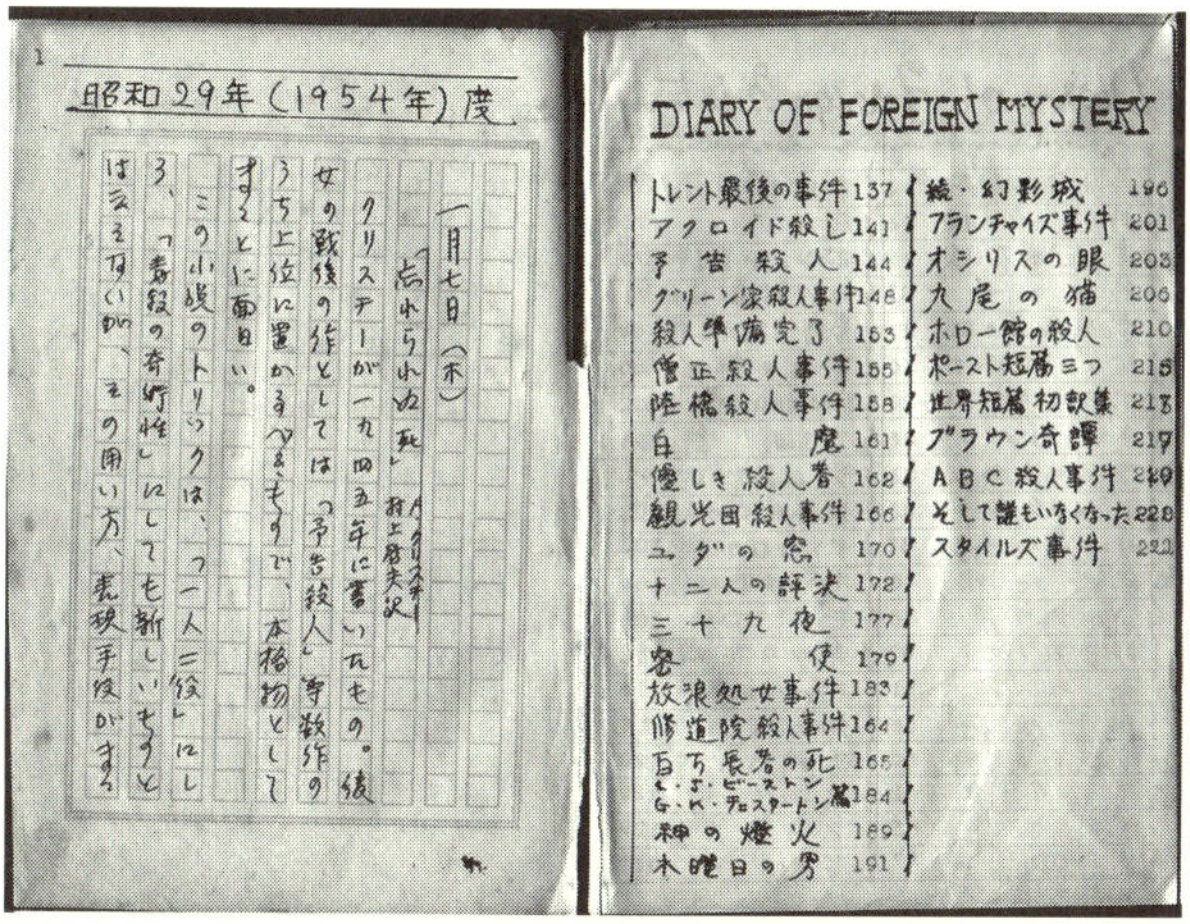

「ミステリ・ノート」一冊目の冒頭（1954）

ら、お年玉をもらって書店に急いだものであろう。「本格物としてまことに面白い」、「大体、探偵小説のトリックなどは、やがては種切れになるであろうが、しかし、こういった活かし方一つでどうにもなることがわかる。この点、目新しいトリックに凝っているブリーンの『ワイルダー一家（の失踪）』の如き、このクリスティーと比較すれば殆ど子供だましの感がある」、「登場人物ではアイリス、ルシラ、アレグサンドラ、ルス等の女性連が印象に残り、これに反してスティーヴンの如きは相当力が入っているにもかかわらず平凡であるのは、一寸した欠点であろう」云々。

半世紀前の子どもっぽい感想だが（事実、満十八歳でしかなかった）、当時の若いミステリ初歩の読者にとって、探偵小説が急に身近となり、一般の市民権を得るにいたる数年間が、熱に浮かされたような、疾風怒濤の時代であったことは、

幻島はるかなり

私のささやかなノート（その後五年間持続した）を見ればわかってもらえよう。十月十七日までの二百八十余日の間に、再読を含めて七十冊を読み上げ、最終ページに「本書に収録せる作品ベストテン」を掲げたものだ。

Ⅰ　黄金時代　①フィルポッツ『赤毛のレドメイン』、②クリスティー『アクロイド殺し』、③ルルー『黄色の部屋』、④クイーン『Yの悲劇』、⑤クロフツ『樽』、⑥ヴァン・ダイン『グリーン家殺人事件』、⑦メースン『矢の家』、⑧クイーン『Zの悲劇』、⑨ベントリー『トレント最後の事件』、⑩ノックス『陸橋殺人事件』、次点ドイル『バスカヴィル家の犬』、ヴァン・ダイン『僧正殺人事件』、別格チェスタートン『木曜日の男』

Ⅱ　1935年以降　①クリスティー『予告殺人』、②ディクスン『ユダの窓』、③テイ『時の娘』、④ブレイク『野獣死すべし』、⑤クイーン『九尾の猫』、⑥アイルズ『殺意』、⑦クリスティー『殺人準備完了』、⑧ポストゲイト『十二人の評決』、⑨クリスティー『そして誰もいなくなった』、⑩ガードナー『奇妙な花嫁』、次点クリスティー『忘れられぬ死』、ブリーン『もう生きてはいまい』

Ⅲ　心理ミステリ及びハードボイルド　①グリーン『密使』、②ウールリッチ『黒衣の花嫁』、③ケイン『郵便配達はいつもベルを二度鳴らす』、④ハメット『マルタの鷹』、⑤アイリッシュ『暁の死線』、次点ウォーリス『飾窓の女』、バカン『三十九夜』

げに春の最中であった

軽蔑されていたミステリ

現在から見ればいかにも古典的だが、これらのほとんどが新刊か、その二、三年前に出たのであるから、非常に特異な時代だったといえよう。年代のまちがい（『奇妙な花嫁』は一九三四年発表）や、変てこりんな分類（心理ミステリ）も目につくが、全体にトリックを重視し、ヴァン・ダインやクロフツは「知能遊戯」として買っているが、一方では『矢の家』の探偵対犯人の会話のような、間接的な心理描写にも大いに感銘を受けていたらしい。私ばかりでなく、このころのミステリ愛好者は、前段階として普通文学に親しむ時期があったので、犯人の人間性や動機という面への関心が非常に高かったといえる。いまでは古めかしいとして敬遠されがちなフィルポッツなども、私のようにハーディーやエミリ・ブロンテなどに共通する十九世紀イギリス文学の暗鬱な情調を好む読者にとっては、非常に魅力的に感じられたものだ。

この点に関連して思い出すのは、高校時代の同級生だったTという文学青年のことである。ある日、私が電車の中でハメットの『赤い収穫』（砧一郎訳）に読みふけっているのを見て、「また探偵小説かよ」と、軽蔑するような表情をした。

「また、というのはどういう意味かね」と、私は反発した。「この小説はハードボイルドといってな、おそれ多くもきみの尊敬するジイド先生が、そりゃもう絶讃したんだぞ」

「トンつくなよ。信じられねえなあ！」

トンはウソという意味の、戦後数年間大流行した学生用語で、「ホント」の逆読みの「トンホ」

を縮めたもの。いかなる辞書にも載っていないが、「大トン営発表」などという、気のきいた応用もあった。

「トンじゃないよ。江戸川乱歩がそう書いているからね、まあ、読んでみろよ」

じつのところ、私にもジイドがなぜ賞めたのか、不得要領だったのだが、いつも横光利一の『旅愁』などを後生大事にかかえているTを、ちょっとからかって見たくなったのである。近年小鷹信光氏によって、このジイドによるハメット賞賛が誤伝であるとされたが（『私のハードボイルド――固茹で玉子の戦後史』早川書房）、当時ミステリ愛好家の間では、意外な事実として話題になっていた。

翌日、ものすごい表情で現れたTは、『赤い収獲』を投げ返してきた。

「こんなものをジイドが相手にするもんか！　真にうける奴がバカだよ」

こうなると私も後に退けない。「おまえなんかに、ハードボイルドがわかるもんか」などと、罵り合いになってしまった。

当時文系の友人は、Tのように高校時代の延長で横光利一や川端康成などを読んでいるタイプ、ドストエフスキイや老舎などロシアや中国文学に熱中している者、あるいはプルーストやカミュなどフランス文学一辺倒の学生などに分かれていた。こうした友人から見れば、小口を黄色く染めたミステリ本に読みふけっている私などは、外道としか思えなかったろう。「エンターテインメント」はまだ新語で、当時公開された映画『バンド・ワゴン』の中で、ようやく〈ザッツ・エンターテインメント〉という曲名として登場したばかり――という頼りなさだった。表記の揺れがそれを立証していた。

しかし、戦後まだ数年目、私にとってミステリはまず貴重品であり、簡単にネグレクトしてよいものではないという思いがあった。私は海外のミステリをもっと自由に手にし、浴びるほど読むことができる日のくることを待ちわびていた。ミステリ・ノートをつけはじめたのも、このような不完全燃焼の思いを解消する手段だったといえる。前述のように、そのころは海外文学の全集叢書のブームで、私も一、二種を購読し、古いところではブロンテの『嵐が丘』やスタンダールの『赤と黒』、ショーロホフの『静かなドン』など、新しいところではカフカの『審判』、ジャン・ジュネの『花のノートルダム』あたりを読み漁っている最中だったのであるが、この種のものは経済学部のような実際的な気質が支配するキャンパスでは、なかなか素面の話題にはなりにくいものだ。私はようやく、読書好きの学生としての物足りなさや孤独を感じ始めていた。慶應の学生はあまり幅広い読書に身を入れないのではあるまいかと疑うようになっていた。気のせいか、駅前にあった丸善の日吉支店も閑散としている……。

『バンド・ワゴン』(1953)のパンフレット

あにはからんや、そのころ学内にはやはり新しい時代の動きがあって、〝もう一つの文学〟としてのミステリを愛好する、真っ赤な鬼の一群が躍り出そうとしていたのだった。大学ミス研の第一号、慶應義塾大学推理小説同好会の誕生である。

推理小説同好会の出現

『続・幻影城』の出た一九五四年（昭和二十九）の十一月も末になってから、私は日吉キャンパスの正門付近掲示板で、「会員募集!! 推理小説愛好会結成」というポスターを目にし、何度も目をこすった。モダン・アート風のカットをあしらったポスターは、どう見ても冗談としか思えなかったのである。

全国の大学に、まだミス研というものの存在が考えられなかった時代背景を、簡単に説明することは難しい。戦前は猟奇犯罪の起こるたびに、「探偵作家が、けしからんことを教唆するからだ」と指弾された（江戸川乱歩『探偵小説四十年』）というが、戦後十年近くを経ても、そのような偏見は完全に払拭されたわけではなく、翻訳ミステリには新風が吹きはじめていたとはいえ、雑誌の誌面などは現在の知的エンターテインメントの雰囲気からほど遠いものがあった。私などは制服制帽姿で通学のさい、ミステリを読むにもカバーをかけるのを習慣としていたものだ。

「このポスターは真面目なんだろうか」私は一緒にいたIに話かけた。「いったい、大学と推理小説にどんなカンケイがあるんだろうか」

「学生課の掲示許可のスタンプが捺してあるがね」とIはポスターの隅をのぞき込みながら首をひねった。「それより、『推理小説』っていうのが気にいらないいな」

これは私も同感だった。「推理小説」という新語は探偵の「偵」が当用漢字にないというバカげた理由で新聞などから抹殺されかけていたが、代わりの「推理」にしてもどこかよそよそしい響きがあるので、私などは前述の感想ノートに用いたこともなかった。

「やっぱり、こういうのは無視するに限る！」とIはさっさと判定をくだし、私も一度は毅然としてその場を立ち去った。「愛好会」という名前はソフトだが、実体は乱歩のいう《真っ赤な鬼》の集まりのような気がした。自分もポケミス一三六番の『九尾の猫』までは読破し、ノートも一冊分がたまるほど読んだつもりではあったが、あくまで内弁慶の話で、いざとなると気後れを感じてしまったのである。

もう一つ、じつは私はすでに高校時代から、別の文化団体に所属していた。映画芸術研究会と称して試写会回りや、同人誌（部員の論考のほか著名な監督や女優のエッセイを掲載）の発行など、かなり目立つ活動をしていた。リーダーは三上隆久という先輩で（のちに新聞人となった）、映画界にコネをもっているらしく、今日は黒澤、明日は小津、そのまた明日はヒッチコックという具合に試写会の招待券を入手してくる。その一枚、たとえば『ダイヤルMを廻せ！』のチケットを私の目の前にチラつかせながら「君、神保町の柏水堂（老舗の洋菓子店）に広告取りに行ってもらえないかなあ」などという。広告を取った後には、その版下づくりに烏口を引くという具合に大忙し。他の部活とのかけ持ちは困難だったのである。

大伴昌司との出会い

何遍やめようと思ったか知れないのだが、じつはこの映研には話の合う友人がいた。その男とのはじめての出会いは、放課後の例会の席上だった。人の話を聞くときにはちょっと小首をかしげるのが癖で、よく見るとその口許が緩んでいる。これがテレ笑いなのか、苦笑なのか、それとも嘲笑なのか不明だが、一目見るなり妙なヤツだと思ったのを忘れることはできない。常に小脇にかかえている雑誌が「キネマ旬報」と知り、こいつは油断ならないぞと思った。慶應に映画マニアは多いとはいえ、大半はファン誌の「映画の友」や「スクリーン」レベルで、評論と業界情報とを兼ねた「キネ旬」読者は、何人もいなかったと思う。

この人物が、後のSF評論家で《怪獣博士》の異名をとった大伴昌司である。本名は四至本豊《ししもととよ》治《じ》。この比較的めずらしい姓は大阪府泉南郡に多く、ほんとうは「ししもと」と読むのだが、慶應義塾普通部時代の悪友から「おしし」「おしし」と揶揄されるのを嫌い、「よしもと」と自称していたのだった。生前極端に本名を嫌い、それを秘した理由の一端は、少年期のトラウマにあると思われるので、以後「大伴」に統一することにしたい。

大伴は文学部の東洋史学科に属していたが、風変わりなもの、異常なものへの好奇心が人一倍強く、何事にも先鞭をつけたがる性格だったので、「会員募集!! 推理小説愛好会結成」のポスターを見逃すはずはなかった。「これは、真面目な連中なのかな」と、大伴は鼻の頭を真っ赤にしながらいった。興奮したときの癖である。私もついに意を決し、二人で様子を見にいくことにした。

のちに知ったのだが、このポスターは第二回の募集で、一週間前の十一月十九日に行われた第一回募集の際にはたった三人しか集まらなかったという。つるべ打ちに追加募集をしたところに尋常ならざる熱意が感じられるわけだが、大伴と私は、ポスターに指定された集合場所である掲示板前路上に、二、三の先輩学生らしき姿しか見えないことに拍子抜けしながら、「あの、推理小説愛好会ですか?」と尋ねると、色白の快活な学生が「そうらしいですね」と応じ、「田村良宏です」と自己紹介をした。その脇にいた顔色の浅黒い学生が、入会申込書を配りながら、「関義一郎です」と名乗った。パレットクラブに所属する、絵画や音楽の好きな学生だった。

田村良宏は経済学部の二年生で、まれに見る活動的な人物だった。卒業後は大新聞の政経部の記者として活動するかたわら、最大のミステリ愛好者サークル「密室」(SRの会)の実質的運営者となり、河田陸村の筆名で評論家としても活躍している。大学生によるミステリ研究グループという前例のないものを組織化するには、まさにうってつけの牽引車型の存在だったといえよう。

田村が会の結成を思いついたのは、第一回のポスターを貼り出す五日ほど前にすぎなかった。その日は日曜日だったが、学園祭(三田祭)に行こうと最寄駅の国鉄(現、JR)から歩道橋の階段をのぼったところ、同じ方角へ向かう顔見知りの関と出会い、一緒に歩き出したが、その途中、関が「古本屋に寄って、ミステリを探そう」といった一言から、たがいに同好の士とわかり、すぐにクラブをつくろうという話に発展した。関とは出身校が共通だったが、それまで趣味について話し合ったことはなかったので、もしこの偶然の出会いがなかったら、現在の推理小説同好会はなかったかもしれないとは、後年田村のよく述懐するところである。

もっとも戦後も数年を経ると、学生層にも探偵小説のファンが増加し、蠢動をはじめていたといえよう。じつは田村は知らなかったそうだが、この二年ほど前の一九五二年（昭和二十七）、さらに上の先輩にあたる村山徳五郎ら四人の学生により、偶然にも「探偵小説同好会」という組織の創立総会が開かれていたことが、間もなく判明した。その席上、会長として医学部の林髞《たかし》教授（筆名木々高太郎）を、顧問として「三田文学」関係者の永瀬三吾（当時「宝石」編集長）および作家の椿八郎（慶應医学部出身の眼科医）らに就任を依頼するという案を採用、愛好家団体として発足したのである。これは学内で集会を催すには団体届けが必要であり、会長にはできる限り大物に依頼したほうが何かと好都合だったからで、発起人たちは当初文連への加入までは考えてもみなかったという。

ミス研第一号、生みの苦しみ

村山は後に公認会計士業界の重鎮として知られた人物だが、学生時代はコツコツと推理小説論を執筆するような書斎派で、あまり人を組織化することは得手ではなかったらしい。そのためか林教授を囲む座談会を一度催し、同人誌として「推理小説論叢」を創刊しただけで、休眠に近い状態となっていた。

しかし、慶應にこのような会があることは永瀬によって「宝石」の短信欄に紹介されていた。田

げに春の最中であった

村らがこれを知ったのは、少し遅れて第一回会合の時点だったが、早速村山と連絡をとり、両者の合体が実現したという経緯となる。形の上では田村ら新勢力が「推理小説同好会」の名を継承することとし、次年度からの文連正式加入をめざすという方針を定めた。文連とは学生自治会の組織「文化団体連盟」の略称で、戦前から類似のものはあったが、戦後の新しい風潮に乗って出現した英語会、経済新人会、放送研究会、ライト・ミュージック・ソサイエティほか二十に近い文化団体の統括を目的として再発足していた。この文連に所属すれば、公認団体としてわずかながら予算もつくし、部室も与えられる。部員もいっそう増えるはずだった。

それはさておき、その第二回募集のさい、私はとりあえず入部申込みのサインをした。大伴も私につられるように申し込んだが、じつはお義理だったようだ。後に知ったことだが、そのころ彼は文化映画研究会という短編とアニメ専門の部を一人で結成しようとしていたのである。

大伴のことは、いずれ詳しく記すであろう。とりあえずはこの年度の新入りが私たちを含めて数人、古参会員と合わせて十人以上となり、文連加入の見通しが明るくなったこと、私が思いきって映研をやめたことを述べるにとどめたい。

現実には文連の審査会で「推理小説？ そんなものが文連に入る資格があるのかな」という声が出たという時代だから、トントン拍子に進むわけがない。翌年四月になってから、やっと「準加盟」が許された。さらに正式加盟が許されるには、まず具体的な目的をもつこと、部長が学内の教授であること、二十名以上の会員を有することなどの条件を満たす必要があったが、これらについては「真理の探究と情操の高揚」、「本部を林髞教授宅に置く」などの文言が利いたようだ。「愛好会」という名称よりも「同好会」という、やや貫目のついた名称を選んだこともプラスしたという。現在どの大学にも存在するというミス研だが、わが会が第一号となるには、このような生みの苦しみが伴ったのである。

三大作家の講演会

文連への正式加盟は五月だったが、その直後から堰を切ったように部活がはじまった。六月には林教授とゲスト（永瀬三吾、渡辺剣次、阿部主計の各氏）を迎えて「木々先生を囲む会」という座談会を催し、九月にはNHKラジオの「婦人の時間」から「探偵小説の流行をめぐって」という録音ルポルタージュの出演依頼を受けたり、十月には「宝石」新年号の座談会「学生と探偵小説」に出たり、十一月には学園祭（三田祭）で作家の講演会を開催するなど、枚挙にいとまない有様だった。

とくに三田祭への参加は、同好会が単なる烏合の衆ではなく、れっきとした研究団体であることを一般社会に誇示する絶好の機会でなければならなかった。その第一回は、一九五五年（昭和三十）の「探偵小説の世界」と銘打った講演会で、当時のプログラムを見ると講師は木々高太郎、江戸川乱歩、大下宇陀児。開催場所は大学の新館（現在の第一校舎）二階22番（現在の122番）教室、日時は十一月二十日（日）午後一三・三〇〜一七・〇〇となっている。「探偵小説の世界」というの

げに春の最中であった

学園祭にて講演する江戸川乱歩(1955年)

は総合タイトルで、各講師の演題は「探偵小説の行方」（木々高太郎）、「海外の探偵小説」（江戸川乱歩）、「探偵小説の楽屋」（大下宇陀児）だった。

残念ながら私は都合で出席できなかったが、戦前から戦後にかけての探偵小説界を代表する大作家の名を連ねたことで、会場は立錐の余地なき超満員となり、探偵小説ばかりでは入りが悪かろうと用意したアトラクション（奇術研究会との提携）も全く無用となって、主催者はうれしい悲鳴をあげっぱなしだったという。さらに終了後、江戸川乱歩の提案で三講師と会員有志との懇談会が新橋の料亭「乱歩」にて催されたが、内容が探偵小説文学論をめぐる充実したものということで、速記の要点が「探偵倶楽部」一九五五年新年号に「大学生と探偵小説あれこれ問答」と題して掲載された。当日の高揚感の余韻さめやらない雰囲気を伝えるこの記事は、今日容易に見ることができないと思われるので、以下にごく一部を引用しておきたい。

江戸川　……たとえば文壇の人で探偵小説を書いている人は相当ある。戦前もあった。ぼくらとならんで文壇の人が書いたこともある。それをみるとたしかに文学的にはいいのだが探偵小説的に不満足だ。具体的なことをいうが、木々君の作品は尊敬しているよ。しているがぼくらいわゆる探偵小説的興味の方が……。

木々　過渡期だからそうなるのだが……。

大下　ちょっとお待ちよ。あのネ、ほんとはさっきもぼくはいったが乱歩だって文学的なものはほしいと思うのだ、それがただ乱歩は探偵小説の範疇においては文学的なものはできにくいとあきらめちゃっているのだ。もう一つは商売で探偵小説を書いて食っていくのと……。

江戸川　純文学じゃだめなんだぞ。

大下　ウソお言いよ。その看板に応じての探偵小説というものもなければこまるというのだ。それはわかるな。

江戸川　そんなことはない、違うよ。

大下　ぼくは木々さんに近いのだが、探偵小説が文学でなければならないといったら、ぼくは反対するね。それはこまる。おれだって商売だから、やはりときにはミーチャン、ハーチャンに読ませるものも書かなければならない。

江戸川　個人的な問題でないよ。理想論だよ。それは、誰が、どんなことを書いてもかまわない。気にしない。けれど、本格論になると……。

木々　いっこう差支えない。

田村　第三者からみると、そう違った議論じゃないですね。

今日の読者から見れば、当時の作家たちがなぜこれほどまでに文学に拘泥していたか、理解できないかもしれないが、純文学と大衆文学との間に大きな落差が存在した時代にあって、実作家としては真剣な問題だったことは想像できよう。乱歩などはデビュー当初は大衆文学に分類されることを潔しとせず、白井喬二ら大衆作家グループの誘いに応じることとさえ躊躇している。彼には純文学でもない、大衆文学でもないという異質性の認識と、新しいジャンルを創造したいという意気込みが存在したのである。大下、木々も濃淡の差こそあれ同様な考えで、相違といえば探偵小説としての独自性をどう生かすかという方法論の問題にすぎず、その点では一般読者からはどうでもよいテーマとして受け取られたのもやむをえない。

したがって、当時この問題を客観的な視点から追求した研究や論考には恵まれず、作家自身も乱歩のいう「一人の芭蕉（注、天才的な創造者）待望論」に下駄を預けたような心境となり、いつか論争も下火になってしまった。

しかし、「文学論」は徒花だったのではない。探偵小説の安易な商品化に抗する気持、いわば文学青年的な気質をどこかに残していたことが、戦後のこの時期にはじまった読者層の変化に何とか適応することを可能にしたともいえる。木々高太郎に私淑する松本清張の出現が、戦後推理小説の

げに春の最中であった

風土を改革したのは偶然ではないのである。

それはともかく、一九五五年（昭和三十）前後からのミステリブームを背景に、推理小説同好会の活動は一段と活発になった。同人誌の年二回刊行をはじめ、総会、月例会、科学捜査研究所（現在、科学警察研究所）の見学、新入生歓迎会、卒業生送別会などのほか合宿やハイキングなど、息つくひまもないほどで、そうした活動の牽引車となったのが田村だった。イベントのほかに力をそそいだのは「推理小説論叢」の刊行だった。活字離れの昨今では想像もできないが、当時はどんな団体でも研究や親睦のための同人誌を刊行することは当たり前だった。刊行予定日が近づくと、先輩の声が響く。「ところで『論叢 第弐輯』だけどね。A君、きみは巻頭論文を何枚、B君は随筆を何枚、題材自由で、〆切は月末厳守！」

「そりゃ無理ですよ。期末試験があるんです」などとゴネる者はいないが、二十人も部員がいれば、書くほうはあまり得意でない者もいる。しかし、先輩の方針はあくまで「全員参加」だったので、そのための手段として編み出した妙案が「ポケミス寸評」だった。当時までに六十冊ほども出ていたポケミスを、一〇一番から一六〇番ぐらいまでを全員で分担、数十字程度のコメントをつけようというのである。

ところが、これは思ったよりも大変だった。クリスティーの『忘られぬ死』やカーの『死人を起す』ともなれば、「おれが書く」「いや、おれに任せろ」と大騒ぎになるが、エドワード・アタイヤの『細い線』やジュリアン・シモンズの『二月三十一日』となると、だれ一人手をあげるものはなく、ドロシー・S・デイヴィスの『優しき殺人者』ともなれば賑やかな部室はシーンとなる。初期書目のうち、半世紀ほどを経た現在、希覯書目となっているものは、たいてい当時の不人気作で、「しょうがねえな。おれが全部読むのか」という先輩のぼやき顔を、いまでも覚えている。

しかし、こうして完成した「寸評」は、「論叢」の名物となった。当時ミステリと名のつくものは新聞雑誌の書評欄にとり上げられることはほとんどなかったので、よき情報源として学外からも注目されたのである。

多彩な同好会の人々

一九五六年（昭和三十一）、「もはや戦後ではない」という合言葉が新聞を賑わすようになったころ、私は経済学部の三年に進み、キャンパスも日吉から三田へと移った。入学当初に存在した医学部への情熱は跡形もなく——とまではいえないが、経済的な問題など客観情勢から、〝転進〟を考えざるをえなくなった。事実、高度成長の余恵が庶民に及ぶまでには、あと十年近い年月が必要だったのである。

それはともかく、「丘の上には空が青いよ」というカレッジソングの一節通り、天気のよい日に三田の丘に立つと、広い空の彼方には品川の海まで見えた。その反対側のキャンパスの隅にあった学生ホールは木造二階建てながら、生協経営の山上食堂（通称、山食）と、学生団体の小部室がいくつか並んでいた。わが推理小説同好会もその一つを与えられていたので、昼休みには常連が集まげに春の最中であったり、『三つ数えろ』『知りすぎていた男』などの映画の話や、『プレーグ・コートの殺人』『大空の死』などのミステリ談義に、時の移るのも忘れるのが常だった。

早川書房から新雑誌「エラリイ・クイーンズ・ミステリ・マガジン」（現在の「ハヤカワ・ミステリマガジン」）が創刊されたのは、その年の六月である。私はそれを手に、部室に駆けつけた。

「大変だ、大変だ！　ハヤカワがこんな雑誌を出したぞ！」

部室に居合わせた田村先輩や大伴昌司ほか二、三のメンバーが、意外そうな表情で私を見た。当時「大変だ、大変だ」といって入ってくるのは、大伴昌司にきまっていたからだが、それがまた溝口健二が亡くなったとか、円谷英二が『ラドン』を撮るとかの、映画のマニアックな話題に限定されていたので、一同としてはピンとこないようだった。その「大変だ役」を今回は私が演じたことになるわけだが、じつはこの雑誌は創刊記念として誌名当てクイズを行っていて、私も「ハヤカワ・ミステリ・マガジン」「幻影倶楽部」などと、ない智恵をしぼって応募し、発表の日を指折り数えて待っていたところが、何のことはない、海外誌の日本語版にすぎなかったので、怒り心頭に発していたのである。

あらためて応募要項を見れば、ちゃんと「読者への挑戦」とあって、現にピタリの当選者が出たのであるから、どうにも仕方がない。部員はニヤニヤしているばかり。

「好きこそものの哀れなり、だな」。大伴からも冷やかされ、その場はチョンとなった。田村先輩はこのときの私をいまでも記憶しているそうだが、まことに推理小説の雑誌が一種出るだけでも、大騒ぎを演じる素朴な時代だった。

ところで、同好会にあてがわれた部室は二十平方メートルに満たない小部屋で、真ん中に粗末なテーブルが置かれているだけ。手狭な上にシャンソン同好会という、およそ私たちとは水と油の団体と同居を余儀なくされていた。この部屋に、山食の一杯三十円のラーメンやカレーライスを持ち込んで、昼飯となる。カレーは名物だが、すぐ売り切れになってしまうので、私はやむなく味もそっけもないハムライスなどを、ボソボソと冴えない顔で口に運ぶことが多かった。こうした昼飯の最中に、先輩の一人が「どう？　このごろ学校は流行ってる？」などと挨拶がわりにいいながら入ってきては、わざと乱歩の『ぺてん師と空気男』（あるいはそのタネ本、アレン・スミスの『いたずらの天才』）に出てくるようなブラック・ジョークを連発する。

「あのねえ、おれ面白いこと考えちゃった。バケツにゴキブリを何百匹となく入れといてサ、それから、人に目

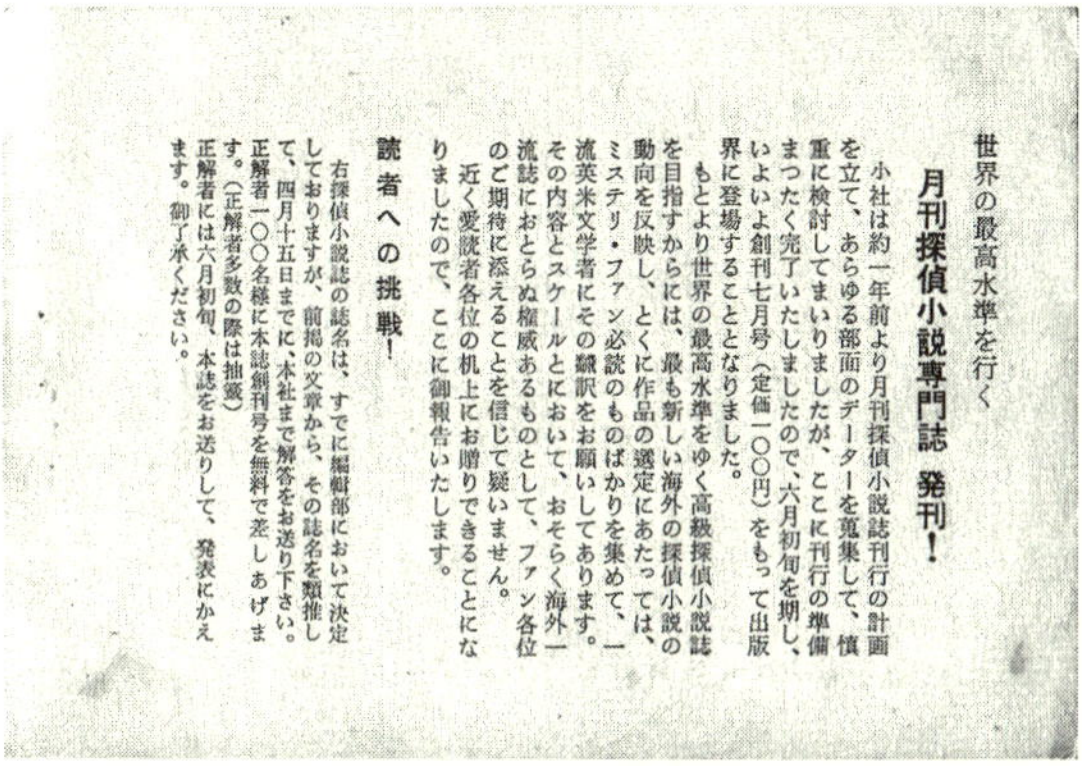
世界の最高水準を行く

月刊探偵小説専門誌　発刊！

小社は約一年前より月刊探偵小説誌刊行の計画を立て、あらゆる部面のデーターを蒐集して、慎重に検討してまいりましたが、ここに刊行の準備まつたく完了いたしましたので、六月初旬を期し、いよいよ創刊七月号（定価一〇〇円）をもって出版界に登場することとなりました。

もとより世界の最高水準をゆく高級探偵小説誌を目指すからには、最も新しい海外の探偵小説の動向を反映し、とくに作品の選定にあたっては、ミステリ・ファン必読のものばかりを集めて、一流英米文学者にその翻訳をお願いしてあります。その内容とスケールとにおいて、おそらく海外一流誌におとらぬ権威あるものとして、ファン各位のご期待に添えることを信じて疑いません。

近く愛読者各位の机上にお贈りできることになりましたので、ここに御報告いたします。

読者への挑戦！

右探偵小説誌の誌名は、すでに編輯部において決定しておりますが、前掲の文章から、その誌名を類推して、四月十五日までに、本社まで解答をお送り下さい。正解者一〇〇名様に本誌創刊号を無料で差しあげます。（正解者多数の際は抽籤）正解者には六月初旬、本誌をお送りして、発表にかえます。御了承ください。

日本版「EQMM」創刊にあたり行われた誌名当て懸賞

隠しさせて、バケツの中に手を突っ込ませるんだな。そうして、ゆっくり、ゆっくりかき混ぜさせるの。シャリシャリッ、シャリシャリッ、という具合にネ。こう、ビロードと氷砂糖を一緒にしたような感触だな」

この先輩は座間幹夫といい、同好会屈指の奇人だった。とにかく真面目なことは一つもいわない。すべてがジョークである。学校へ来るのもジョークのようで、最寄りの駅（当時の国鉄田町駅）を降りると麻雀屋に直行するか、さもなければ同好会の部室に顔を出して油を売るかで、いつ授業に出るのかだれも知らなかった。私などは、例の佐藤春夫の詩を本格的に実践している先輩として、慶應で初のオールDの取得者となった某先輩とともに、畏敬の念措く能わざるものがあったほどだが、案に相違して座間先輩のほうは優秀な成績で卒業し、お固い電機企業に入り、堅実に勤めあげて先年物故した。ただし、晩年は酒浸りとなり、よく夕飯どきに電話をかけてくるのには参った。「きみ、あの話おぼえてる？　シャリシャリッ、シャリシャリッ。あれはね、相部屋のシャンソン同好会の連中を追い出す深慮遠謀だったんだよ」……。

閑話休題。部室が常にこのようなカオス状態にあったわけではない。当時の大学生にふさわしい、《教養》あふれる話柄もあった。記憶にあるのは、前述の「推理小説は文学たり得るか」「本格とハードボイルドの優劣」などという話題である。文学云々は『幻影城』に見る乱歩―甲賀論争を受けたもので、乱歩は「本格が文学であることは望ましいが、文学性を備えるのは至難で、それには《一人の芭蕉》の出現をまつしかない」という結論だった。私は乱歩の支持者で、そのころの唯一純粋な文学論者である木々高太郎のものを読んでも、中途半端で一向に燃えてこない。結局乱歩の日和見的な立場を支持せざるを得なかった。

　およそこのような議論だったが、思い出すのは川村尚敬から「推理小説はしょせん大衆文学ですよ」と、茶化されてしまったことだ。この人は一年下の部員だが、同好会の中では切れ者であった。私はこのころから自分が感情的で、調子に乗ると本筋が見えなくなることを自覚しはじめていたが、その点川村はホットな議論においても相手を冷静に観察し、大局を判断する一面があった。現に彼がこの翌年に発表した「科学者の智恵と文学者の智恵」（「別冊宝石・木々高太郎読本」）という論考などは、同時代にあっては対象化のむずかしかった木々の本質を巧みにとらえたもので、いまなお十分に通用する（木々論が少ないという理由もあるが）。卒業後はＮＨＫでプロデューサー、ディレクターとしての道を歩み、現在なお映像制作畑の企業を経営している。

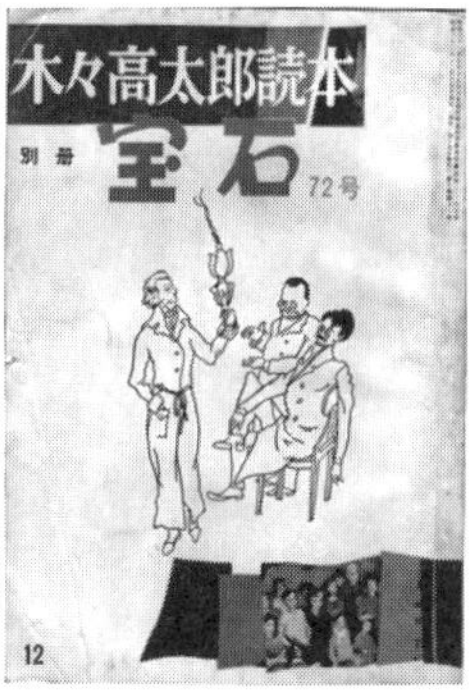

「木々高太郎読本」
（別冊宝石 1957）

　ハードボイルドを論じ合う相手は、やはり一年下の原田暻《あきら》だった。大下宇陀児とシメノン、それにスピレーンの『裁くのは俺だ』が大好きで、私が「ハードボイルドはトリックが単純すぎる」などというと、大柄なレスラーのような表情を一瞬曇らせ、「あのねえ、ハードボイルドっちゅうもんは、そういうもんじゃないんですよ」と、物わかりの悪い先輩を得々とたしなめるように反論するのが印象的だった。卒業後は田村先輩に続いて読売新聞社に入ったが、入社試験のさい面接で「キミは推理小説同好会というのに入っているそうだが、いったい推理小説のどこがいいのかね」と質問され、「ハイッ、スリルとサスペンスがあります」と明快に答えて合格したことは、しばらく同好会の語りぐさとなったほどだ。

豊年満作のミステリ出版

このような侃々諤々の論議の中に、意外に静かだったのが四至本、すなわち大伴昌司で、好きな作家や作品がある様子もなく、ときどき人の揚げ足を取ったり、例の「好きこそものの哀れなり」を連発したりするにとどまっているので、ほんとうに推理小説が好きなのか、単に異端のにおいを嗅ぎつけて接近してくるだけなのか、大いに疑われたものだ。

月例会など、あらたまった会合には駅前商店街にあった冨久寿司という店の二階を利用し、年に一回ぐらいは木々会長を囲み、ご高説を伺うことになっていた。会長は同好会に対しては協力的で、一九五六年の夏には渡欧前の多忙なときに足を運んでもらった。この日、私は出席できなかったのだが、話の内容は前述の「木々高太郎読本」に関先輩が寄せた作家論（「合理主義とヒューマニズム」）の中にふれられているので、後に出席者から聞いたことと併せて、要約しておこう。

「君たちだから、話すんだけどね、じつはお百姓さんに知れたら殺されてしまうようなニュースがあるんだ。戦時中のシンガポールの捕虜収容所で、英国人が日本人と同じものを食べながら、日本

木々先生を囲む会。右列奥から一人おいて関義一郎、座間幹夫、村山徳五郎（1956）

人よりも健康状態が悪かった。その原因を戦後になって英政府が調べてみたところ、ビタミンB_1の不足だということがわかった。これが不足すると、第一症状として僻みっぽく、嫉妬心が強くなる。足が悪くなるのは、もはや重症なのだ。ここから考えると、いままで日本人の国民性とされてきたケチくさい島国根性は、実はB_1不足だということになる。そういえば西から東にかけて米食民族は、パン食民族に比してB_1不足という点で共通しているじゃないか。諸君、パンを食べたまえ、パンを。君たちだから、話すんだけどね、これは厳粛なる事実なんだよ」

一同、咳《しわぶき》一つしないで聞き入っていた、と関先輩は記しているが、幸いこの時のスナップ写真が残されている（中央の木々会長を囲んで、右列の二人目と三人目が関・座間両先輩、左列一人目が川村部員である）。B_1不足説を含む『頭が

林髞『頭のよくなる本』（1960）

よくなる本』（林髞名義）が大ベストセラーとなったのは、その四年後であるが、陸軍軍医総監森鷗外をも躓かせたB_1欠乏症の治療にニンニク成分（アリナミン）が効くことが医学界の話題となりはじめたのは、じつはこの会合が開かれる前年ぐらいからで、会長はパリパリの新情報を「君たちだから話すんだけどね」という形で伝えてくれたわけである。

そんなこととは露知らぬ部員たちは、親の心子知らずといおうか、翌日から学内のいたるところで「君たちだから話すんだけどね、お米を食べるとアタマが悪くなるんだぜ」などと触れ回り、一時は全学内に伝わり、ために山食のカレーライスやハムライスの売上が落ちたという話もある。それは誇張にしても、医学部のドン林教授が主唱する説なので、一定の影響力があったこともたしかである。

　むだ話はさて措いて、この一九五六年はミステリ出版史上、まれに見る豊年満作だった。前年、春陽堂版『江戸川乱歩全集』全十六巻が完結したと思っていたら、年が明けるや東京創元社がカー『帽子収集狂事件』やアイルズ『殺意』を含む『世界推理小説全集』全八十巻およびストーカー『魔人ドラキュラ』とハッガード『洞窟の女王』を含む『世界大ロマン全集』全六十五巻をそれぞれスタートさせ、国産品としては先発のポケミスも初の日本作家ものとして浜尾四郎『殺人鬼』や小栗虫太郎『黒死館殺人事件』を発売、河出書房も蒼井雄『船富家の惨劇』を含む『現代推理名作全集』全十一巻を打ち出すという盛況ぶり。このほかに「別冊宝石」や春陽堂の『長篇探偵小説全集』などが加わるというので（映画ではヒッチコックの全盛期だった）、脳中これミステリ一色。朝起きると今日は何を買おうか、何を読もうか。昼になると部室に駆けつける。すでに室内は喧々囂々。

『世界推理小説全集』内容見本と新聞広告

「カーの密室ものは、やはりディクスン名義の『ユダの窓』だな。次が『夜歩く』だ。不可能興味があるからね」

「ぼくはやっぱり『三つの棺』だな。不可能興味ではこの方が上だ」

「けど、トリックに無理が多すぎるね。『死人を起す』のほうがいいんじゃない？」

「おまえ、どこ読んでるんだ。あれはアンフェアの典型じゃないか。××のすぐ横に△△があったなんて、バカにしてるよ」

「何でもいいですけどね。カーの翻訳には、キャーッといって部屋の中をグルグル駆け廻りたくなるのがありますね」

「みんな、静かに！　三田祭の相談をしないか。間に合わなくなるぞ」

一同、しんとなったところで、おもむろにドアが開き、座間先輩が顔を出すのだった。

「みんな元気？　このごろ学校流行ってる？」

知名度の低い「推理小説」

前述の三田祭は、その翌年（一九五六年）の「犯罪と推理小説」展について一言しなければなるまい。このころは木々会長をはじめとして各作家も多忙となり、あまり学生の道楽につきあう暇もなくなった様子なので、「指紋の神秘」と称するパネルや指紋採取器の現物を展示することになったが、それだけでは寂しい。さいわい私の一年下の磯野英樹部員が、親戚（叔父）の親友に土田一課長（後、警視総監）がいるというので、その強力なコネを利用し、同警視庁ホールに展示中の巨大なジオラマ（同庁の模型）をそっくり借用できないか、という案が出た。

九月の半ば、午前中だった。虎ノ門のお堀端には、柳の並木がくっきりと見えた。磯野部員ほか四人は制服のボタンを掛け、髪にもキッチリと櫛を入れ、能う限り厳しい表情をつくっていた。どこから見ても身だしなみのよい慶應義塾の学生だ。何しろ天下の警視庁を訪問するのだ。磯野部員を先頭に、威圧するような建物の玄関を入ると、薄暗いホールの真ん中には予想より遙かに大きなジオラマが設置され、その傍らには無表情な受付嬢が座っていた。来意を伝えると、すぐに五階の刑事局捜査課へと案内されたが、そこは百五十平方メートルぐらいの大部屋で、三、四十人の刑事がそれぞれのデスクに向かって何やら書類を作成している最中だった。一同、背を向けているので表情は窺えないが、全員が角刈りで、Yシャツの袖をまくり上げている姿はいかにも精悍そうだ。受付嬢は私たちを最後尾のベンチで待たせ、正面に座っている課長らしき人に、「学生が来ました」と報告したようだ。課長は忙しい手を休め、不審そうにこちらを見たが、矢庭に割れ鐘のような大声で叫んだ。

「なにっ？　スリル小説!?」

私たちは仰天した。その瞬間、刑事全員がいっせいに振り向くや、鋭い眼光を放ってきたのだ。あとにも先にも、これほど多くの刑事たちに射すくめられた者はあるまい。

すっかり調子が狂ってしまった私たちは、冷汗を拭いながら用件を告げ、なんとかジオラマや指紋採取器を無料で借り出すことができた。

「そのスリルなんとかいうのは、人が集まるのかね？」

課長さんは、私たちの制服のボタンに、じっと目をとめながら訊ねてきた。

「ハイ、そうです」

「ちゃんと警視庁協力と書いてくださいよ」

「もちろんです」

「ジオラマは箱に入れておくから、取りに来なさい」

1956年当時の警視庁（桜田門）

課長さんは内線電話でテキパキと指示を下した。根は親切そうな人だった。

軽トラックで運ばれた巨大なジオラマが学校の22番教室に収まり、またもや満員の入場者の目を惹いた経緯は以上の通りだが、「推理小説」などという用語がまだ一般社会どころか、犯罪捜査の現場ですら全く通用していなかった時代の出来事である。

ちなみに、このとき学内の心理学教室から嘘発見器を借りだし、来会者にトランプを一枚引かせて、それを当てる実演を行ったところ、百発百中で好評だった（ただし、トランプはすべて同一のカードであった）。

四年間は矢の如く過ぎて

推理小説同好会といえば、このようなイベントばかり開催していたのではなく、普段のコミュニケーションも記憶にのこっている。二年下に文学部中国文学科の草森紳一がいたが、つぎのように回想している。

「『推理小説同好会』には、文学部の生徒が余りいないところが、大いに気にいった。文学部の連中には、推理小説を小馬鹿にしているところがあった。しかも、文学部の連中よりも、このクラブの仲間の方が広く本を読んでいて、単に推理小説マニアの集まりではなかった。（中略）どこか、みな変人のところがあり、彼等といると、気がやすらいだ。上級生に紀田順一郎氏、大伴昌司氏がいたが、会合や旅行には、あまりでてこなかった」（『記憶のちぎれ雲 我が半自伝』）

この「会合」というのは「木々先生を囲む会」など内輪の催しを指し、「旅行」というのは春の一泊旅行や夏の合宿などを意味する。私も大伴も、基本的にはそのような催事をきらったので、ほとんど出席しなかったが、同好会が「気がやすら」ぐ場所であることはたしかだった。ミステリであろうが純文学であろうが、学生同士が読んで当たり前のものを読み、当たり前のことを話題にできる。この感覚は価値観も生活意識もすべてが多様化の極に達した現代では、おそらく実現不可能と思われるし、見方によっては、当時すでに危うくなりかけていたので、本能的に群れ集ったということもできよう。ともかく、同好会とはそのような集団だったのである。

このほか同好会の活動で形になったものといえば、やはり「推理小説論叢」があげられる。私が在学した四年間に十一冊出ているが、自身が寄稿したもので記憶にのこっているのは二年生のときの「黒死論綱要」で、小栗虫太郎の文体を模したつもりの、いまから見れば鼻持ちならないものだった。同じころの「世界大不満全集」や「反ブーミング論」はパロディ調の出版界諷刺で、先輩たちからは「格調が低い」と不評を買った。

さらに卒業の前後に記した「現代推理小説考」は、翻訳推理小説界の現状を分析しつつ将来への展望を行ったもので、例によって伝統的な推理小説が娯楽性を維持したまま文学の方向へと歩むことが可能なりや否や、という調子の議論である。

当時、このジャンルを愛好する学生の一部が、何を考えていたかを示すために詳述したが、社会の現実からいえば遊戯的な、モラトリアム期間にすぎなかったとみえる。そのような時間にいつまでもまどろんでいることは許されない。

――四年間は、陳腐な表現だが矢のように過ぎて、私も未知の社会へと押し出されていくことになる。ちなみに現在手元に残ったノートやメモによると、高校および大学生活七年間に購入した本や雑誌はざっと一千冊、うちミステリは三割近くになろうか。この読書が社会人になってからの、とくに文筆生活の原資となった。

大学時代に読んだミステリの中で、印象が強かった、あるいは何らかの影響を受けたものを何点か挙げると、小栗虫太郎『黒死館殺人事件』、夢野久作『ドグラ・マグラ』、蒼井雄『船富家の惨劇』、山本禾太郎『小笛事件』、松本清張『点と線』、カー『火刑法廷』、クリスティー『そして誰もいなくなった』、デ・ラ・トア『消えたエリザベス』、短編ではチェスタートン、ビアス、ルヴェル、ダールらの名が思い浮かぶ。何らかの意味で、推理小説の究極を目ざすか、その枠を超えようとしている作品に惹かれたといってよいだろう。

『黒死館』は西洋中世のゴシック趣味を日本の風土に移植しようとした試みで、著者は当然ウォルポールやラドクリフを読んでいたことと思われる。私はその極端なディレッタンティズムに惹かれ、日本的風土の中では稀な作家という見方をしていた。十年、二十年経つうちに熱は冷めていったが、その理由は本書の感銘が美学的な趣味、ないしは趣味的な文学の枠内にあるからだろう。

夢野久作『ドグラ・マグラ』
（復刻版）

げに春の最中であった

『ドグラ・マグラ』は読みにくさに辟易したが、都筑道夫の「狂人の主観を通して、狂人をめぐる一事件を描いたもの、と見ればいいのだろう」（「ポケミス」版解説）という楽観的な説には全然同意できなかった。久作は深刻な意図をもって、二十年もの歳月をかけて本作を構築している。それが何であるかを理解するには、私もまた十数年後の再評価の時期まで待たなければならなかった。

当時これらの作品に接するため、手にしたシリーズものは「ポケット・ミステリ」の一〇〇番台前半から二〇〇番台の半ば辺りまで、および東京創元社版「世界推理小説全集」全八十巻のほぼ全期に相当する。古典が多いのはそのためで、私と同世代の読者に共通する傾向ではないだろうか。同社の「現代推理小説全集」や「クライム・クラブ」には、パトリック・クエンティンやカトリーヌ・アルレーら一部を除いて、さほど魅力を感じなかったが、この後、当代作家の多様化するミステリにも徐々に親しむことになる。同時に推理小説プロパーに対する集中力も、少しずつではあるが、拡散していった事情は次節以降にふれるであろう。

社会人一年生と清張作品

戦後十三年目の一九五八年（昭和三十三）、私は社会人となった。この年、新制大学卒がはじめて十万人をこえ、岩戸景気と称する高度成長前期の右肩上がりの気分が高まり、巷はロカビリーブーム、ミッチーブームに湧いていたが、まだテレビの普及率は一割程度、大卒の初任給が平均一万二千円では、背広（二万五千円）の新調さえままならず、昼は四十円のラーメン、夜は一本五十円のヤキトリで凌ぐほかないというのが、平均的なサラリーマン初年兵の姿であった。

元来医者の道を歩むはずだった私が、さまざまな理由から進路を変更した過程には、それなりの苦悩があったのだが、ようやく意識を切り替えて会社員になることを決意したのが卒業の間近で、いまでいう就活には遅すぎる時期となっていた。苦心の末、ある商事会社にもぐり込んだのだが、そこは父親の勤務先である石油会社の関連企業で、戦時中の石油統制会社の役員だった人々によって経営されていた。

私の仕事は四エチル鉛という石油添加剤の貿易実務だった。わかりやすくいえば液状の鉛化合物で、適量をガソリンに混入してノッキングを防ぐための必需品だったが、神経を冒す強い毒性（幻覚、妄想を生じる神経毒）が問題となり、現在はガソリンへの混入は禁じられている。日本では戦時中製造されたことがあるが、皮膚に付着しただけでも危険なので、戦後は外国からの輸入に頼っていた。私の勤務した会社は、その英国メーカーの代理店だったのである。

まず日本の取引先である石油会社から注文をとり、イギリスの製造元に発注する。現物は鋼鉄製ドラム缶入りで、貨物船の甲板に太いワイヤーで固定されたものを、五十日間かけて送ってくる。紅茶のような色で、わざとタマネギの腐ったような臭いをつけてある。ドラム缶は時化に遭うと損傷し、中身が漏れることがあるので、その場合は港湾作業員から荷役を拒否される。

このような事故の一報が会社に入ると、私は取るものも取り敢えず横浜港に向かう。艀《はしけ》づたいに本船のタラップにとりつき、甲板に上がる。すでに作業員は荷揚げ作業を中止し、ズラリと取り巻くようにして、私を睨みつけている。問題のドラム缶を見ると、なるほど紅茶の漏れ出したような筋が、一本、二本とついているではないか。

しかし、ここで口が裂けても「どうも、いけませんね」などといってはならない。ドラム缶は直ちに送り返され、売上はゼロとなるばかりか、何百万円もの欠損を生じかねない。

「いやあ、これは全然たいしたこたあないですね。保険でカバーできる範囲ですよ。この間も、こういうことがありましてね。現地の工場でついた汚れですよ。念のため、これだけ一番あとに下ろしてください」

そんなとき、私がどのような表情をしていたか、鏡があっても正視できなかったろう。この数年後の水俣事件以降「公害」ということばが頻繁に目に入るようになり、関係者の「当面は無害」と取り繕う能面のごとき表情を見るたびに、かつてのおのれを思い出し、慚愧の念に駆られざるを得ない。

それ以外は銀行の外為相手の貿易実務と得意先回りが仕事だったが、貿易実務の書類は煩雑な内容の案件を英文書簡にしなければならない。タイピストは常に時間が空いているとは限らないので、切迫しているときには見よう見まねでポッポッポッ叩かなければならなかった。おかげで、十数年後のパソコン出現時には、キーボードアレルギーを感じなくて済んだものの、逆にいえば十数年前にアレルギーを克服しなければならなかったわけで、空調がない猛烈な暑さのなか、残業でポッン、ポツンとキーを打つのはまさに煉獄の苦しみに等しかった。

会社員時代（1960年ごろ）

正確には思い出せないが、学生時代とはまったく異なる環境の中で、私はできるだけ自分らしさ、自分のペースを守ろうとしていたことはたしかである。その一つは、というよりも唯一のよすがは読書であった。推理小説についていえば、卒業直前に読んだのが、〝新人〟松本清張の『点と線』と『眼の壁』である。『点と線』については、ノートにつぎのように記した。「推理小説としての構成は『眼』より上。第一犯人の恐ろしさがよく描けており、読後の印象が強い。時刻表の利用は、類書の域を出ず、アリバイの作為も使い古された手だが、さしたる不満もなく読めるのは官庁と出入り業者の結託から生ずる社会悪が、かなり強く暴かれていることで、こうした一面を伸ばしてもらいたい」……。

私が推理小説に求めてきたものは、本質的には逃避文学で、それには多少なりとも現実の埒外に連れ出してくれるロマンチシズムの作品を好んだといえようが、社会派松本清張の登場はその意識を徐々に変える契機となった。その作品は自分の属している社会的現実（企業社会）へと連れ戻すリアリズムを備えていた。内容がつまらなければ別だが、私はそこに全く新しい緊張感に満ちた読書の素材を見出した。相変わらず日本的な暗さ——覆い被さるような因習や自立できない無抵抗の個人――を描きながら、その原理を告発するだけの用意や創作上の技巧が存在し、そこに息をのむような緊迫感が生じていた。私がサラリーマン一年生として、そうした社会的矛盾を感じ始めていた時期と、タイミングが合っていたせいもある。残念ながらこの緊張感は作品の量産化によって薄められ、勢いは減衰したが、いまでも「清張以前」、「清張以後」という概念は、日本の推理小説史の展開の上で、決定的な分水嶺であることを強く意識せずにはいられない。

ファンクラブに新たな展開を求めて

会社勤めがはじまった四月にも、フランク・グルーバーの『海軍拳銃』、レックス・スタウトの『毒蛇』、横溝正史『湖泥』、大下宇陀児『欠伸する悪魔』などという具合に、マイペースで読み続けようとしたのであるが、七月に入ってからのクリスティー『火曜クラブ』をもって、せっかく五年間続けた《ミステリーノート》はあえなくダウンしてしまった。理由はこのころになると翻訳にもインパクトが乏しくなったこともあるが、それよりも京都のミステリ同人「SRの会」に加わり、その会報に〝TO BUY OR NOT TO BUY〟という「ハムレット」の台詞をもじった、寸評の連載をはじめたという理由のほうが大きい。当時の私は寄稿すべき文章があると、同一内容のものを繰り返しノートや日記に記すということがどうしてもできなかった。集中すべき媒体があると、そちらに全エネルギーを使い果たしてしまうのである。

SRの会は、現在最も古い推理小説ファンクラブとして知られている。そのはじめは一九五二年げに春の最中であった

（昭和二十七）二月、京都在住の竹下敏幸ほか六名の愛好家を中心に「京都鬼クラブ」という名で発足、「密室」という機関誌に拠って創作や評論活動を展開し、数年間で二十号以上を刊行した。執筆者には天城一、中川透（鮎川哲也）、中島河太郎、狩久、丘美丈二郎らの名も見られるが、やがて会員数が漸減してきたので、一人のエネルギッシュな会員にテコ入れを依頼した。すでに述べた学生時代の先輩、田村良宏である。

依頼を受けた田村は、前例のない月刊同人誌の創刊を企画し、一九五七年（昭和三十二）十一月、「ＳＲマンスリー」として実現にこぎつけたのである。

田村が新刊月評の執筆者として、私に白羽の矢を立てた理由は、学生時代「慶應義塾推理小説論叢」に寄稿した「世界大不満全集」などの毒舌エッセイを読んでのことと思われる。私としては月刊の同人誌という目新しい媒体というだけでもうれしく、創刊号に関してはリストを掲げる程度であったが、翌年一月発行の第三号からは新刊時評としてのコラムの体裁を整えた。筆名は学生時代に用いたことのある「酷使官」とした。いうまでもなく、小栗虫太郎『黒死館殺人事件』からの単純な同音異義的な連想である。

この連載の主な部分は、近年『戦後創成期ミステリ日記』（松籟社）という一書にまとめる機会を得たが、体裁も文体も整わず、すこぶる読みにくいシロモノが、当時はどこかがウケて、同人の間では好評だったらしい。この毒舌スタイルをまねる商業誌（「宝石」）も現れたが、じつは一年も経たないうちに負担になってきた。やはり学生時代とは異なる社会人としての繁忙の中で、新刊書を何冊も読破するということがいかに困難か、引き受けるまでは想像もつかなかったのである。

当時は松本清張の出現を起爆剤とする推理小説ブームとあって、早川書房とそのライバル東京創元社だけでも月に十数点もの翻訳が出てくる。しかも新しい作家がふえると、それだけ見当がつけにくくなる。コラムに毎号四、五点をとりあげるとすれば、十点は購入しなければならない。時間のほうは車中読書などで捻り出すとしても、うなぎのぼりの本代をどうすべきか。連載開始後十ヶ月ぐらいで、早くも行き詰まってしまった。

楽しみにしてくれる読者もある以上、続けなければならない。思い余って田村編集長に相談したところ、素早いアクションで、次の号に「編集部からのお願い」が出た。「宝石の『みすてりガイド』欄でこの酷使官スタイルをヒョーセツするなど、皆さまのご声援のおかげでTO・BUYはますます評判をよんでおります。しかしご存知のように貧乏なSRの会のこと、担当の酷使官氏に新刊を買う資金の援助もできず、氏のご奉仕に頼りきっているというのが実情です。これでは当欄の拡充は望めません。この弱点を救うためには担当者の増加という手も考えております

Sealed Room Monthly
VOL.1 1957·11 10·
探偵小説論
-1-

「SRマンスリー」創刊号
（1957.11）

が、評価基準が不定になるという難点があります。酷使官氏自身は『新刊を小生に短期間貸してくれる人があれば……』といっておられるのですが、どなたか本の提供という面でご援助願えませんでしょうか」(「SRマンスリー」五九・四)

おどろいたのは、このような〝悲鳴〟に即応するように、静岡県で開業医をしているというH氏から「私が援助しましょう」という返事があったことだ。間もなくH氏からは毎月千円ずつ、キチンと現金書留で送られてくるようになった。しかも「本はお返しいただかなくて結構です」という好意あふれるものだった。これには私も大感激で、いよいよ〝酷使官節〟にもはずみがついたかどうか、少なくともその後の数年刊、連載を続ける原動力ともなった(H氏には、私の経済状態がやや好転した二年後ぐらいまで、お世話になったと記憶している)。

「ためになる本を読みたまえ」

私は入社後二、三年目には転職を考えるようになった。会社は日本橋の古いビルを引き払い、二年後には丸の内の東京都庁舎(現、東京国際フォーラム)の真向かいという、オフィス街としては特等地に移転したので、気分は一新したものの、仕事そのものは相変わらずだった。前述のような特殊な業務は、慣れてみればさほど苦にはならなかったものの、どこの商社にもありがちな営業活動には悩まされた。取引先の接待である。ちょうど麻雀の代わりにゴルフが流行期に入っていたので、休日の早朝になると、ゲストとして招待した石油会社の重役を都内の自宅まで迎えに行き、近

げに春の最中であった

県のゴルフ場に案内する。午前中ハーフラウンド後に昼食を用意し、午後のプレー終了後には各人のスコアを集計し、ミニパーティの席上で順位を発表し、再び重役連を自宅まで送り届ける。帰宅は深夜になる。

プレー中の待ち時間が長いので、ロビーで推理小説を読んだ。あるときクレイトン・ロースンの『首のない女』を読んでいると、早めにシャワーを済ませた社長が、私の傍にやってきて、覗き込んだ。

「何を読んでるんだね」。ジロリと題名を見る。

「はあ……」

「タメになる本を読みたまえ。ぼくは『文藝春秋』という本を読んでいるんだが、あれはいい本だよ」

「はあ……」

いまでも私は「SRマンスリー」の古い号を見るたびに、このような会社員生活の一風景をまざまざと思い出すのである。

会社員生活の現実

安保闘争の激しかった一九五九年から六〇年にかけては、オフィスの外をひっきりなしにデモ隊が通り、窓からシュプレヒコールが飛び込んできた。ちょうど卒業後に起こった運動で、もし自分が在学中であったら何をしただろうかなどと考えていた矢先、樺美智子の死亡が報じられた。その日、部長が新聞片手に顔を真っ赤にしながら、私に向かって「きみはどう考える?」と叫んだ。自分の周囲に体制派以外の人間がいることなど、夢にも考えたことのないような表情に、私はむかっ腹が立って、「自分の仲間が殴られたような気がします」と切り返してしまった。

部長の唖然とした表情が見ものだったが、そのとき私は確実に睨まれたな、と思った。その結果の一つかどうか、確信はもてないのだが、つぎのようなことが起こった。

私は劇毒物取扱という仕事についていて、何が起こっても平静心を保つようにと命じられていたのだが、安保の混乱が続いていたある日、得意先の製油所からの無理な要求で、ガラス容器入りのサンプルを運ばされたときには、さすがに異常な緊張感を強いられた。法規上は特殊なタンク車以外の移動は許されないのだが、コップ三杯分ぐらいなら構わないだろうと、製油所のタンクからビーカー状の容器に採取してもらい、段ボール箱に収めたものを、さらに風呂敷包みとして、羽田―大阪間の飛行機に搭乗したのである。

まだセキュリティーが甘い、一九六〇年前後のことで、労働組合も形だけしかない中小企業とはいえ、なぜ「そんな無茶なことはできません」と拒否できなかったのか、いまだに悔いが残るが、「きみ、ちょっと行ってくれないか」といった部長は無表情だったし、私は、といえば、やはり無表情を装い、飛行機に搭乗後はひたすら膝の上の風呂敷包みが通路にズリ落ちないよう、一時間ほどのあいだ身じろぎ一つしなかった。「や、ご苦労さん」と一言だけいって受け取った製油所の工

げに春の最中であった

場主任もまた無表情だった。ちなみに、そのときが私の飛行機初体験であった。

初体験はともかく、この〝恐怖への旅〟は、私の勤務意欲を急速に喪失させる一因となった。私は転職の方針を具体的に考えようとしたが、いわゆる労働の流動性が限りなくゼロに近かった高度成長以前の企業社会には、まだスピンアウトやリクルート、脱サラなどという概念すらなく、方針を立てようもなかった。

しかし、自分の肌に合いそうな仕事といえば新聞社か出版社以外には思いつかない。当時の私にとってこのような相談ができるのは田村先輩以外になかったので、そのむねを原稿用紙の余白に書き記したところ、ありがたいことに、ただちに返事をもらうことができた。「それよりも一度遊びにこないか」という内容だった。

推理小説の「鬼」との一期一会

一九六〇年のある土曜日、私は半ドンを早めに終えると急行高千穂に飛び乗った。東海道新幹線の出現する四年も前のこと、大阪に八時ごろ着くと梅田で田村先輩とＳＲの竹下敏幸会長らと歓談した。竹下会長は私よりも十歳以上年長の京都生まれ。一九五二年に「京都宝石クラブ」を結成、会長となったのをはじめ、その後結成した「京都鬼クラブ」の間口を広げて「ＳＲの会」とし、二〇〇〇年に七十八歳で物故するまで、終生会長を務めた。私が会ったのはこのときだけだが、温厚な人柄で、ファン組織を緩やかに維持する力を備えた人ということはよくわかった。

さて歓談のあと、夜遅くなってから豊中市の田村先輩宅を訪問、ご両親からも暖かく迎えられた。その夜はミステリや同人活動について、深夜布団に入ってからも話題が尽きなかった。私の訪問目的については、「新聞社は容易ではないし、出版社はやめたほうがよい」という、的確なアドバイスをもらった。

翌日は昼ごろ起き出し、奈良の薬師寺、唐招提寺を案内された後、同地SR支部の代表で「密室」の編集長萱園洋明宅で、十名ほどの主だった同人たちに引き合わされた。照明を落とした部屋で繰り広げられた〝鬼の歓談〟は、途中から竹下会長まで加わり、内外の作品や作家の月旦をめぐっていつ果てるとも知らなかった。私がそのころ寄稿した創作も好餌となった。やがて洋酒のボトルの回転も緩慢になり、酒豪と信じて疑わなかった田村先輩が轟沈するという事態となった。私もあわやというところだったが、編集長から「いまなら夜行に間に合う。この後ろに乗りなさい」とせかされ、自家用車に乗せられた。「マイカー」ということばが現れる以前、車といえば当然自転車である。二キロ離れた最寄りの駅に向かって、勝手知ったる夜の巷を露地から露地へ、形容を絶する猛スピードで走り抜けた鮮やかなハンドルさばきは、半世紀を過ぎたいまでも体感として記憶しているほどだ。

月曜日に顔も洗わずに出勤した私は、久しぶりにストレスから解放されていた。

大伴昌司との因縁

二十代前半の私が、精神的なピンチを免れた契機となったのは、上述のように「ＳＲ」の同人活動に加わったためだが、その東京支部の中心となった大伴昌司（当時は秀司）と、密接な交渉が復活したことも大きかった。

ＳＲの会は前述のように本部（京都）のほか、大阪、奈良、広島などに支部が設けられ、一九六一年（昭和三十六）にはついに東京支部が生まれた。そこに大伴昌司が関与したというのは、考えてみれば意外であった。非常な自信家で、人の後塵を拝することを極度に嫌った彼は、自ら団

体を主宰するのはよいが、既成の組織やグループに入ることは考えられなかったからだ。結果として東京支部の初期に力を尽くしたのは、何か打ち込む対象が欲しかったということに尽きるだろう。

大伴が慶應義塾において私と同学年であり、推理小説同好会のメンバーでもあったことはすでに記した。文学部東洋史学科にあったころは、歴史プロパーより民俗学に関心があったようで、趣味は推理小説より映画のほうが好きであった。とくにカナダのアニメーション作家ノーマン・マクラレンや黒澤明などを論じ出したら、何時間かかるか知れないほどの熱狂的マニアだった。しかし、改めて当時の同人誌に寄せた文章を見ると、たしかに文才に富み、アイディアには秀でているものの、その割に論理的展開には弱いという印象を受ける。本人もそのような自覚があったのかどうか、やがて資料重視、データ中心主義の評論家となっていった。

一つには、父四至本八郎がジャーナリストだったからである。戦前数少ない中南米通であったところから、商工省のメキシコ貿易斡旋所長として移民問題にタッチし、陸軍省ではビルマ（現、ミャンマー）司政官として活躍した。母のアイも通信社の婦人記者として、かの柳原白蓮などと交流があったという。大伴は二歳のころからメキシコで、多忙な両親のもとに育った。

大伴の少年時代の写真を見ると、いつも玩具を相手に、独りぼっちで遊んでいる図が目立つ。いったん癇癪を起こすと、道路上にひっくり返り、足をバタバタさせるような性格のため、母親を大いに手こずらせた。一度両親に連れられてアステカの古代遺跡や、現地の民俗芸術に接し、非常に大きな感銘を受けたことが、後年のフォークロアやジャズなどのエスニックなものへの関心につながった。しかし、そこから直ちに怪物、怪獣ものにリンクしたのではなく、独自の回路が存在したのである。

戦後の慶應義塾普通部から高等学校時代にかけては、友人たちが漱石や鷗外を読んでいるのを尻目に、岩波文庫版の『風の又三郎』などをボロボロになるまで読み返すといった独自路線を貫いたため、ウマの合う相手など見つかるわけもなかったが、大学に入ってからは映画研究会や推理小説同好会という恰好の落ち着き場所を見出した。映画や推理小説そのものより、はじめて気脈の通じる友を発見し、孤独癖が当面解消されたという点に意義があろう。

肝心の卒業後の進路であるが、父親のコネで「アサヒグラフ」の編集部に就職できるということを口癖のようにいっていた。当時の新聞社系グラフ雑誌はいずれも大判（B４）の、写真による時事総合誌という重みがあった。大伴はその編集者になることを夢見ていたようで、将来の仕事に役立ちそうな新聞記事はカミソリの刃で慎重に切り抜き、段組が分かれる場合には継ぎ目がわからないようにスクラップブックに貼り込むなど、大伴流の職人芸を発揮しながら資料蓄積に励んでいた。

ところが、天は彼に味方しなかった。大学三年秋のレントゲン検査で、肺の異常が発見されたのである。戦後十三年目、ストレプトマイシンの卓効により結核は激減し、もはや死病ではなくなっていたとしても、就職試験は胸に影が出てしまっては終わりである。療養後に再起を図るといっても、高度成長の初期は労働市場の柔軟性がきわめて乏しく、大伴の第一志望はあえなく潰えた。一、二年後に、何と誤診であることが判明したが、あとの祭りであった。

もう一つ、大伴には気管支喘息という持病があり、季節の変わり目など気温変化の激しい時期には、薬物が手放せなかった。このような二重の疾患によって就職戦線に遅れをとったことで、想像以上に劣等感に苛まれたようだ。卒業の一、二ヶ月前から、同好会の部室にも姿を見せなくなっていた。事情を知らなかった私は、既に「アサヒグラフ」の編集部で見習いでもしているものと思い、一度は手紙を出してみたのだが、返事がない。こちらはすでに述べたような事情で、自分のことで精一杯だったので、そのまま二、三ヶ月が経過してしまった。

黒いジャンパーにサングラス

ある日、奇怪なうわさが耳に入った。大伴が大学卒業後、親しい友人にも内緒で法学部政治学科三年次に学士入学したにもかかわらず、ほとんど通学もせず、盛り場をうろついているというのである。私は仰天して、大伴宅に電話をかけた。大伴の長電話は有名で、私も普段は敬遠していたのだが、いまはそれどころではない。

電話口に出た声は、最初は地獄の一丁目から響いてくるような陰鬱なものだったが、私からだとわかると、途端に明るくなった。

「やあ、ご無沙汰。ちゃんと会社に行ってるかね？」

「そりゃあ、こちらのセリフだよ」私は拍子抜けしながらいった。「どうしてるのかと思ってね」

「どうもこうもないよ。一度ゆっくり話したいことがあるから、うちに来ないか？」

早速、つぎの日曜日に朝から出かけた。東急目蒲線（現、多摩川線）の矢口渡《やぐちのわたし》という小さな駅から一キロ足らずの住宅街に「四至本八郎」の表札を見つけ、ブザーを押した。門から覗くと、かなり広い庭の一画に木造二階建のアパートのような建物が見えた。窓辺で若い女性が洗濯物を干している。奥のほうに母屋らしき建物があって、やはり最近増築が行われたらしいのだが、その独立した玄関から突っかけ下駄の男が出てきた。黒ジャンパーに黒シャツに黒いズボン姿で、おまけに黒いサングラスをかけている。大伴だった。

「しばらく会わないうちに、すっかり別世界の人になったね」私は畳の香も新しい増築の八畳間に座ると、ズケズケいった。「少しおっかない顔になったなあ」

「やくざみたいだと、いいたいんだろ？」大伴は苦笑した。「おまえはおれと違って堅気なんだから、勤めは絶対やめるなよ」

「キレイな女の人がいるじゃないか」、私は気になる方へと話題を変えた。

「ああ、あれはスチュアーデスだよ。羽田空港が近いから、アパートの需要があるんだ。おれが建てたんだ」大伴はちょっと得意そうに、顔を紅潮させた。

聞けばその前年十月、ソ連の人工衛星スプートニク打ち上げで一部の株価が乱高下したさい、大伴は一日短波ラジオにかじりつき、信用取引で大儲けした。これがスッチー専門のアパート「池月荘」の新築や母屋増築の資金となったのだという。

私はこのとき初めて、彼に一種の畏敬の念をいだいた。就職の危機に直面しながら、頭をパッと切り換えて当面の利殖の道を講じる。四至本家は、大阪駅前に当時の相場で四十億円近い広大な地所を持っていた関係から、大伴もいつの間にか不動産鑑定士の資格を獲得したようだ。後にこの一件を母堂に確かめたところ、つぎのような返事だった。

「いろいろな元手は全部自分で出したんですよ。貸してくれといえば、貸すつもりだったけど、いわないんです。一人でやったんです」。余った金で三浦半島の農地を購入、後のSF資料収集のための資金源となった。いかにも大伴らしい話である。

その日、私はあらためて大伴の部屋を見回した。殺風景で家具一つなく、一閑張りのテーブルの上にはシナリオ作家協会の原稿用紙と、利殖雑誌の「オール生活」と当時の代表的大衆娯楽誌「平凡」「明星」などが雑然と置いてある。押入れの襖は取り払われ、棚の上にはトリオ（現、ケンウッド）のアンプと、当時株式売買に必須の短波用トランジスタが並んでおり、さらにモダンジャズや民俗音楽のLPが無造作に立てかけてある。傍らの壁には日ごろ愛好してやまないアメリカのブラック・ジョーク誌〝MAD〟のポスターが貼ってある。その左は隣室への入り口で、書庫となっているようだが、暖簾代わりの唐草模様の風呂敷が掛かっているので、内部を窺い知ることはできなかった。

押し入れの左側には母屋に通じる廊下があって、よく母堂が顔を出した。

「まあまあ紀田さん。朝早くからようこそ。私は紀田さんは芥川賞をお取りになるかと思っていましたよ。どうして探偵小説なんかに……」

大伴はこれ以上ないというほど不快な表情となった。

「うるせえな。こっちは用があるんだから」

母親は「ハイハイ、どうぞごゆっくり」と退散する。そのあとで、私たちは久しぶりにミステリ、映画談義にふけったのである。

開花寸前のサブカルチャー

一時的な行方不明のあと、私との交流が復活すると、今度は毎週のように「明日来ないか」という電話がかかってくるようになった。新築の居間と書斎に気心の知れた友人を招くことを、無上の楽しみにしているようだった。こちらも、当時はミステリや映画、ジャズなどに通暁した友人など、そうザラにいるわけでもないので、日曜日になると出かけていった。当時毎回顔を合わせた一人が島内三秀で、後の《多重シナリオ作家》桂千穂である。この少し前にシナリオ研究所で大伴に出会い、豊富な読書量でB級映画好みおよびサブカルチャーへの指向性から、肝胆相照らす仲となっていたのである。

大伴の部屋は前述のように家具一つないが、畳だけは真新しい六畳の居間の壁には東宝の宣伝部からせしめたカレンダーが掛かっていたが、そのころの正月女優は司葉子と相場がきまっていた。

1961年ごろのＳＲ東京支部例会
（左より大伴昌司、杉浦博、桂千穂、三人おいて牧村光夫、著者）

「これが司のおネエさまだよ」というときの表情は、いささか上気しているようにも見えた。私はただちに筆名の中の「司」の由来を見破り、彼に質したところ、いよいよ真っ赤になって否定するではないか。『隠し砦の三悪人』に出た上原美佐などもご贔屓のようだった。

隣の八畳が書斎兼応接間で、中央に簡単なテーブルと七、八枚の座布団が散らしてある。この部屋で「シャボン玉ホリデイ」など初期テレビ番組の構成シナリオを書いたり、『黒人文学全集』（早川書房）や『現代アメリカ文学全集』（荒地出版社）などのページを繰ったり、自分で組み立てたオーディオ装置（アンプはトリオのＡＦ―10、スピーカーはナショナルの８Ｐ―Ｗ１）で、ソニー・ロリンズのサックスやセロニアス・モンクのピアノに耳

大伴宅における SR東京支部の会合
（1960年ごろ、左から桂千穂、大伴昌司、筆者）

を傾けたりしていたのである。

私たちの話題は夜遅くまで尽きることがなかった。とりわけ盛り上がったのは人に関するウワサ話であった。いったい大伴は天性の編集者タイプで、好みのジャンルでちょっと気になる人があると、紹介もなしにどんどん押しかける。推理小説では前述の人々とはすでにおなじみで、ほかに山村正夫、渡辺剣次、権田萬治、山川方夫、田中小実昌、ＳＦ界では星新一、今日泊亜蘭、光瀬龍、広瀬正、矢野徹、柴野拓美、石川喬司（当時「サンデー毎日」編集部）、福島正美といった人々とすでにお仲間だった。映画界でも大島渚や円谷英二と親しい間柄だった。地獄耳の大伴は、これらの人々が目下何をしているかということに、ときによっては当人よりも詳しく通暁していた。

このようなわけで、大田区安方（現、池上）の静かな住宅街の一角は、開花寸前のサブカルチャーの情報源であり、発信地でもあった。SR東京支部はその中に包摂されてしまったともいえる。そもそもSRがまだ「密室」という機関誌だったころ、東京には中川透（後の鮎川哲也）や狩久ら本格愛好家を中心とした支部が存在したのだが、大伴宅に自然発生的に集まった十歳以上も若い、戦後派のグループにより、自然消滅してしまった。

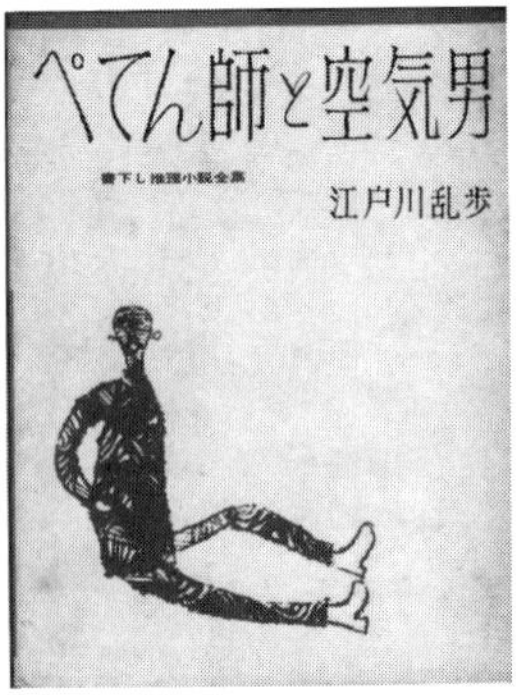

江戸川乱歩『ぺてん師と空気男』（1959）

気がついた時には大伴をホストとするパーティーが恒例化していた。一九六一年（昭和三十六）の秋ごろであったろうか。じつはその年のはじめ、私は前章で述べたような事情で「SRマンスリー」の酷使官名義の月評を休載したのだが、そのさい大伴に代役を依頼した。いまから思えば大伴は「こんなものは俺にも書けるさ」と思っていたに相違なく、事実たくみに私の文体を模写し、同人の間に予想外の好評を博したため、満更でもなかったのか、ついで「マンハント」（久保書店）誌上に「現代あまのじゃく入門講座」というブラックユーモアのコラムを寄稿しはじめた。当時は乱歩の異色作『ぺてん師と空気男』（一九五九）が新世代の読者に受けていたせいか、大伴の連載も大受けで、間もなく「宝石」の大坪直行編集長から「作家の周辺」という連載を依頼されるという幸運につながった。私自身もこの前後の「別冊宝石」に、大伴の記事と連動して「水上勉論」などの作家論やコラムを寄稿しはじめた。

週刊誌の話題に

このように、創作本位の文学同人とは雰囲気が異なるとはいえ、それなりに話題は豊富となり、不定期の集まりが例会に成長していった。ちなみに初期の東京支部会員には大伴、桂のほか、後にSF同人「宇宙気流」を主宰した柴田和夫、蒐書家の相合谷鍵一、それに電波工学や大脳生理学専門の大学教授で、ノンフィクション作家の畔上道雄らをはじめ、「密室」時代からの古参会員である杉浦博、梶龍雄ほか数人の会員も、頻繁に顔を見せた。

例会といってもプログラムは新刊の品定めから始まり、既成作家や訳者の悪口と続き、メインの犯人当てがあり、最後は余興のゲームでお開きとなるという調子だった。ゲームは大伴独自のもので、たとえば「釜が崎ルーレット」という遊びは、仮に当日の主題をヒッチコックにちなむ「鳥」に決めたとすると、つぎに一連のランダムな数字を記した紙テープをループ状にし、厚い本の間に挟み、一同「羅漢さんが揃ったら回《まわ》そじゃないか、ヨイヤサノ、ヨイヤサ」というかけ声に合わせて、少しずつ送って行く。適当な個所で止め、その番号が「127」とすれば、本の一二七ページの最初の文字を見る。仮にそれが「ひ」とすれば、順番に思いつく鳥類の名を「ヒヨドリ」「ヒクイドリ」などという具合に挙げていく。「ヒヨコ」などという幼稚な答えは大伴の判断によって減点されてしまう。

大伴の個性が発揮されるのは、それからだった。丹念に各人の得点を合計したメモを片手に、「エー、一位がAさんで七〇点、二位がBさんで六〇点……」という具合に重々しい声で読み上げる。一同いやな予感がしはじめたところを委細かまわず続け、最後に「エー、山田さんは残念ながら一〇点ということになってしまいました」というところで幕となる。一度でコリゴリした人は、以後姿を見せなくなった。

翌年の夏には、大伴の提案により、三遊亭円朝ゆかりの全生庵（台東区谷中）で例会を兼ねた「百物語」の会が催された。窓外に墓地を見わたせる古ぼけた部屋が会場だったが、それでも暗くなってから電灯を消し、各人これまでに最も怖かった体験を語る段ともなれば、それなりの雰囲気が出た。話そのものはさほど怖くなかったが、死後の世界や臨死体験に絶大な関心のある大伴は真剣そのもので、「自分はあまり長生きはできない」などといい出したかと思えば、墓地の方を見ながら「あっ、あそこに火の玉が走った！」「ほら、こっちに二つ浮かんだ！」などと奇声を発する始末に、一同いまさらのように大伴の怪奇好み、迷信好きに感じ入ったものである。

所期「SRマンスリー」の編集には会長の竹下敏幸自身があたったが、一九六一年に健康を損なったので、田村良宏に引き継がれた。しかし、多忙な新聞記者が年十二回の発行を維持することは困難とあって、京都本部、東京支部および広島支部の輪番制となり、大伴に東京側の編集長となるよう依頼があった。「マンハント」のコラムで自信を得ていた大伴は快諾、翌年一月号には東京支部編集の第一号が出た。のっけから表紙にロケットの略画をあしらったSF特集というのも、横紙破りの大伴らしいスタートだった。

大伴は編集の天才だった。一枚のワラ半紙を前に「今日は川柳特集でいこう」とか「番付でいこう」「映画でいこう」「プロレス見立てでいこう」と決めると、メインのエッセイやコラム、閑ネタといった目次をスイスイと決定し、台割表にしてしまう。あとは桂氏と私を動員して、一人三役、四役のペンネームのもと、二時間ぐらいですべての原稿を書き終え、その日のうちに本部へ送ってしまうのだった。

このような中で生まれたのが「SR株価見立て」で、以下にその一部を掲げたい。

笹沢商事　一六五円　新興商事会社、女性客も多く、このところ上昇気味。
星信託　一五〇円　海外でも注目されだした国際株。ADR発行も間近。
黒岩重工　一三〇円　軟鉄専門メーカー。独自の技術で直木賞を獲得。
横溝製紙　一〇八円　伝統ある本格製紙会社。技術が古いのが弱点。
鮎川鉄道　一〇七円　古臭い乗物を喜ぶ固定客はあるが、単線で輸送力は弱い。
高木銀行　一〇〇円　ハッケ支店の稼ぎが、バカにならない。
日影食堂　九一円　フランス料理よりも店主の怪談が好評。
山田フード　一〇〇円　和洋中華とりまぜた大衆路線で成功。
松本製鉄　七五円　超大型株だが、度重なる増資で人気離散。

水上チャイナ　六五円　便器メーカー。公募つきの増資多く、イヤ気投げで軟化。
河野車輌　六一円　アメリカからピストル付きの中古車を輸入している会社。
角田除虫菊　五八円　いなかに古くからの需要層を持っているのが特徴。

このパロディーは「週刊朝日」（一九六二年九月二十三日号）に、コメントつきで紹介された。「若い人の集まりらしく、かなり無茶だが、中には、二三うなずける点がないでもない。筆者の評価はこれと全然ちがうが、一つの視角として紹介する」

いまでも私の記憶に鮮やかなのは、これを読んだ大伴の心底幸せそうな笑顔である。推理作家や推理小説マニアたちと交流しても、「ポケミス」も「宝石」も購読していなかった彼が、内外のミステリに通暁していたかどうかは疑わしい。しかし、作家のどこが受けているのか、その人気や市場性はどうかという点になると、プロの相場師ないしは鑑定士としてのカンが働く。「松本製鉄」の「度重なる増資で人気離散」というのは、このころから各誌への連載が増え、コアなマニアの間に「少々濫作気味では？」という危惧の念が生じていたことを、大伴流に忌憚なく、リアルタイムに指摘したつもりなのであろう。

作家に対してのみならず、仲間のマニアにも、どこか距離を置いていた。「ＳＲマンスリー」の六二年六月号には「なつかしの探偵小説黄金時代」という寄稿特集があるが、他のメンバーが例外なく自らの少年時代を語っているのに対し、大伴の文章だけはマニアの末路といった皮肉な一般論となっていたことは注意すべきであろう。すなわち、マニアの「第一期」はわるい本を納屋に隠れて読むこと。「第二期」はむやみやたらに買い込んだ悪い本を二、三十回も読み返し、驚嘆を惜しまず、授業中にトリックを考案したりすること。「第三期」は初版本を揃えて古本屋相手に一席ぶち、本格以外はミステリーにあらずと所かまわずわめき散らし、せっかくきまった縁談をご破算にすること。ついには「人生最大の喜び」が「愚劣な時代錯誤」となり、「ダラクした現代の象徴」になり、「滅亡近し」と叫ぶことが「第四期」なり――としている。

まさか私のことではあるまいが、中には二、三うなずける点がないでもなかった。要するに「面白うてやがて悲しき推小かな」ということで、この感覚が彼をして次のステップに踏み出させることになる。

余談だが、敗戦直後の諷刺漫画誌（近藤日出造編「漫画」など）を知る世代にとっては、新聞雑誌の片隅（イエロー・セクションなど）に常設されている諷刺コラムを、本文よりも先に一瞥することは、ごく当たり前の読書スタイルだった。このような感覚が、同人誌を即席にでっちあげようとする際に、手間暇かけた作品よりも軽評論的なパロディを指向することになったのかもしれなかった。あとは、その舞台が商業誌へと拡大するのを待つだけであった。

「EQMM」の影響

敗戦の翌年に創刊された探偵小説誌「宝石」は、十年後に経営が悪化し、江戸川乱歩が私財百万円を投じてテコ入れを図り、一九五七年（昭和三十二）八月号から江戸川乱歩が責任編集者となり、広く文壇からも寄稿を求め、いちおうの成功をおさめるにいたった経緯は『探偵小説四十年』（一九六一）に詳しい。たしかに同誌は外見もさることながら、内容も物足りなくなっていた。そのころ「毎日新聞」に連載されていた「雑誌めぐり」のコラム子などからも、「『宝石』は代表的な探偵小説誌だが、古臭いマンネリズムが支配している」などと、バッサリ斬り捨てられていた。しかし、そのようなリニューアルの刺激となったのが、日本語版「エラリイ・クイーンズ・ミステリ・マガジン」（略称「ＥＱＭＭ」、早川書房）の創刊だったことはすでに忘れられている。

前述のように、一九五六年七月に創刊された日本語版「ＥＱＭＭ」の、およそ雑誌らしからぬスマートな体裁、内容には、当時二十歳前後だった私たちミステリ・ファンを瞠目させるに十分なものがあった。当時の「宝石」編集部は、懸命にこの雑誌を研究したに相違ない。果然、リニューアル版はピカピカのビニール加工をほどこした表紙に、何と棟方志功の版画を用い、本文も従来よりは格段に上質とし、各作品に乱歩のイントロを付すという、まるで別雑誌のような大変身をとげた。しかも目玉が横溝正史の連載「悪魔の手毬唄」である。

「ＥＱＭＭ」の衝撃は既存誌ばかりでなく、新雑誌の出現をも促すことになった。一九五八年八月に日本語版「マンハント」（久保書店）が、翌一九五九年七月に「ヒッチコック・マガジン」が相次いで創刊され、ミステリ市場を活性化した。この上昇気流に乗ったのは、翻訳家とコラムニストだった。他誌のイエローセクションも含めると、野坂昭如、田中小実昌、片岡義男、佐藤忠男、岩浪洋三、小鷹信光、山下諭一、仁賀克雄、田中潤司といった後年の大家のほか、福田一郎、野高一作、大森貝介、青江耿介などという気鋭のライターが出現した。大伴昌司（秀司）もこの中の一人として頭角を現しつつあった。その活動の第一歩はTVシナリオだったので、港区麻布霞町のシナリオ協会に通うついでに、芝西久保巴町（現在虎ノ門）にあった宝石社に立ち寄り、「宝石」の大坪直行編集長や「ヒッチコック・マガジン」の中原弓彦（小林信彦）編集長を襲ってはアブラを売り、注文をとってくるのだった。

初期宝石社の思い出

「宝石」を創刊した岩谷書店の社主岩谷満は、明治時代に「天狗煙草」で鳴らした岩谷松平の孫であった。戦後ソウルから引き揚げ、詩と探偵小説を愛好するという縁で城昌幸と親交を生じ、「宝石」を創刊した。城が本名の稲並昌幸名義で編集主幹となり、誌名は城の案で、「美の秘密と物語性」を有する宝石には「探偵小説の雰囲気と同じ性質」があるという理由からだという。

私たちが同社と接触したころには、岩谷は引退して藤田観光の切手趣味部に去り、宝石編集部は宝石社として独立していたが、社屋は虎ノ門の交差点近くの桜田通りに沿った木造三階建をそのまま使用していた。戦禍を免れた古い倉庫なので、真っ暗な一階中央の木製の階段を昇ろうと手摺りにふれると、スーッと外側へと泳ぎ出す始末。出版社というものに一定の期待感をいだいていた私には相当なショックだったが、同行の大伴は委細かまわず、踏み板をギーギーいわせながら登っていくのだった。

中二階が経理部を兼ねた事務所、二階が「ヒッチコック」編集部、そして三階が「宝石」編集部となっていた。まず二階に顔を出すと、中原弓彦編集長が忙しい校正の手を休め、「どうぞ」と傍らのストゥールを指す。挨拶もそこそこに、大伴が最近聞き込んだ珍商売や奇怪なオカルト集団についての情報の受け売りをはじめる。編集長は「面白いねえ」などと、いつもの癖らしくひげ剃りあとも青々としたアゴをなでながら聞き終わると、一言「それでいきましょう」という。

私もお裾分けをもらって、いくつかの筆名を使い分け、軽評論や書評を書きまくったものだが、いまでも覚えているのは大伴がある奇矯な宇宙マニアの団体について徹底取材したものを、いざ執筆の段になって「内容証明がくる」のがこわくなり、「おまえ、やれよ」と私に押しつけてきたことだ。編集長も悠然とアゴをなでながら、「これは、ぜひ載せましょう」という。それならばと、可能な限りさらりとノンフィクション風に仕上げて発表したが、案に相違して抗議どころか一般読者の反響も絶無だったのには拍子抜けした。全体にこの雑誌のセンスは世間の水準を一歩も二歩も先んじていたことは明らかで、それが短命の一因だったといえようか（六三年七月休刊）。

三階はまた異なった雰囲気だった。一見大学教授のようないかめしい大坪直行編集長が、私たちを見ると柔和な表情に一変するのが印象的だった。これまでにも記したように、大伴は推理小説を包括的に読んでいたわけではなく、むしろ新人作家の周辺情報などにやたらと詳しかった。大坪編集長が大伴のこうした才能を見抜いたのは、「ＳＲマンスリー」一九六一年四月号に載った「水上勉へのインスタント・インタビュー」だったと思われる。「これをふくらませてください」という依頼に応えた大伴は、同年六月号の「宝石」に「水上勉の周囲」（大本俊司名義）として、水上の経歴、その日常、文学観、執筆方法、自作への感想、新聞雑誌の反響、作品リストなどにいたるまで、小活字でビッシリ六十枚にわたる全情報をまとめ、当の水上を「おれよりも詳しい」とおどろかせたものだ。

つまり、「無責任な論評より、まず資料公開を」という大伴の日ごろの考えを実践したもので、いま見ても圧倒的なデータ博捜ぶりには脱帽せざるをえない。これによって見事に商業誌デビューに合格した大伴は、以後連載の形で星新一、黒岩重吾、多岐川恭、佐野洋、戸板康二、樹下太郎、渡辺啓助、新章文子、結城昌治、南条範夫ほか現役作家のインタビュー構成を手がけ、独自の存在感を発揮することになる。

連載が軌道に乗ると、大伴は私を売り込んでくれた。編集長は私の毒舌コラムにはあまり関心がないようだったが、「密室の会にいるのなら、密室論が書けますか?」と水を向けてきた。ＯＫということで、同誌一九六一年十月号の密室特集に二十枚ほどのエッセイ「密室論」を掲載してもらったのが、私の商業誌デビューとなった。密室という伝統的なテーマの将来性に不安を投げかけた

『密室論』の掲載された
「宝石」1961年 10月号

感傷的なエッセイだったが、それ以前に私の文章で活字になったものとしては、学生時代に東京創元社版『世界推理小説全集』月報の懸賞論文に応募した「ハードボイルドの悲哀」（一九五六）しかなかったので、正直いってうれしかったことを覚えている。

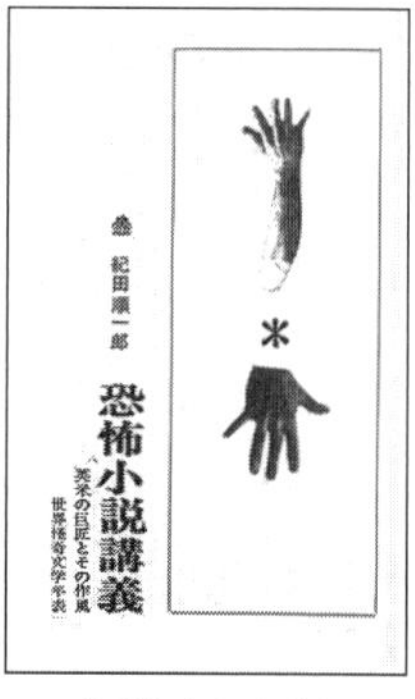

「恐怖小説講義」（宝石 62.8）

最初の恐怖小説論考

大伴の「水上勉の周囲」は好評につき、「別冊宝石」の「現代作家シリーズ」第一回「水上勉篇」（一九六二年十二月）に再録された。私も大伴の驥尾に付して「水上勉論」約五十枚を寄稿したが、豊富で異色な人生体験を有する、しかも個性の強い作家を論ずるのがいかに大変なことか、つくづく思い知らされながら何遍も書き改め、二週間ほどかけて仕上げた。同時にこのころから私は推理小説の枠からハミ出すような作家やテーマを扱う方が、やり甲斐もあるし、向いているのではないか、という自覚が生まれてきたことを忘れない。大伴も基本的には同じ志向性をもっていたように思われる。

そう考えはじめた矢先、同誌一九六二年八月号に「恐怖小説講義」（七十枚）の執筆依頼を受けた。これは「SRマンスリー」の「怪奇文学研究号」（同年三月）が大坪編集長の目にとまったようだが、私はそれを拡大し、年表入りの論考とした。そもそも「SRマンスリー」の一号分すべ

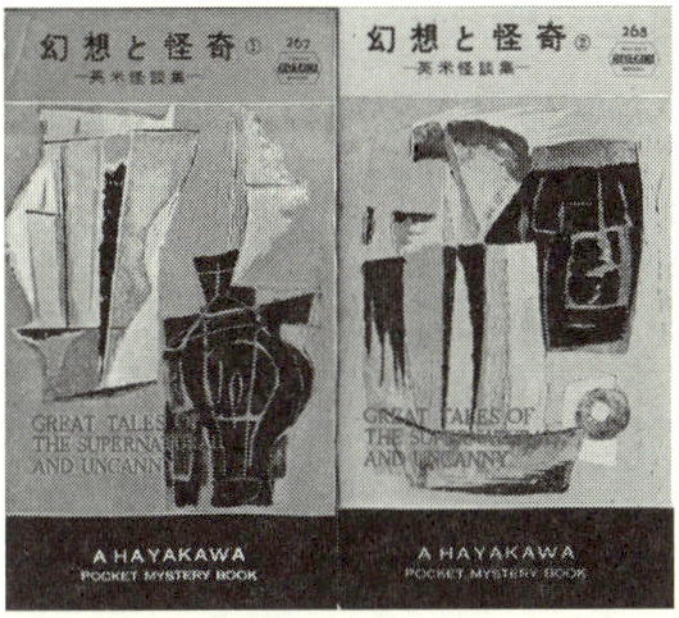

早川書房編集部編『幻想と怪奇』①②（1956）

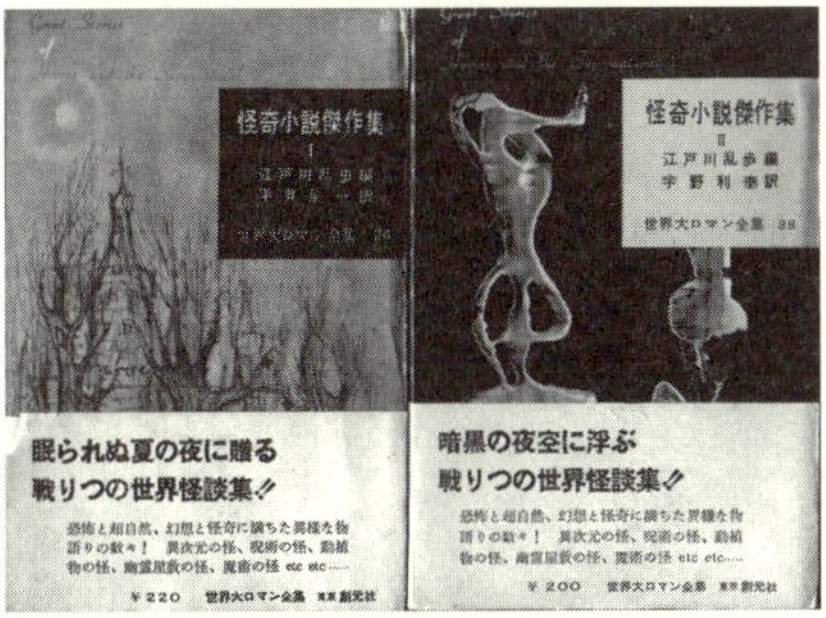

江戸川乱歩編『怪奇小説傑作集』
Ⅰ（1957）、Ⅱ（1958）

『世界恐怖小説全集』第1・2回配本
（『吸血鬼カーミラ』『幽霊島』）

てを恐怖小説にあてるようなことは、数年前までは思いもよらないことだったが、この時点までに「ポケミス」の先駆的な『英米怪談集・幻想と怪奇』①②（一九五六）や東京創元社の「世界大ロマン全集」中の『魔人ドラキュラ』（一九五六）、同『怪奇小説傑作集』全二巻（一九五七～五八）、『世界恐怖小説全集』全十二巻（一九五八～五九）等々を誘い水として、探偵小説誌などにも着実に怪奇小説の邦訳が目につくようになっていた。大伴も桂も幽霊好きという点では人後に落ちない。

私にしても、このジャンルにはゴシック文学をはじめ未知の部分が多いことがわかってきたので、少しずつ入れこむような心境となっていた。

幻島はるかなり

駆け出しのコラムニスト

怪奇幻想ジャンルへの展開は次章にゆずり、ここではもう一つの翻訳ミステリ誌「マンハント」(後に「ハードボイルド・ミステリマガジン」)について語っておきたい。版元の久保書店は中野区松が丘に現存する出版社で、昨今では成人向けコミックが主力だが、半世紀ほど前は性風俗誌「あまとりあ」を関連会社より出していることで知られていた。同誌の休刊後、「新青年」編集者という経歴をもつ中田雅久がそのまま「マンハント」の編集長に移行したものである。大伴の最初の作品は一九六一年四月号の「現代あまのじゃく入門講座」であった。いわゆるオタクやサブカルチャーという概念の確立以前には、世間と価値観の異なる脱社会人は、乱歩作品(『ぺてん師と空気男』ほか)の登場人物ではないが、すべて「あまのじゃく」という一言のもとに斬り捨てられていた。大伴は自分がその典型であることを誇っていたのである。

中田編集長は新人コラムニストの発掘に熱心だったので、早速大伴を常連執筆者に迎え、「よろず人生案内」という連載をスタートさせた。第一回の「私は死にたい」というタイトルは大伴の日ごろの口癖そのままだが、続く第二回が「珍動物を飼いたい」というのでは、いささかトーンダウンと見られたのか、中田編集長より「もっと過激に」という注文がついた。人から命令されることを嫌う大伴としては途端にイヤ気がさして、私に「おまえ、やれよ」という成り行きとなったのは必然だった。一方、本格的な作家論でも手がけたいと思っていた私にとってはありがた迷惑だったが、当時この雑誌の評論やコラムは植草甚一、前田武彦、永六輔、大橋巨泉、寺山修司といった豪華布陣だったし、イラストに新進画家の真鍋博を起用してもらえるというのも魅力で、結局は引き受けた。基本はブラックユーモアとペダントリー性の強い読物としたつもりだが、たっぷり三年ほど続け、最終的に三一書房から単行本化（私の初出版）することができた。

当時まだサラリーマンだった私は、毎月中旬の土曜日などに、久保書店へ直接原稿を持参した。住宅街にひときわ目立つ和風住宅の門をくぐり、玄関でフカフカのスリッパにはきかえると、すぐ編集部へと通される。三十畳敷ぐらいの洋間で、床は塵ひとつ落ちていないという形容そのまま、ピカピカに磨き上げられ、数台の事務机が整然と並べられていた。編集者の中には読物作家の島本春雄や、後の「推理界」編集長の荒木清三がいた。室内はシーンと静まりかえり、およそ出版社にありがちな埃っぽい騒然とした空気は微塵も感じられないので、最初のうちは大いに戸惑った。

中田編集長は、私の原稿をクスクスと笑いながら読み終わると、立ちあがって経理の机上にあるチェックライターを操作し、前回分の稿料を支払ってくれるのだった。たしか二千円ぐらいだったと思う。帰途、付近の哲学堂（一九〇四年、哲学者井上円了により創設）のとんがり屋根に、夕日が照り映えている光景を見ながら、コラムを何本書いたら生活できるだろうか、などと考えたことを記憶している。

幻島はるかなり

『嫌疑』と転換期の戦後ミステリ

一九六三年（昭和三十八）は、日本推理作家協会や日本ＳＦ作家クラブが生まれた年である。ミステリでは水上勉の『飢餓海峡』、中井英夫の『虚無への供物』、映画では黒澤明『天国と地獄』、流行歌では『高校三年生』がヒットしていた。新聞の経済面は、右肩上がりの楽観的な気分が支配的となっていた。その半面、「ポケミス」は創刊いらい早くも十年、カーター・ブラウン、Ａ・Ａ・フェア、パトリック・クウェンティンなどが主流となり、鮮度が感じられなくなっていた。東京創元社の各種シリーズも相次いで完結、「創元推理文庫」へと展開しつつあったが、海外の有力な新作家を紹介する器としては、いま一つ物足りなかった。そして二年後には「宝石」の休刊、三年後には大御所江戸川乱歩の訃報に接するのである。

乱歩についで日本推理作家協会の理事長に就任した松本清張は、戦後推理小説の基調を社会派に転換させたという意味で歴史的存在といえるが、乱歩没後は昭和史の暗部を抉るようなノンフィクションへと軸足を移している。

これらの複雑な要因が重なって、戦後ミステリの転換期が形づくられたといってよいが、その中でフリードリッヒ・デュレンマット（一九二一－九〇）というスイスの作家（劇作家でもある）の代表作『嫌疑』（一九五一）が、どれほどの影響力を発揮したかについては、じつのところ不明である。しかし、当時読者としての私はこの作品に衝撃を受け、以後かなり長いスパンに渡る推理小説離れの契機になったことだけはたしかである。

『嫌疑』はナチの犯罪を題材としたものである。定年間近の警部が入院中に手にした雑誌に、生体解剖を行っている医師の写真を見つけ、親友の院長に見せたところ、顔色が変わった。聴けば院長が医学生時代に、ある事情から緊急手術を行った患者の顔に酷似しており、現在は近郊の病院の経営者になっているという。ナチを憎悪する警部は、最後のお勤めとしてこの一件の真相を究明すべく、単身疑惑の病院へと乗り込むが、たちまち相手の術中に陥り、毒物の注射で無力化され、予告された生体解剖の時間まで、不本意な死の恐怖に耐えなければならなくなる……。

いかにも劇作家らしく場面中心、台詞重視で、推理小説的でない部分も多いが、サスペンスは十分だし、最小限の伏線も敷いてあるなど、全体としてミステリといえる。元ナチスの医師は貧困の家に生まれ、軍隊で医学に興味を抱き、一時は闇医者をしながら高校教師の免状をとり、正規の医師として親衛隊に入った。第三帝国崩壊後はチリに逃れ、知り合った医師を殺害し、入れ替わってスイスにやってくるという設定である。作者のねらいは、第一にこの凶悪な医師の人生観、世界観を明らかにすることにある。彼はキリスト教的人道主義や正義のためにナチス狩りを行う警部に対し、「おれは神なんかでなく、物質を信じる」と叫ぶ。「人は物質と自分を信じることができるだけだ。正義なんか存在しない――物質が正義を守るなんてことは、ないからね――存在するのは、決して手に入らぬ自由だけだ。手に入るとすれば、正

デュレンマット『嫌疑』
（前川道介訳 1962）

義がなくてはならんからな。自由は与えられるものじゃなくて、奪うものだ。自由は犯罪をおかす勇気だ。自由それ自身が犯罪なんだからな」(前川道介訳)

すでに『自由からの逃走』を読んでいるような読者には、この医師の放言に単なる逆説ではないものを感じるであろう。中途半端な民主国家や共同体に属する個人は、いわばデモクラシーという名の牢獄を自らつくり出し、強い不安を感じている。これを払拭するには、自由をもたらした近代的な解放の理念を否定することだが、この医師は徹底した物質主義の牙城に閉じこもる道を選んだ。そこでは自由が与えられているか否か、自由を使いこなせるか否かは問題にならず、すべてが透明な一つの概念に収斂される。――「自由は与えられるものじゃなくて、奪うものだ」

こうした悪の論理は確信犯的な知性の産物で、怠惰な正義感や救済の思想では歯が立つはずはない。実際、警部は一言も主張や反論は出来ず、ただ死の恐怖に耐え、「人間とはいったい何者だろう?」と呟くだけである。推理小説の読者は、おそらく無手勝流で死地に臨む警部の、あまりにも蛮勇な行為と、その執拗な恐怖感の描写に鼻白んでしまうことだろうが、デュレンマットは現代の鬼っ子が生み出した無機的な思想の恐怖に対置し得るものは、ただ一つ人間的な恐怖の感覚でしかないことを強調しようとしているのである。

しかし、推理小説的な工夫として、デュレンマットは最後におどろくべき解決を用意している。詳述は避けなければならないが、伏線として配置されていた「怪物」に文字通りのデウス・エクス・マキナを演じさせるのである。いわば怪物を斃すという「神の仕事」には「怪物」の力を借りるしかないという考えから出たものであろう。自ら「無と影の存在」と称するこの怪物は、「われわれは、ひとりひとりを救うことはできるが、全体をひっくるめて救うことはできない。（中略）だから、われわれは世界を救おうとせず、世界に耐えるべきなのだ。この末世のわれわれに残された唯一の本当の冒険がこれなのさ」という捨て台詞とともに、舞台から消え去る。

この結末は、いささか唐突で、誇張していえば推理小説を怪奇小説で終わらせたような不自然さが伴うが、一方ではこれ以上感動的な結末も思い浮かばない。「推理小説の自己否定」という評がある所以であろう。その後現在にいたるまで、ナチズムを題材とした推理小説ないしサスペンスはかなり出ているが、一部を除けば謀略や情報戦がらみのサスペンス小説で、ナチズム復活を洞察するような現代思想のあり方とは、もとより無縁である。

『嫌疑』は、読後に一種の徒労感、脱力感をさえ覚えさせられた作品として、現在にいたるまで印象が強い。その理由を一言でいうのはむずかしいが、たとえば推理小説でなければ描けない世界ではなく、推理小説では描き得ない世界を覗かせる性質の作品だったからだといえば、理解してもらえるだろうか。見方を変えれば、推理小説のどん詰まりを告げるもので、戦後的な推理小説への期待と高揚感に水をさすものだった。無論、このような感情は一個の作品だけで生じるものではなく、私の中で六〇年代ごろまでの進歩幻想の消滅、全体主義の復活という客観情勢とも干渉し合っていたことに気づかされるのである。

しかし、このようなことは、いまとなっては死児の齢を数えるようなものかもしれない。現実的な回想に戻ることにしよう。

V 忘れ川の流れを見出す

隠栖中の平井呈一尋訪

『嫌疑』の翻訳が出た一九六二年（昭和三十七）の前後は、ミステリ界に中だるみが感じられた時期であった。それは皮肉にも日本経済のいわゆる高度成長が現実のものと化す幸福な時期とぴったり重なり合うのだが、一方私のような小っぽけな会社の平社員には、未だ高度成長の余慶すら及んでいなかった。身辺には基本的に大きな変化は見られず、将来の目標もはっきりせず、このままの勤務生活が一生続くのかと思うと、気が滅入るばかりだった。

私の住む横浜市は、敗戦時に占領軍から全国接収地の六割以上にあたる土地を召し上げられた。

通勤電車の窓からは、とくに本牧から中心部に向かう途上には、まだ焼け跡に鉄条網を張りめぐらせた光景が延々と続くのが見えた。さすがに戦後十数年も経過すれば、大半が返還されていたのだが、接収が長期にわたったため、有力企業がこぞって東京へと逃げ出してしまい、空き地のまま放置されていたのである。選りにも選って、そんな時期に社会に出る巡り合わせとなった者こそいい災難で、毎日の殺人的な通勤ラッシュに耐えながら、横浜―東京間の往復に三時間も費さざるを得ず、まさに青春をムダにしているという思いが強かった。

社会人として五年も過ごせば、スランプに陥るのは当然だったかもしれない。大伴も私同様、何となく中だるみの心境で、趣味生活の充実を図りつつも、満たされた状態からはほど遠い表情をしていた。いまから思えば何か新しい展開が欲しかったのだろう。ＳＲの会への参加から数えても、五年近くが経過していた。

そのような気持が当面の「ＳＲマンスリー」編集にも反映し、「怪奇文学研究号」(一九六二年三月)となって表れたといえよう。平井呈一の「恐怖小説手引草拾遺」を中心に、「古今東西怪奇本見立番付」や「アンケート・私の好きな怪奇小説」(江戸川乱歩、木々高太郎、星新一、都筑道夫、中原弓彦らから直接電話で回答を得た)などを並べたもので、少なくとも在京の会員には好評を博した。

この成功を見て、大伴は「どうだ、怪奇文学専門の同人誌を出そうじゃないか」といい出し、桂千穂も即座に賛同したが、私はあまり乗り気ではなかった。書き手がいるだろうかという不安が先に立ったのである。翻訳するにしても原書のほとんどが絶版で、入手には手間がかかる。

「そんなことは始めてみれば解決するものだよ。顧問を平井呈一とすれば、みんな寄ってくるさ」

これは一つの手かも知れなかった。前述のように『魔人ドラキュラ』、『怪奇小説傑作集』、『世界恐怖小説全集』にいたる系列に加え、東京創元社版「世界推理小説全集」中のセイヤーズ『ナイン・テイラーズ』およびリリアン・デ・ラ・トアの『消えたエリザベス』、「岩波文庫」のサッカレ『床屋コックスの日記・馬丁粋語録』などの名訳にいたるまで、平井訳に対する評判はいやが上にも高まりつつあった。

「しかし、顧問になってもらうと、いろいろ注文も出るだろうね。みっともないものは出せないよ」となおも逡巡する私に対し、大伴は決然と応じた。「だから、金はおれが出す!」

結局、大伴の熱意に押されるような形で、私が顧問就任依頼状を書くことになったのだが、その矢先、平井と永井荷風の関係を知ることになった。前年から予約購読していた岩波書店版『荷風全集』の第二十二巻と二十三巻が相次いで刊行されたのだが、そこに『断腸亭日条』の昭和戦前の項が含まれていたのである（荷風の日記は戦後数年目に公刊されていたが、高校生だった私には興味のない作家だったので、手にとることもなく、したがって、有名な荷風と平井呈一との葛藤についても、まったく与り知るところがなかった）。

それによると、一九三七年（昭和十二）、かねがね荷風に私淑していた平井（当時は佐藤春夫の門人として、本名平井程一を名乗る）は、逼塞中の荷風の許を訪れるうちに、気むずかし屋の荷

昭和戦前の平井呈一

風と意気投合し、その門人となった。老境の荷風をして初めて莫逆の友を得たような心境にさせたようだが、好事魔多しのたとえ通り、やがて平井は荷風の原稿筆写や短冊の代筆などをするうちに、その一部を売りさばくようになった。助手に偽筆をさせることは江戸の戯作者以来の風習というべく、荷風も最初は大目に見ていたのだが、篋底にひそませていた自作の艶本『四畳半襖の下張』にまで手を出したのを知り、大いに怒って破門にした。荷風によれば、その後平井は荷風から借金の不義理をした上に（義兄によって返済された）、「情婦」と連れだって「逐電」、行方知れずになったという。荷風はその行跡を興信所まがいの執拗さで追いかけ、悪口雑言を日記に書き連ね、戦後『来訪者』（一九四六）という戯作調の小説に仕立てることで筆誅を加え、文壇から葬り去ったのである。

真相はどうであったか。後に平井の縁に連なる作家岡松和夫の『断弦』（一九九三）により冤罪は雪がれたとしてよいし、追々ふれるように、私が吉田ふみ（後述のように、平井と生活を共にした女性）から直接聞いた話もそれを側面から立証することになると思うが、未だ戦後十数年目という時点にあって、平井を神さまのように思っていた私たちには絶大なるショックだった。

「まさか同姓同名の別人じゃないだろうな」などといいながら、何遍も日記を読み直し、悩んだあげく、「これはどうしても本人に会って、真相をたしかめるほかない」というまでに思い詰めてしまった。

当時平井は千葉県大佐和町小久保（現、富津市小久保）に居住していた。「いつでも、いらっしゃい」という平井の返事を得て、その年の十月初旬、大伴と私は川崎埠頭からフェリーの客となった。一時間後に到着した木更津港から、バスで約十キロ離れた目的地へと向かい、あらかじめ貰った略図を頼りに探し歩くこと三十分、大貫町にほど近い田園地帯に農家風の平井宅を見つけた。

「おお、おお、よく来た、よく来た。お疲れでしょ？」総白髪をオールバックとした和服姿の平井は、六十一歳という年齢にしては眉間や頬のしわが目立った。私たちは日当たりのよい十畳間に案内された。縁側の向こうは野菜畑につながり時折ブタの鳴き声が聞こえた。部屋の中央の座卓には、原稿用紙の束とオノトの万年筆、長靴形のペリカンのインク壺などが置かれていた。

「こんなところへ引っ込んでるけどね、結構編集者も来てくれるんだよ。まあ、若い人はあんた方が初めてだけどね」

話の合間に缶入りの「ピース」を一本取り出し、鋏で真っ二つに切り、一方を手元の煙管に差し込んでから、うまそうに吸うのであった。傍らで同年配の婦人が何かと世話を焼いているのだが、あたかも農家の主婦のような、誠実そうなご婦人だったので、その人が『来訪者』の中で「情婦」とか

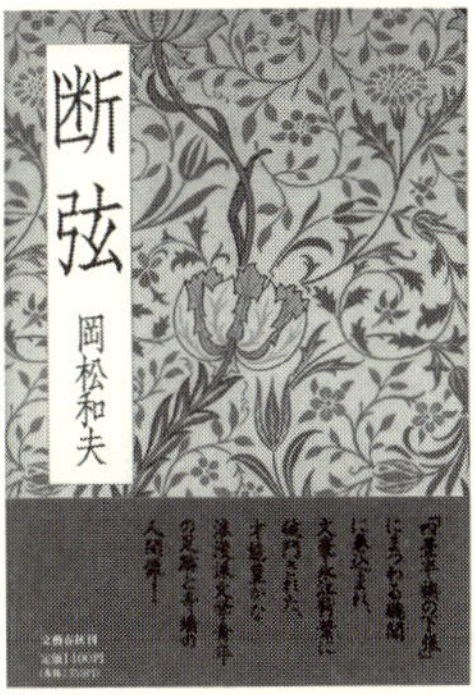

岡松和夫『断弦』（1993）

平井呈一が乙貴小史名義で執筆した
『ローマへ行った四人の少年』（1944）
荒俣宏提供

「阿部定に辵《しんにゅう》をかけたようなもの」などと呼ばれている本人と気づくまでに、かなりの時間を要した。

吉田ふみというその女性は、戦前千葉県下で夫とマッサージ業を営んでいた。近隣に居住していた平井は、夫婦の共通の友人だったが、夫が病死した後、何かと妻の相談に乗ったことから割ない仲となった。すでに妻帯者で子どもをかかえていた平井は、正妻を離別することもできず、もとよりふみを養う力もあろうはずはなかった。荷風からの借金は、ふみの当座の生活費にあてられたのだが、ふみは両国の料理店で仲居の口を見つけ、平井は知人の所有する本所の家に間借し、ついで淡路町に移った。当然、ふみも一緒である。

平井は荷風に破門された後、文庫本からの僅かな印税や、乙貴小史の筆名で児童読物（『ローマへ行った四人の少年』一九四四）などを書いて糊口をしのいでいたのだが、やがて空襲がはじまり、焼け出された妻子が平井たちの部屋にころがりこんでくるという事態となった。幸い、知人のコネによって新潟行きの貨車に同乗させてもらうことができ、妻子、愛人とともに新潟に向かい、目的地では知人の紹介する家に落ち着いた。

『オトラント城綺譚』への執念

——平井とふみが出会った経緯は別項に記すが、その多くはずっと後にふみ自身の口から聞いたことである。しかし、初めて平井家を訪問したこのときには、皆目事情がわかっていなかったので、私たちはただ呆然とするばかりだった。

「さあさあ召し上がれ」と平井は羊羹をすすめた。「甘いものはお嫌いかな?」

「いや、そんなことはありません」と、私は一口ほおばったが、ふと大伴を見ると羊羹を睨んで赤くなったり青くなったりしている。後で知ったことだが、子どものころアンコに当たったことがあったそうな。

「ところで」と私は話をホラーに持っていった。「先生はたしか『オトラント城綺譚』の古い挿絵入本をご所蔵でしたっけ?」

「おお、おお、そりゃいいのがあるんだよ」

平井はヒョイと起ち上がると、廊下に備え付けられた書架より数冊の稀覯本を取り出して来て、その古めかしい造本や口絵を自慢げに示した。あこがれのゴシック文学の源流である。私たちは息苦しいような思いで見入った。どの本にも「平亭」という蔵書印と、達筆の「中菱一夫」という署名が記されているのが印象的だった。

「文章は、だいぶ難しそうですね?」

「けど、線が太いんだ。擬古文でも訳しきれないとこがあるんだよ」

「もう出版社はお決まりですか?」

「それがね、原稿はほとんど出来てるんだが、本屋が見つからないんだよ」と、平井は急に浮かぬ表情となった。

「私たちが本屋を見つけてきましょうか?」

「そりゃ、ありがたいけどね」平井は疑わしげに私の顔を見た。「しかし、いまの本屋はダメですよ。あたしにSFの翻訳やらないか、なんていってくるんだからねえ。SFなんて、ありゃ紙芝居だよ」

「こいつはいい、紙芝居ですか」悪口が好きな大伴は大感激。「さしずめホラーは文学ですよね?」

「文学も文学。第一、文章がよくなければ、こわくならないからね。いま全訳してる最中のラフカディオ・ハーンなんか、専ら文章でこわがらせるんだから」

「それはいつごろ完成なさるんですか?」私は気になって訊ねた。「そのあとで『オトラント』をお願いできますか?」

「いや、『オトラント』ならばハーンの原稿を放り出してもやりますよ。よろしい、恐怖文学セミナーとやらの顧問も、よろこんでお引き受けしましょう」

「ありがとうございます!」大伴と私は声を揃えた。

私たちが玄関を出ると、覗き込んでいた五、六人の近所の子どもたちがパッと逃げ出した。平井はそれを見てニコニコしながら、「ほら、転ぶんじゃないよ」などと注意している。どうやら、子どもたちに慕われているらしい。

「――今日はまったく『恐怖への旅』だったな」帰りの揺れるフェリーの甲板上で、大伴はめずらしくエリック・アンブラーの作品名などを引用した。「道に迷った末、ようやく恐怖の親玉に会って、最後に海が大荒れときた」船酔いを避けてキャビンの外に出た私たちのズボンの裾は、波しぶきで濡れ放題だった。

「それに羊羹も出ちゃったよね。荷風の件を聞けなかったのは惜しかったけど」私にはそれだけが心のこりだった。一通り幻想文学の話題が済んでから、いつ荷風の話に持っていこうかと、そのことばかり考えていたのだが、端然とした和服姿で座っている相手を見るとどうしても切り出すことが出来なかったのである。

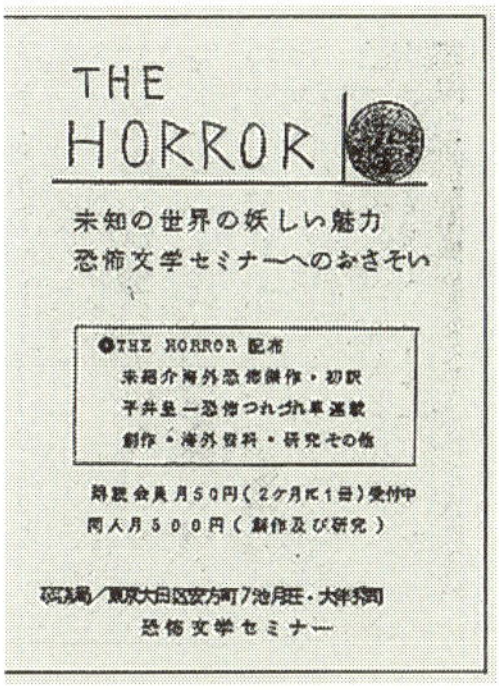

“THE HORROR”の創刊案内
（1963.12）

――私たちが平井呈一監修の〝日本唯一の恐怖小説研究誌〟「THE HORROR」（隔月刊）を創刊したのは、その年の十二月だった。内容は平井呈一「怪談つれづれ草［古城篇］」、ハートリー「怪奇小説のむずかしさ」（平井訳）、紀田順一郎「アーカムハウス1963年」などのエッセイ・資料のほか、ラブクラフト「廃墟の記憶」（紀田訳）、ブレナン「裏庭」（桂訳）などの短編を並べた僅か二十ページほどの片々たる小冊子に過ぎなかったが、巻頭の発足宣言は意気軒昂たるところを示そうとした跡がある。

「恐怖文学が、エンターテインメントの主流的地位を推理小説やSFにゆずってから、すでに久しい。恐怖文学は老いたという声もある。しかし、それは世界の老来《おいらく》によって老いたのである。不安な時代と衰弱した精神のために、人が純粋な『娯楽としての恐怖』をもとめることは、今日つとに困難となっている。しかし、過去におけるすぐれた恐怖文学の遺産は永久に滅びることはないであろう（中略）。かつてヘンリー・ジェイムズは『真夜中、人が寝静まってから、どこかの村荘あたりで、レファニュの小説をひとり静かに読むのが、自分の読書の理想郷である』といった。このような安らぎと静かさへの希求は、われわれの時代にとって一層貴いものとなりつつある。このような文学の、より広範な発掘紹介と、より深い研究批評を目ざして『恐怖文学セミナー』が発足する（下略）」

大伴昌司による“THE HORROR”奥付原稿

これを数十部ほど印刷、当時推理小説およびSF界の作家や知友に送りつけ、購読者を募集したのだが、応答があったのはわずか十人ほどにすぎなかった。そのうち、荒俣宏、柴田和夫、宇野利泰、柴野拓美、星新一、田村良宏、森優、光瀬龍、田波靖男といった賛同者の名は心強い限りだったが、大伴としては第二号の編集後記で、「百名にならないと動きがとれない」ということ、「せめて一〇号までは頑張ります」が、「どうぞ会費五冊分五〇〇円を事務局までお送りください」という、彼らしからぬ低姿勢で江湖に訴えざるをえなかった。

原書収集の苦心

私が大伴昌司らと恐怖文学セミナーを立ち上げ、同人誌「THE HORROR」を創刊した一九六三年（昭和三十八）は、エンターテインメントの種類は増えつつあったが、一つだけ抜けていたものがあった。のちに幻想怪奇小説という名で一括される分野である。本邦ではじめてボルヘスを紹介したルイ・ヴァックスの論考『幻想の美学』（白水社「文庫クセジュ」一九六一）は別として、読書界にはまだそのような分野の到来を予感させるものはほとんどなかった。

私たちの同人誌が売れないのも当然で、内心は覚悟していたことだった。ふだんつきあっているミステリ愛好家の間でも、幻想文学やホラーの話題で熱くなるということはなかった。平井呈一が肩入れした『世界恐怖小説全集』（東京創元社）にしても、予想したほどは伸びなかったようだ。やはり〝片隅の文学〟にすぎないのだろうか。

しかし、片隅といえばミステリでさえ、私の高校生時代

ヴァックス『幻想の美学』
（文庫クセジュ、1961）

には書店の片隅で小さくなっている〝限界的存在〟でしかなかった。幻想怪奇というジャンルはそれに輪をかけた極限的存在なのかもしれないが、それは日本だけの話にすぎない。西洋に追いつき追い越せの拙速主義で築いてきた日本的な教養主義が、この種の非実用的なジャンルを切り捨て、抹消してきたのではあるまいか。市場に何種類も溢れている文学全集の類に、ゴシック文学が含まれることは絶対にない。日本では、まだゴシックの源流ホレース・ウォルポールの『オトラント城綺譚』すらも訳出紹介されていなかった。いきおい、図書館にもこの分野の蔵書を見かけることもほとんどなかった。

そうとわかると、私のような天の邪鬼はかえって挑戦欲を掻きたてられ、研究社版『英米文学史講座』の『18世紀Ⅱ』に収録されている「ゴシック趣味」（村岡勇）などを手がかりに、このジャンルに遮二無二分け入っていった。前述のヴァックス『幻想の美学』も、数少ない参考書の一つだった。ブラックウッドからマッケン、ジェイムズ、ラヴクラフト、ボルヘスにいたる幻想文学の系列を簡潔に論じ、体系づけたという点で、画期的な評論であった。

もっとも具体的な書名がほとんど挙げられていないので、洋書店でトレード・リストを参照しながら、とりあえず英米作家のものを書き抜いたところ、無慮二百数十点にも達した。この中から、たとえばブラックウッドは『ジョン・サイレンス』、マッケンは『輝く金字塔』、ジェイムズは『五つの壺』、ラヴクラフトは『ク・リトル・リトル神話集』というように、必要最小限の書目を発注したのであるが、ほとんどが「品切れ」として戻ってきた。在庫の有無さえも二、三ヶ月を経ないと判明しない始末で、ネット検索が可能な現在から見れば、まったく信じがたい非能率ぶりであった。

その逆に、注文品がどんどん入荷しても、かえって懐のほうがパニックをきたす局面も経験した。当時はドルのレートが固定相場制で、一ドル三百六十円もした。ペーパーバックでも千数百円、大部な日記や専門的な研究書は五、六千円を下らなかった。いまでも思い出すのは、届いた本が予期に反して五千円以上というしろものだったので、私の一万数千円という給料（それも十日と二十五日との二回に分割支給される）ではどうにも工面がつかない。大伴は口癖のように「本はおれが買う」というが、いざとなると当方のプライドが邪魔をする。洋書店へ行くと、年配の売場主任が気配を察して「いつでもいいですよ。うちは掛けでもいいし、キャンセルもＯＫですよ」などといってくれるのだが、カウンター正面の取り置き棚にあるラヴクラフトの代表作が、日を追うごとに少しずつ汚れていくのが目に入ってくる。生前まったく認められなかったこの巨匠は、貧窮と病をおして活動を続け、恐怖小説の鬼となって世を去ったのである。おそらく日本に入荷した数少ない版を、かりにも店ざらしにしてはなるまい。

結局、私は給料の半ヶ月分を投じ、ようやくラヴクラフトを手にすることができた。後年はからずも英語学者で『岩波英和辞典』の編纂者の一人田中菊雄の回想に、高校教師の月給が十八円の時代に、無理をして八十円の『センチュリー英語辞典』を購入したために、その後の一年間『菜根譚』を文字通り実践したとあるのを知った。「人は常に菜根《さいこん》を咬み得ば、則《すなわ》ち百事做《な》すべし」（日常根菜のような粗食に耐えてこそ、何事も成就することができる）という一節だが、要は高いエンゲル係数をもって書物を購ったというのである。

アーカムハウスからの便り

幻想文学の洋書を入手するにあたり、出版社から直接に購入することを考え、まずアーカムハウスにカタログを請求してみた。仕事の関係で、英文書簡には慣れていた。「ディア・ミスター・オーガスト・ダレス」という書き出しで、「貴下がH・P・ラヴクラフト氏の遺業を継ぎ、アーカムハウス社を経営されていることは、つとに日本の新世代に属するホラー愛好家にも知られているところです。ついては最新の在庫目録および価格表をお送りください」といった趣旨をタイプで記した。

しかし、待てど暮らせど返事はこない。さすがに大伴が「やっぱり、あいつらは日本の読者なんか相手にしないんだよ」などとぼやきはじめたころになって、ようやく小型の黄封筒に入ったポケットサイズのカタログが届いた。いま消印を見ると、ウィスコンシン州ソーク市郵便局の消印（一九六二年八月十六日付）がある。

「来たぞ！」と私は大伴に電話した。

「ほんとうかね！」と大伴は叫んだ。「幽霊屋敷のロゴは入ってるかな？」

私たちはカタログを見ながら、興奮しっぱなしだった。アーカムハウスは創立二十三年目、戦前の書目が品切れなのは仕方がないとして、ダレスの編纂したラヴクラフトの『夢魔と幻想』をはじめ、ホジスン『辺境の家』、ハワード『スカルフェイス』、ウェイクフィールド『時計は13を打つ』といった定評ある作品が初版で入手可能というのだから、冷静でいられるわけがない。洋書店の「品切れ」はウソだったのである。

「よし、おれが全部買う」と、大伴は例によって胸を張ったが、そのころはまだ外貨の制限があって、個人が一度に五、六十万円もの書籍代を送金することはできなかった。丸の内あたりの外国為替を扱う銀行まで出かけ、大蔵省（現財務省）宛に支払承認申請書を提出すると、銀行が代行して許可を与えてくれるのだが、優に三十分ぐらいは待たされる。

この申請の際には、本のカタログを添付しなければならなかった。アーカム本の場合はまだしも、あるときジャニパー・プレスという出版社の『忘れられた古典ミステリ』（一九六〇）という戦後ほとんど最初の幻想文学叢書を購入するときなど、禍々しい吸血鬼の図柄のカタログをやむなく提出したのだが、気がつくと数人の行員が額を集めてこちらを見ている。別段わるいことをしているのではないと思って、平気を装っていたが、やがて行員の一人が近づいてきた。「お時間はいかがですか？　ちょっと支店長からお話があるそうですが」

こりゃ大ごとになったぞと、いささか緊張の面持ちで天井の高い応接室に入ると、五十年配の気さくな支店長から名刺を差し出された。

「いやあ、なかなかおもしろいご趣味をお持ちですね。私も読みましたよ。江戸川乱歩ね」

「いや、こちらのほうは本場ものです」

「そうでしょうね。ところで、たびたび当行をご利用いただき、ありがとうございます。一つ、いかがでしょうかね、当行に定期預金を……」

　私は拍子抜けし、ていねいにお断り申しあげた。こんな余計な苦労を強いられながら、銀行振出しの送金小切手を書留便で版元に送ると、手続きは完了となる。あとはひたすら待つだけだが、当時の船便は到着までに四十日以上もかかった。それに本が船底に積まれてくるので、造本が歪んでしまうことも多かった。

　ようやく手にした本を愛でるように傷んだ個所を補修してから、そっと書棚におさめる。つくづく背表紙を眺めていると、どの本にも数奇な物語があるように思えた。十九世紀ごろの幽霊が出そうな貴族の豪邸のベッドサイドブックであったものが、その後どこかの本屋の片隅で埃まみれとなり、いまごろになって遙か極東へと渡来し、酔狂なマニアの窮屈な書棚で余生を送る。これを数奇といわずして何といおうか。

　こうして苦心入手した作品を、どのように紹介するかということが、また難事なのであった。同人誌は全二十ページの貧弱なものだったので、非常に短い作品を二つ三つ載せれば、もう満杯になってしまう。平井呈一によるエッセイやガイドにもページをとりたかった。大伴は「『おはようございます』は『お早う』とするなど、訳文をできるだけ短くすればいいだろう」などと無理をいうが、そう簡単に縮小はできない。苦心してデ・ラ・メアの詩『聴いているもの』（平井呈一訳）をはじめ、ラヴクラフトの『廃墟の記憶』、デ・ラ・メアの『なぞ』、ブラックウッドの『とびら』、モーロワ『夢に見た家』、ブレナンの『裏庭』、ウールコットの『ムーンライト・ソナタ』などの珠玉を選び出し、桂千穂と分担しながら紹介していくうちに、もっと大きな容れ物が欲しいと思うようになったのは是非もない。

結局、同人誌「THE HORROR」は五冊を出したきりで休刊となった。大伴や小松左京の創作なども予定されていたのであるが、予約部数が増えず、商業誌からの反響もゼロという状態では、休刊も時間の問題だったといえよう。大伴の資金にも不安が生じはじめたことは、第四号の編集後記に「本誌は十三号までの資金を確保しております。……とはいっても、資金はすべて借入金です」と記していることからも窺われる。借入金といっても、こんなものに貸してくれる銀行はない。思うに大伴経営の個人会社から、資金を流用していたのだろう。

しかし、大伴は休刊の前に大仕事をした。じつは五冊目は「SFの手帖」（一九六五年三月）と称する別冊で、内外のSF作家人名鑑、読書ガイド、ファンダム史（柴野拓美）、映画小事典、年表におよぶ七十一ページの厚冊で、企画制作は恐怖文学セミナー、発行協力はSRの会となっている（配布にSRの会員網を利用したわけで、そのために別の表紙をつくった）。SFグループのデータはわれらが「恐怖文学セミナー」を筆頭に掲げ、目的としては名作の翻訳のほか「副次的な活動として、映画、TV関係の資料を揃え、ゆくゆくは企画、制作資料などの提供も行う予定です」などとしている。大伴の情報収集力がフルに発揮された便覧だった。

興味深いのは「関係商社団体・ＳＦグループリスト」のなかに「日本ＳＦ作家クラブ」が挙げられ、連絡先が早川書房、事務局長が大伴昌司となっていることだ。当時大伴は「ＳＦマガジン」への執筆量が増え、作家との交流も頻繁になっているのは知っていたが、ここまで密接になっているとは意外だった。私もＳＦのファンであったが、ゴシック趣味を源流とする幻想怪奇小説とは、一線を劃するものがあると考えていたので、じつのところ別冊としてのＳＦ特集を出すことには乗り気ではなかった。

このような考え方の相違が、同人誌の休刊につながる一因となったのである。

足が頼りの古書店めぐり

一九六一年には江戸川乱歩の『探偵小説四十年』をはじめ、ヘイクラフトの『探偵小説・成長と時代』（林峻一郎訳）、スコットの『現代推理小説の歩み』（長沼弘毅訳）などが続々刊行された。しかし、このころまで、私は作家や評論家になりたいと真剣に考えたことはなかった。創作はバーが高すぎるように思え、事実「密室」誌に寄稿した試作はものにならなかった。評論についていえば、仲間うちのチャットに過ぎず、研究者的な土台が欠けているのを自覚していた。

そのころ、神保町の古書店に、「ポケミス」の一〇一番『大いなる殺人』から一九九番『下宿人』までが、「美本揃い」として並べられた。売価は六千円。旧所蔵者がよほど大事にしていたのか、数冊ずつまとめて自製の紙箱に収めたものが、棚の天井に近い個所にズラリと並んでいる図は、大いに心惹かれるものがあった。私はすでにかなりのものは所持していたが、マージェリー・アリンガムやジョセフィン・テイ、ジュリアン・シモンズ、ミルドレッド・デイビスというあたりは手薄だった。研究資料としては揃えていたほうがよいと、だいぶ迷ったあげく購入することにした。

宅配便などというものはなかったので、二日後、トラック便で配達された大箱を開けて愕然とした。クリスティーが全冊欠けているではないか。私は気色ばんで書店に電話した。

「もしもし、クリスティーが一冊もないんですが、どうなってるんですか？」

「えっ、クリスチンって何ですか？」

「クリスティー、作家の名前ですよ。一九九番までの間に九冊あるはずなんですがね」

「あるはずといわれても、ウチはお客さんから仕入れたものを、そのまま店に出しただけですからね。それを承知でお求め願ったと思ってましたが」

私は「やられた」と思った。薄暗い棚の背文字をチェックするのが億劫で、つい中身のチェックを怠ってしまったのだった。

結局引き取ることにした。クリスティーぐらいはすぐに埋まるだろうし、これを機会に全冊収集するのも悪くないと思ったからだが、創刊から七、八年も経過し、頻繁に重版されているような叢書を、初版、美本に拘って収集することは予想以上に困難と思い知らされるまでに、そう長くはかからなかった。少しでも古く見えるような〝ヤレ本〟は、新刊書店には置いてない。古書店ではポケミスはまだ定番扱いを受けていなかった。これと並行して、当時すでに六五〇番台に達していた新刊も、追いかける必要がある。折からブレット・ハリデイやカーター・ブラウンの全盛期だった。

やむなく、旧刊については毎月早川書房まで出かけ、倉庫内を探してもらうようなことまでやった。オサリヴァン『憑かれた死』、シャリット『十億ドルの死体』などはこうして入手した。それはいいとして、月末の給料日ごとに判でおしたように現れる私を見て、受付の女性社員から「そら、また来た」というような顔をされるのには参った。

ポケミスが古書店ではまだ定番扱いを受けていなかったという意味は、まだ決まった相場がなかったということだ。推理小説ばかりではなく、サブカルチャー関連の本は店によって力の入れ方や売価にいちじるしい差があった。ポケミスなどは老舗になるほど冷淡で、出物があったときに均一本の値で放出してしまう傾向があった（サブカルチャーということば自体、七〇年代の後半になるまで普及しなかった）。

しかし、実はこのころから古書の世界は多様化しはじめていたのである。私が学生時代から古書店めぐりをはじめたことは前述したが、「ＳＲマンスリー」の初期には簡単な店舗ガイドを寄稿したこともある。やがて六〇年代の古書ブーム期に入ると、神田神保町から早稲田、中央線沿線にまで足を伸ばすようになり、異なるジャンルの本にも関心が広がっていった。このような足が頼りの古書店めぐりが、私の初期の著作活動に直接つながったのである。

デザイン学校に通う

やはり後の執筆活動に、間接的ながら影響のあったものに、当時ブームとなったグラフィックデザインがある。高度成長の出版界は、推理小説を含め装丁に力を入れはじめた。亀倉雄策、原弘、宇野亜喜良、田中一光、日下弘らが活動をはじめ、イラスト系では真鍋博がひときわ目立つ状況となっていた（亀倉は戦前、デニス・キートレイ〔ホイートリ〕『調書・ヨットの殺人』の装丁を手がけている）。

もともと美術にも関心がある私は、装丁やデザインも仕事の一つにできないか、というムシのいい考えを起し、折から創刊された雑誌「デザイン」や「アイデア」などを覗いているうちに、ある美術大学デザイン学部の夏期スクーリング（十日間）を受講しようという気になった。ところが、午後六時からの授業に十日間通うのは、想像以上に難事だった。五時には残業を振り切って勤務先を飛び出し、冷房のない満員電車に乗って学校に着くと、もはや授業開始直前。腹ごしらえの間もあらばこそ、売店で一本十円の牛乳を立ち飲みし、彫塑（アグリッパ像）、木工（小道具）、デザイン（レコードジャケット）などの指導を受ける。なにしろ制作に時間を要するものばかりで、講師に合格点をもらって下校するころは十時を回っていた。それから三時間かけて自宅に戻り、宿題を終えて寝るのは午前三時ごろになるが、六時半には起きなければならない。ほかの学生は美校を目指す浪人や百貨店の見習社員ばかりで、私よりもずっと若いだけに体力旺盛、ヤル気満々、到底追いつけるものではない。結局、一学年を終了した時点で、早くも退学届を出さざるをえなかった。

しかし、私はいまでもこの体験を後悔していない。後に叢書ものを企画する際など、装丁案を提出して採用されたことも一再にとどまらないからだ。美術で身を立てようとする学生の、ナイーブな職人気質の一面にふれたことも収穫だった。年齢が六、七歳下の彼らと、演奏会や美術展を回ることもあった。当時評判の上野寛永寺のレコードコンサートでは、本堂に据えた住職自慢のマランツの大スピーカーで、ワルター指揮によるベートーヴェンの「田園交響曲」を聴いた。第四楽章で低弦が遠雷を奏すると燈明が落とされ、それがティンパニの激しい雷鳴と大地の鳴動に従って点滅したかと思えば、やがて雷雲が去り、麗らかな田園風景に復帰する場面にいたるや、照明は徐々に明るくなり、内陣の仏天蓋や幢幡《どうばん》や華鬘《けまん》が燦然たる光輝を放つにいたる。小栗虫太郎の描いた夢殿幻想とは全く異質の、華やかで陶酔的な耽美空間が出現するのであった。

招かれた客

仕事とは何だろう?　もっと面白い仕事はないだろうか?　二十代の私は社会のあらゆる職業や事象に関心を抱いたものだ。現在とちがって、情報というものが得にくく、足を使って集めるほかない時代である。このような好奇心（場合によっては猟奇心）をある程度満足させてくれる機会が、前章に記した「マンハント」連載のコラム「よろず人生案内」（のち「現代ビジネス・ガイド」）であった。当初、大伴昌司からバトンタッチされた企画を、一九六一年十二月から六四年一月まで、二十六回の長期にわたって続けた理由は、一つにはこのころから続々現れた新しい職業に、いたく好奇心を刺激されたからにほかならない。

当初は推理小説や犯罪小説好きの発想で、刑務所、保安業務、モルグなどをテーマに扱った。精神科病院を訪れたこともあるが、これは『ドグラ・マグラ』からの連想ではなく、ちょうどそのころ届いたある読者からの手紙に「ぜひ一度お越しください」とあり、その末尾に異なる筆跡で「当所は精神科病院ですので、そのつもりで。担当医師」と付記されていたことによる。大伴は「チャンスだぞ、ゼッタイに行ってこい」とけしかける。「奇跡は一度しか起こらないよ」

この手紙の主は推理小説好きらしく、多分私の「密室論」を読んだのだろう、三度も来所を促す便りを寄越した。私はついに意を決し、ある日の午後、東京駅から一時間ほど西郊にある施設を訪れた。門衛は不審げに私の顔と件の手紙とを見比べたあげく、「どちらの会社ですか」と訊いてきた。

勤務先の名刺を出すわけにはいかない。これより前、私は趣味用に「ＳＲ」という文字の周囲を囲ってロゴに用いた簡単な名刺（ほかに氏名と住所のみ）を所持していたので、それを示すと、門衛は挙手の礼をした。

「ご苦労さんです」

私は会釈すると、悠然とゲートを通過した。

そこまではいいとして、現実に病棟内に入り、スリッパに履き替え、「向こうの左手の三号室です」といわれながら背後の扉を閉められたとき、私はちょっぴり後悔した。長い廊下のあちこちには、寝間着姿の人たちが立っていて、一斉にこちらを見る。私は俯きながら早足で三号室にたどりつき、ドアをノックした。

相手は三十年配の痩せた、おとなしそうな人だった。「カーはフェアで、クリスティーはアンフェアです」などという話をしはじめたが、本題に入らないうちに時間が過ぎていく。やっとのことで、衣食など日常生活の細部についての質問をすることができた。

実際の記事は架空の会話体とし、内容も本質的には常識的なものにとどめ、フィクションめかして「アジトとしての精神病院案内」という標題をつけた。この回は大好評で、長期連載に結びつき、当然ながら「ＳＲ」の名刺がいよいよ威力を発揮するようになったのだが、このアルファベット二文字がどういう意味に受け取られたのか、いまもってナゾというほかはない。

たかがコラム、されどコラム

当初「よろず人生案内」と名付け、後半を「現代ビジネス・ガイド」とした軽いコラムが、まさか私の初出版に結びつくとは、想像もしなかった。

社会のウラ側にある事物やテーマをブラック・ユーモア風に料理するという意図だった。資料性を重視し、情報性をもたせようとしたが、実際にはプラクチカル・ジョークにしかならなかったかもしれない。それを救ってくれたのは、シャープで無機的な技法の中に、どことなくユーモアを漂わせた真鍋博のイラストだった。テーマ（取材先）は葬儀社、結婚相談所、美容整形医院、廃盤レコード卸業、害虫およびネズミ駆除業、東京国立文化財研究所（文化財修理）、東京都都市郊外部環境課（騒音対策）、同衛生課（野犬捕獲）、東京都監察医務院（いずれも当時の名称）などに突撃取材を試みた。そのうちに対象は高度成長期の新商売に絞られ、キーパンチャー、トレーディング・スタンプ業、発明コンサルタント、カーコンサルタント、リース業、産業教材テープ販売業などをとりあげるようになった。直接取材が不可能なケース、たとえば密輸組織、海賊版出版、刑務所などについては所轄の取締当局（税関など）や専門の雑誌社などに赴き、それこそ根掘り葉掘り調べ上げ、架空対談に再構成した。

高度成長のさなか、活気と余裕のみなぎる時代で、組織や企業はおろか役所ですら、うるさい取材制限もなく、職業上のヒミツなどということもいわなかった。

「この『マンハント』という雑誌に載せます」

「ほう、なかなかオツな雑誌ですな」

という具合に話の糸口ができると、あとは一瀉千里で、仕事の機微なども喋ってもらえた。普段、仕事の内容を存分に語る機会がなく、欲求不満になっているのではないかと推測してみたが、コラム

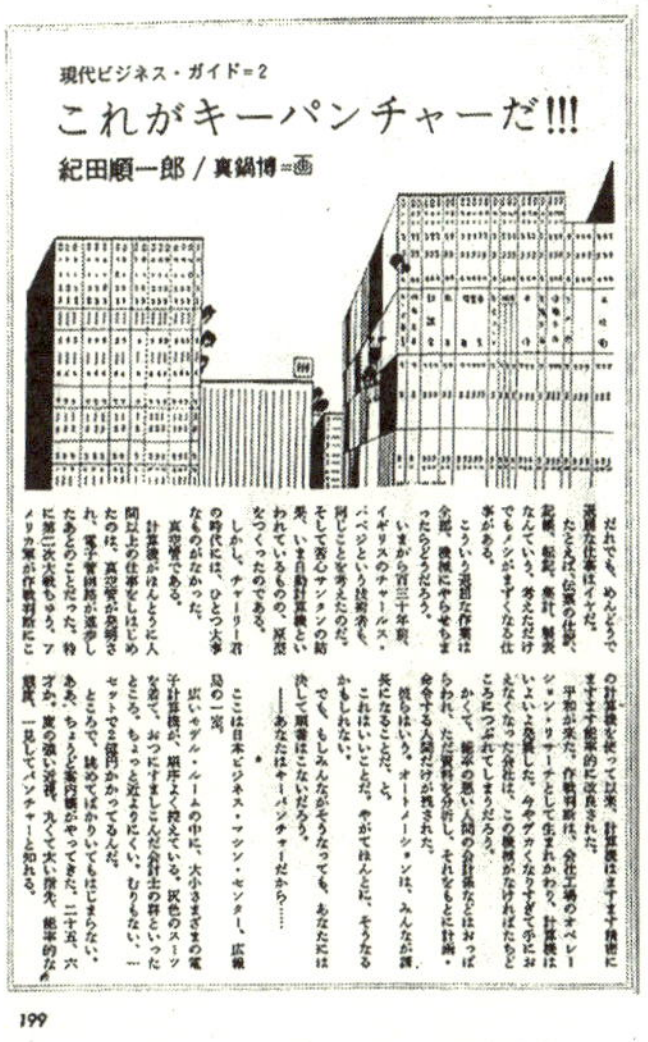
現代ビジネス・ガイド＝2
これがキーパンチャーだ!!!
紀田順一郎／真鍋博＝画
199

「これがキーパンチャーだ !!!」
「現代ビジネス・ガイド」第2回、「マンハント」(1963)

ですませるには勿体ないような話題も多かった。ある作家から「ネタに使わせてもらいましたよ」といわれたこともある。

大伴からは「たかがコラムに、そんな一生懸命になることはないよ」といわれたが、じつのところ私は執筆が楽しみになっていた。自分の勤務生活に喜びを見いだせない分、よその会社の芝生が青く見え、刺激的だったということになるだろうか。いわばビジネスマン失格者によるビジネスガイドである。

いずれにせよ、このようにして連載が二十回近くに達した一九六三年の春ごろ、私はそれまでまったく無縁だった出版社から電話をもらった。連載を本にしたいという。

「はあ……、あんなものが本になるんですか？」

「なります」正木重之と名乗る編集者は答えた。「もう編集会議は通っていますから。三一新書で出します」

三一新書は当時五味川純平のベストセラー『人間の條件』で大当たりをとっていた。版元の三一書房は終戦直後京都で創立されたが、一九五七年東京に進出、神田駿河台の池坊学園付近に自社ビルを構えていた。

国電（現在のJR）御茶ノ水駅に近い、通称「五味川ビル」といわれていた三階建てのビルを探しあて、いささか緊張しながら編集部のドアを押すと、そこは神田川と中央線を見下ろす明るい一室で、原稿用紙や資料の山に埋もれた編集者が数人、仕事に追われていた。その中から満面の笑みを浮かべつつ立ちあがったのが正木であった。私は編集長に紹介され、「ここでは何だから、ジローへ行きましょう」と誘われた。

現在大手のレストラン・グループとなっているジローは、最初神田神保町にシャンソン喫茶として開業したが、当時は御茶ノ水駅前に移っていた。

「いや、別人かと思いましたよ」正木はコーヒーをすすりながら、キチンとした背広の上下に地味なネクタイを締めた私を見て、意外そうな表情を見せた。どうやら大伴のようなサングラスのルポライター姿を想像していたらしい。

「これで取材相手を信用させてるんですよ。とくにお役所には有効です」

「なるほど。監察医務院や税関の回なんか、真鍋博のイラストもドンピシャだった」

「装丁は、ぜひ真鍋さんに頼んでください」

「いいですよ。新しく描いてもらいましょう」

三一は何事も即決だった。書名を『現代ビジネス案内』として、その年（一九六三）七月の下旬に発売となった。定価二三〇円で二万部である。この初出版を自分のことのように喜んでくれたのは、ほかならぬ大伴だった。

「出版記念会をやろうじゃないか」大伴は司葉子の絵柄入りのカレンダーに目をやった。「いまからだと、ちょうど九月十三日、金曜日というのがあるね。こいつは縁起がいいぞ」

「それはうれしいが、だれを呼ぶんだい？」

「まあ、監察医務院や税関は来ないだろうさ」

「葬儀社や刑務所も来ないよ」

「まあ、おれに任しとけ。挨拶回り用に、本を二十冊用意してくれない？」

大伴はメモ用紙を取り出すと、まず「マル秘・御出席予定」と見出しをつけ、手早く「推理」「SF」「評論」「出版社」「各界」「知友」と分類立てし、立ちどころに名簿をつくりあげてしまった。私は目を瞠った。

「おいおい、こんなつきあいのない人たちは来ないよ」

「おれには、ちゃんとつきあいがあるのさ。いちおう挨拶回りは欠かせないけどね」

リストの多くは、大伴が「宝石」の連載「ある作家の周辺」で知り合った作家が中心であった。

翌日から私は大伴に引っ張られて、挨拶回りをはじめた。最初に訪ねたのは山川方夫であった。

「当日は先約があってねえ」ということだったが、談たまたま現代最高の短編は何かということに及んだ際、私が思わず「ヴェルコールの『海の沈黙』ではないでしょうか」と答えると、山川が一瞬沈黙し、ついで共感の言葉を発したのを思い出す。

「バカだな、おまえは」と、後で大伴にいわれた。「『ロンリー・マン』とかいってりゃよかったんだよ」

たしかにフライングだったが、私はただ相手が推理小説畑の作家ではないと思っていたに過ぎない。それよりも帰りぎわに山川が、結婚して間もない夫人と門の外まで見送ってくれたのが記憶に残っている。その後、二年足らずで訃報に接し、交流を深める機会のなかったことが、ひどく悔やまれた。

このような奔走の結果、出席者は招待客を含めると六十人以上となり、どこから呼んできたのかパントマイムやグループサウンズの余興さえつくという賑やかさだった。そんな中での挨拶や激励のことばなど、申しわけないが全く上の空で、あっという間に会は終ってしまった。当時の領収書一式が残っているが、会費は千三百円、総経費は七万円余だった。赤字にならなかったのは、大伴の采配のおかげである。

肝心の本はあまり売れなかった。半ば以上は返品だったかもしれない。推理小説同好会の後輩からは、「新幹線の往復で読もうとしたら、往きの半分も持たなかったよ」などと酷評された。

「なあに、小手調べでしょう」編集者の正木は慰めるようにいった。「だれでも本は三冊書けます。一冊は自伝、二冊は仕事の話、三冊目は趣味の話です。次は何にしますか」

「本の百科事典をつくりたいです」。私は間髪を入れずに応じた。

文筆生活の基礎となった第二作

「本の百科事典」などと、思わず口にしてしまったが、もとより書物の歴史一つ、満足な知識があるわけでもない。ただ当時は高度成長を反映し、書店は全集本で溢れ返るような状況となっていたので、読書家に便利なハンドブックをつくったらどうかと考えたに過ぎない。最終的には「何をいかに読むべきか」という東西の読書論のサワリと、クリフトン・ファディマンの『一生の読書計画』（荒地出版社、一九六九）の向こうを張った各種必読書リストの集成を軸に、古書の集め方、蔵書の整理法、日本の出版事情などを並べた内容とした。新書三百ページ分の原稿を、勤務の余暇捻出に苦しみながら一年足らずで仕上げた。

『現代人の読書——本のある生活』と名づけたこの著書は、類書に乏しかったためか、何度か版を重ね、初期文筆生活の基礎となったものだが、反面会う人ごとに「読書論なんて書く人だから、もっと年寄りかと思った」といわれるのには参った。無理もないが、新時代には新時代なりの読書論、書物論があって然るべきだと考えたのである。当時感銘をうけていたヘンリー・ミラーの読書論から多くを引用したのも、そのためだった。「……古典こそは知識だか教養だかの基本である、あるいは何でもよい、とにかく基本であるとは多くの者が説いているが、ぼくはこれを悲しむべき誤りだと信ずる。基礎は自分流に築け、というのがぼくの持論だ。人がいやしくも一つの個人だというなら、それは彼の独自性のゆえにそうなのだ。人は現代に出版されたものをまず読むべきだ」（『わが読書』田中西二郎訳）

必読書の選び方一つにも、新世代のニーズが反映さるべきだと考え、内外の古典・純文学リストと並んで「エンターテインメント」という項目を立て、まず推理小説については『幻影城』所収の江戸川乱歩選「ポーより現代までの路標的名作九十冊」と、『国民百科事典』掲載の中島河太郎選「探偵小説名作五十選」を引用し、不足する現代のタイトルについては厚木淳（東京創元社編集部）

に依頼し、新たに「現代のミステリ」三十冊として選び出した。同様に、SFに対しては福島正美（早川書房編集部）に「世界SF傑作選」として四十冊を選んでもらった。

代表的な例をあげると、厚木淳の選出した推理小説にはブレイク『野獣死すべし』、アンブラー『デミトリオスの棺』、アイリッシュ『幻の女』、ハミルトン『首つり判事』（以上「ポケミス」）、マッギヴァーン『ビッグヒート』、クエンティン『二人の妻を持つ男』（以上「創元推理文庫」）、松本清張『黒い画集』、高木彬光『成吉思汗の秘密』、笹沢左保『空白の起点』（以上「カッパ・ノベルス」）などが挙げられている。

福島正美選のSFにはヴェルヌ『月世界旅行』からはじまり、チャペック『R・U・R』、オーウェル『一九八四年』を経て、アシモフ『我はロボット』、ブラッドベリ『火星年代記』、ハインライン『夏への扉』、安部公房『第四間氷期』、小松左京『地には平和を』にいたる四十冊がリストアップされている。このような必読書リストはあまり例がなかったので、「重宝しますよ」といってくれる人もあった。

この本が出て間もなく、私は同じ三一書房編集部の井家上隆幸（現、文芸評論家）から、「ユートピアの歴史を書いてみる気はないか」という相談を受けた。おそらく、私がマンハイムの『イデオロギーとユートピア』（鈴木二郎訳）をかかえていたのだろう。

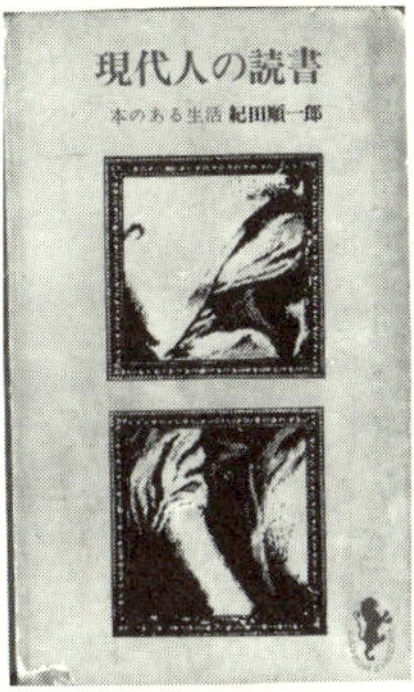

『現代人の読書―本のある生活』（1964）

ひらめいた第三作

「書きましょう」と応じて、瞬間的にひらめいたのは明治時代を舞台に、日本のユートピア思想の盛衰をたどってみてはどうかということだった。当時私は日本のSFの歴史を調べているところだったが、末広鉄腸の『雪中梅』（一八八六）の書き出しが「明治百七十三年」（すなわち二〇四〇年）の日本から明治時代を回顧するという、明治中期としては破天荒なアイディアを採用していることに、非常な興味を感じていた。「日本帝国大繁盛之図」という挿絵には、議事堂周辺に密集する中層ビルの煙突から、モクモク煤煙が立ちのぼる異様な光景が描かれている。つまり、石炭以外の燃料を想像することができなかったということだ。内容自体は作者の穏健な民権思想を開陳するのが目的で、肝心の当人の政治活動は第一回衆議院議員総選挙で初当選を果たしたものの、たいした実績もないまま病没している。

そのほか、幕末には佐藤信淵の『混同秘策』（一八二三）のように、幕藩体制を超える国家構想を提示した例もある。この種の政治理想をマンハイムにならって、実効性や射程距離という観点から再評価してみたらどうなるか。三、四年後には政府主導の明治百年記念行事が開催される予定で、ボツボツ奉祝の便乗出版も現れはじめていた。私の場合は、その逆をいって、政府に批判的な〝もう一つの明治〟を描き出すという趣向である。

井家上の同意を得て、その日から私は動き出した。大風呂敷を広げたものの、近代史に関する論文一つ、著書一冊あるわけでもない。執筆期間は別に定められなかったが、私はちょうど三十歳となる翌年四月ごろまでに仕上げたいと思った。それにはあと数ヶ月を余すのみで、とても図書館通いをしている余裕はない。

しかし、怖いもの知らずといおうか、私なりの成算はあった。版元から数分のところにある神保町の古書店街は、戦後の変動期に蔵書家が手放した貴重書や資料が大量に出回りはじめ、未曾有の活況を呈していた。とくに近所の駿河台下にある東京古書会館には、現在からは考えられないほどの明治文献が出品されていた。必要な資料の大半は、このような場所で入手できると思った。

東京で数軒ずつの古書業者が一個所に本を持ち寄り、展示販売（古書展あるいは展覧会という）を行うことは、古くは一九一〇年か一一年（明治四十三、四）に始まった由で、大正から昭和初期にかけては近代史研究の先駆けとなった明治文化研究会の面々（吉野作造、尾佐竹猛、柳田泉ほか）が、冬期など早朝から焚き火をかこみながら開場を待ち、貴重資料を奪い合ったという。すでに述べたように、私は高校時代から神保町に通いはじめたが、この即売展に足を踏み入れるようになったのは、学校を出てから二年目の、一九六〇年（昭和三十五）以降だった。

古書展での資料集め

つまり戦後二十年以上も経っていたわけだが、大手古書店が明治ブームをあてこんで終戦直後の上流〝斜陽〟階級などからゴッソリ買い込んでおいた貴重本を、この時期になって一斉に放出しはじめたため、前述の『雪中梅』や須藤南翠の『新粧之佳人』、矢野龍渓の『新社会』、磯野徳三郎の

幻島はるかなり

『文明の大破壊』、押川春浪の『海底軍艦』などという、近代黎明期のエネルギッシュな構想の小説が、かなり廉価に出品されるようになっていた。これらの政治小説や初期翻訳小説は、従来の狭い文壇史からは問題外で、近代文学の前駆的役割を評価すべきとする提案（飛鳥井雅道『日本の近代文学』一九六二）にも、さほど反響がないという状況だった。これらをユートピア史、SF史の舞台へ引き揚げてみたら如何、というアイディアにつき動かされ、私は無我夢中で即売展に通い詰め、貴重本集めに熱中しはじめた。

こうした経験が、後に古書ミステリの発想へと結びつくのであるが、資料集めと執筆とを同時進行させるという慌ただしさで、余計なことを考える余裕はなかった。幕末から明治初期にかけての奔放な空想力が、一八九〇年（明治二十三）国会開設の実現とともに矮小化し、大逆事件以降の超国家主義に絡めとられていくという流れは否定しようもないので、全体を直感的に「ユートピアの序幕」、「成熟」、「没落」という三部構成とし、書きやすい第二部から入っていった。この個所は民権思想を扱うため、資料が豊富だったためもある。書き始めてみると、民権思想が国権主義に簡単に変節した点を強調しようと、「ユートピアの欺瞞」に改めた。

このような書き下ろしを、サラリーマンとしての勤務の合間を縫って行うことは、アイディアよりも体力勝負である。夏場をようやく乗り切り、秋は古書シーズンにふさわしい収穫に励まされたものの、厳冬に入ると健康障害に悩まされるようになった。正月もあと一息だからと、元旦からねじり鉢巻き姿となったのは、そのころ増えはじめた学習塾を真似た〝必勝態勢〟のつもりだった。

こうして何とか四百枚を脱稿し、図版用の原本を大型のボストンバッグに詰め込んで、編集部に持ち込んだ。井家上はおどろいた様子だったが、十日後「本文はあまり削れないので、図版を削りました」と感想を述べた。私は難関を突破したような気持になった。

難関突破はよいが、その直後体調を崩し、会社の嘱託医に糖尿病の疑いがあるといわれ、大あてで総合病院に紹介状を書いてもらう始末となった。

「まだ三十歳以下なのに、糖尿病の可能性?」担当医は紹介状を見ながら不審そうな表情となった。「まあ、精密検査をしてみましょう」

若年性の糖尿病はこわい。不安の数日間を過ごしたが、結果が告げられない。一週間ほどして、意外な診断が出た。

「紀田さん、糖は出てませんよ。たぶん疲労から、一時的に血糖値が上がったんでしょう」

「えっ、それはどういうことでしょうか」私は大伴が誤診でひどい目にあったことを思い出した。

「治療しなくても、いいんでしょうか?」

「治療の方法はね。栄養のあるものを食べて、よく眠ることですよ」

医者は、本代捻出のために、過剰な養分は一切口にしない私の日常を、見透かすようにいった。そのころの私は常に体重五十キロのあたりをさまよい、ここ一番というときに頑張りがきかない体質だったのである。こんな調子では、会社勤務と執筆生活の両立は無理だ。入院中、ベッドの中で頻りに考えていたのはその一事だった。

日本経済が成長期に入り、高度成長の余滴がようやく庶民にも浸透しはじめた段階である。大伴昌司のような元祖フリーライターでさえ、私の自立志向を嗅ぎつけるや、前述のように「おまえは堅気で行け。ヤクザになるなよ」などと意見をしはじめる始末。

元来私は性格的には孤独で、それが戦時体験、とりわけ集団疎開のトラウマにより、一種の組織不適応症に陥り、卒業後はそれが一層ひどくなるのを自覚していた。企業組織そのものが向かないように思えてきたのである。そうなると、無理とはわかっていながら〝筆一本の生活〟の可能性を考えるようになる。会社はなんとか三十歳になる前にとび出したい。年齢が高くなるほど役職上の責任は大きくなるし、妻帯でもしたら最後、もう冒険はできないだろう。「可能性だけで手形は切れない」という、ヘンリー・ミラーの名言が身にしみた。将来のことが絡むとなかなか踏み切れないのである。その背中を押してくれたのが、皮肉にも糖尿病の検査入院だった。たとえ失敗しても、いまならやり直せる。これしか正解はない。

六年間勤めた会社に退職願を出したのは、満三十歳になる半月ほどまえ、一九六五年の三月中旬である。『明治の理想』という、後に私の主著となる本が出たのはその直後だった。表紙画はピカソの鳩にヒントを得た私の案が採用された。まずデザイン科受講が生かされたことになる。

『明治の理想』（1965）

畏友大伴昌司の真実

「最も満ち足りた友情にも、卵と同様、いつもちょっとした隙がある」ルナールの『日記』の一節である。卵の殻はもろく、わずかな油断から割れることがある。私にはこれがよくわかる。前後十二年続いた交友が、ちょっと気配りを欠いただけで、瞬時に雲散霧消してしまった経験があるからだ。

よく凡人の中でひときわ傑出した人物を「群鶏の中の一鶴」というが、戦後第三世代などと称された私たちは、いうなれば伝統文化的な背景を基礎に、大衆文化を担う役回りを演じる結果となったが、周辺にはその混沌の中から頭一つ飛び出すような力量や才気を備えた人物が何人も存在した。逆にいえば、それだけ私はよき友人に恵まれたともいえるわけだが、大伴昌司は間違いなくその中の一人で、いまから思えば畏友ないしは師友というべき存在だった。

彼から影響を受けたものとしては、まず仕事の段取りがある。取材は相手に食い下がり、ハラハラするような徹底したインタビューを行うほか、足を用いて原資料を収集し、集めたデータを干渉させ、図解にして練り上げ、奇想天外なアイディアにまとめあげる。そのほか電話をかけまくって人に会い、執拗な質問を浴びせる。梅棹忠夫の『知的生産の技術』（一九六九）が出る十年も前から、それ以上のことを実践していたのである。

趣味としては映画と音楽があった。映画については前述した通りだが、音楽はラテンアメリカ音楽と黒人音楽から出発、クラシックを一通り遍歴し、現代音楽を経てダンモ（モダンジャズ）に行き着いた。音楽的にはすこぶる恵まれない環境に育った私などは、大学卒業の前年ぐらいから、彼の後を息せき切って追いかけはじめた。

当時はまだ音楽人口が少かったので、ＬＰはすぐ廃盤となり、ゾッキとしてデパートの特設会場などで販売された。前述の様に企業の初任給が一万二千円という時代に、新譜が一枚二千円もしたので、五百円均一のゾッキは福音だった。会場はどこも満員で、マニアが何百個もある段ボール箱（エサ箱）に取りつき、まるでカードか伝票でも繰るように、レコード箱からジャケットを二、三センチほど、機関銃のような速度で次々とつまみ出してタイトルをチェックしては、戻していく。それも一分間に百枚という猛スピードだ。これはと思うものは中身を取り出し、見にくい蛍光灯のもとでサッと傷の有無を調べる。ジャケットにはゾッキを意味するパンチ穴があるのが普通だが、「パンチ洩れ」を探すのが腕の見せ所だった。このような一連の動作を「ディスク・ゾッキー」と称し、彼は無論プロ級であった。

余談はさておき、大伴の愛聴版はオイストラッフの弾くシベリウスの『ヴァイオリン協奏曲ニ短調・作品四七』で、書斎を訪ねるたびに「今度アームを取り替えたから、聴いてみろよ」などと口実をつけられ、全曲を付き合わされた。といっても三十二、三分の曲に過ぎないので、我慢して聴いているうちに、私も次第にこの曲に惹かれていった。北欧の荒涼たる雪原を連想させるような独奏ヴァイオリンの叙情性（作曲者の意図では「極寒の澄み切った北の空を、悠然と滑空する鷲のように……」）にはじまり、第三楽章の壮大で、華麗な技を尽くした盛り上がりを経て、切れ味のよい劇的なフィナーレにいたるまで、間然するところがない。考えてみれば、いかにも大伴好みなのである。

しかし、ちょうどそのころ国内盤として出たジネット・ヌヴーの演奏を聴いてみると、氷原の突端で沈思にふけるような孤独感ないしは神秘性が感じられ、オイストラッフのバリバリ型とは一味も二味もちがう。私はこの盤を彼にどうしても聴かせたくなった。

しかし、これが厄介だった。大伴ほど自己の好みに固執する者はなく、とくに音楽に関しては、絶対に人の意見に耳を貸すことがなかったからだ。この時も彼は「まあ、お慰みに聴いてみるか」という調子で、薄ら笑いを浮かべながら、私の持参した盤に針を落とした。ご自慢のモニタ用スピーカー（三菱ダイヤトーン）から嫋々たる音が流れはじめる。終戦直後の録音だから、オケと独唱の分離がよくない。私は緊張しながら彼の表情をうかがった。気むずかしい顔で腕組みをしたまま、じっと動かない。やはりダメか、と半ば失望しかけたところ、第一楽章のオケが大きく盛り上がる辺りで、顔色が静かに紅潮してきたのがわかった。普段から赤い鼻がこれまで見たことがないほど真っ赤になった。

「うん、これはいい、これはいいよ！」

音楽のマニア同士は、印象や感動を具体的なことばで表すことはしない。「いい」か「悪い」かである。したがって、互いに感動を分かち合っているつもりで、実は誤解していることも多いものだが、この日の大伴とはたがいの感性や価値観が一致する、まれな瞬間を共有し得たと思う。

その晩、彼は例になく神妙であった。音楽や映画の話は出ず、他人の悪口もいわず、私に意見をするようなこともなかった。かわりに「四至本」というかわった本姓のいわれや、メキシコに育ったせいか、どうしても正統的なものや主流を気取ったものよりも、とにかく異端的なもの、たとえばエスニックな文化のようなものに惹かれること、いきおい、口を開けば「まともな人間になれ」と説教する両親に反発せざるをえないことなどを語りはじめた。私はあらためて、その時まで彼についてほとんど何も知らなかったことに気づかされた。

夜も更けてきた。エンドレスな話を打ち切るように暇をつげる私を、バス通りまで送ってきた彼は、おどろいたことに通りかかったタクシーを呼び止めるや、自分から乗り込み、「これからおまえの家に行こう」といい出したのである。東京大田区から横浜の本牧まで、距離にすれば三十数キロでしかないが、まだ高速道路がなかったので、一時間以上もかかった。その間も彼は自らの目標や人生観——とくにおハコの友情論——について、ほとんど喋りっ放しだった。日ごろ、プライバシーに関して極度の秘密主義であることを知っている私には、ただただ驚異で、いっそ不安に駆られたほどである。

覆水盆に返らず

肝心なことは、この個性豊かな友人と共有した肝胆あい照らすような瞬間が、たった一度しか得られなかったということだ。ちょうどそのころの流行語に、映画の題名から出た「奇蹟は一度しか起こらない」というのがあったが、まさに私たちの友情も例外ではあり得なかったのである。

話をレコード趣味に戻す。大型の専門店やネットなどが想像もできない時代である。外まわりの仕事の合間に、都心のショップを小まめに覗くほかはなかったのだが、たまたま港区田村町（現、西新橋）に小さな店があることを知った。当時新築なった大手石油企業の自社ビルに設けられた地下アーケードの一角を占める、十坪ほどの小さな店であった。クラシック中心の品揃えは、豊富とはいえなかったが、常に繁盛していた。店主はおそらく三十歳過ぎの、いかにも余暇に恵まれた若奥さまが、道楽半分でレコード商いをはじめたという感じだったが、逆にその素人っぽさと、お嬢さん気質が抜けない華やいだ雰囲気が受けたらしく、土曜日の昼過ぎなど、店は好楽家のサロンのような観を呈していた。私もいつしか、自然にその一員となっていたのだった。かりに彼女をYと呼んでおこう。

私の出版記念会についてはすでに述べたが、じつは案内状を出すとき、大伴から「女の人が少ないな」といわれた。当時は知り合いの女性作家も翻訳家も数少なく、ましてやつきあっている女性もなかったので、私は大いに焦った。窮余の一策、パーティー慣れしているにちがいないと見て、Yに「ぜひご来会を」と頼みこんだ。念のため、これもパーティー慣れしていそうな大学時代の同窓生を誘ってみた。それぞれ「よろこんで」という返事だった。

一つには照れ臭かったし、一つには部外者だからということから、このことを大伴に連絡しなかったのだが、間もなく当惑すべきことが起こった。ウィークデイのある日、私は仕事で石油会社に赴いたついでに、いつもの通り地下の階段を降りていった。半ばまで降りると、正面にYの店内が見えるのだが、予想外の光景が目に入った。なんと大伴が二、三枚のLPを手に、いかにも所を得たという様子で、年配の客の相手をしているではないか。仰天した私は、見てはならないものを見てしまったかのように、反射的に踵を返していた。

なぜフランクに「よお、おまえもここの常連だったのか」と、入っていかなかったのか。いまもってわからない。私のおどろきは、広告一つ出していないオフィス街の小さな店を、大伴がとうに開拓していたということではなかった。大伴のおそるべき地獄耳ならば、早晩網にかかってくるのは必然だった。私がショックを覚えたのは、彼の表情だったのである。おそらく相手に名盤の説明をしていたのだろう。やや上体を前に傾け、こぼれるような笑みを浮かべた表情は、これまで私たちには一度も見せなかったものだった。彼は別人になっていた。

あとでYに聞くと、「あら、大伴さんとお友だちでしたの？　世間って狭いですわね。あの方は週に二、三回はおいでになりますよ。本当に礼儀正しくて、もう音楽のことなら物すごいエキスパートで、ご自分の好きな盤をほかのお客様にセールスしてくださいますの。この間も、二時間ほどの間に十枚も販売していただきましたのよ」

そうであったか。私は引き下がるほかなかった。このまま黙っていれば何ごとも起こらなかったであろうが、どうも気分が落ち着かないので、つぎの打ち合わせの際、「田村町に〇〇というショップがあるのを知ってるだろう？」と訊ねてみた。

「知らねえな、そんな店」と、それはまことに意外な返事だった。何度繰り返してもニベもない返事で、およそ取り付くシマもない。私はここでも引き下がるほかなかった。

パーティーの当日、彼はYと自然に談笑を交わしていた。あれから店に出かけた折に、Yから私が顧客であることを確かめたのだろうか。「世間は狭いね」などと話合ったのだろうか。いずれにせよ、一件落着に見えた。

しかし、間のわるいことに、私はその後書き下ろしに追われ、おまけに入院騒ぎやらで、半年以上も同人活動がお留守になってしまった。機関誌の購読者は一向に増えず、SF愛好家向けの増刊ばかりが好評という状況に、さすがの大伴も編集方針を変える必要を感じたらしく、「一度相談しないか」という苛立たしい声の電話が、頻繁にかかってくるようになった。

私の第二作『現代人の読書』は、パーティーのあった翌年（一九六四）に出た。大伴から「テレビ・ライター」という肩書で推薦文をもらったので、その礼を兼ねて久しぶりに大伴の書斎を訪れたのは、真夏の一日であった。SFへの大幅な路線変更を言い出されるものと覚悟していたが、案に相違して「あくまで怪奇幻想文学の路線に固執したい」という意見だった。私が一時休刊を提案した途端、彼はいきなり無関係なことを口走った。

「おれは、おまえの結婚式には出席できないかもしれないよ」

「いきなり、何をいうんだ」私は飛び上がらんばかりに驚いた。「結婚なんか、全然あてがないし、いまはそれどころじゃない。第二の就職期なんだ」

これは本当だった。遅れてきた青春の名残は、雲散霧消するのも早かったのである。

「まあいい。文筆ヤクザだけには、絶対なるなよ」吐き捨てるようにいった。

その後、二、三回電話のやりとりがあって、カンシャクを爆発させた大伴からは激しいことばを投げつけられ、私たちの交友はあっけなく幕切れとなってしまった。修復を試みたことはあったが、覆水盆に返らずで、これも人生の一段階とあきらめるほかはなかった。

——再び大伴の懐かしい表情と向かいあったのは、残念ながら一九七三年（昭和四十八）一月二十七日の急逝後、通夜の席の遺影としてだった。忘れ難いのは、挨拶に現れた母堂の姿を見て、ほとんどの会衆が、のけぞるようにおどろいたことである。私はそのときになって、大伴が推理界、SF界の全関係者に「自分には親というものはない。小さいときから天涯の孤児だった」と語り、みごとに信じこませていたのを知ったのである。

荒俣宏との出会い

一九六五年（昭和四十）七月二十八日、江戸川乱歩が七十一歳で世を去った。例年以上の猛暑の中、青山斎場に参列した関係者たちは、《一時代の終焉》を実感したに相違ない。それは私のように「怪人二十面相」シリーズの初期作品を、発表から数年経過した戦時下と終戦直後に触れ、その後になってから『二銭銅貨』や『孤島の鬼』から強烈な印象を受けた世代とて同様だった。しかし、戦後十年目ぐらいに学生生活を送った世代としては、それよりも『幻影城』（正続）を通じて知った海外ミステリの新しい動向と広がりに目を奪われ、作品自体にはやや色褪せた印象を抱いたことも争えない事実だった。

乱歩の晩年には、松本清張を総帥とする社会派の台頭があり、読書界を席巻しはじめていた。これに反して、乱歩が最終的には現在のように安定した評価を勝ち得た一つの契機は、七〇年代初めの管理社会への抵抗として出現した怪奇幻想ブームにほかならなかった。そのころ怪奇幻想作家として再評価されたことは、かえって乱歩の本質を理解するためには幸いであった。それ以後、社会の価値観が多様化するにつれ、さまざまな角度からの照明が当てられ、乱歩という記号が確立される結果となったのである。

乱歩死去の前年（一九六四年）には戦後一年目から十九年間続いた「宝石」が廃刊となった。このころミステリ界はあまり気勢が上がらず、わずかに塔晶夫『虚無への供物』（講談社）が話題になる程度だった。しかし、この中井英夫のデビュー作とて、私の記憶している限りでは、愛好家の評判はそれほど高くなかった。

以上のような過渡期にあって、私の推理小説熱が低下の一途をたどっていたことは否めない。学生時代から年間数十冊は読んでいたものが、数冊以下に激減してしまったのもその現れといえるが、一つには物書きとしての生活に入り、ギアを入れ替える必要が生じたためもあった。

当時の推理小説界は、評論や研究専門で口を糊するということはまず考えられなかったので、私は近代思想史や風俗史という分野を中心に文筆活動を維持していた。『開国の精神』や『落書日本史』など、振り返ってみると六五年から七〇年までの五年間に八冊の著書と四冊の編書を出し、新聞の著者紹介には「五種競技のように何でも手がける」と書かれてしまったこともある。

しかし、この七〇年に入る直前、私は後々の仕事につながる一つの叢書を企画した。『怪奇幻想の文学』全三巻（最終的には全七巻）である。

たしか一九六九年の初夏であった。未知の若者から一通の手紙をもらった。内容は怪奇幻想文学を愛する慶應義塾大学の学生であること、一度是非会って欲しいということなどであった。正直いって大伴との別れ以後、私のホラー熱も冷めかけていたのだが、この手紙に記されたホラーへの情熱には、大いに惹かれるものがあった。

次の週に、神田神保町の老舗喫茶「ラドリオ」で会うことにした。三省堂の近くの裏通りに位置するラドリオは、そのころ直木賞候補者の待機場所として知られていたが、私などは静かな、控えめな照明のもと、赤いレザーの座席に落ち着いて、買ったばかりの本の包装を開くのを無上の楽しみとしていたものだ。

約束の時間ピッタリに、ドアから入ってきたのは、びっくりするほど長身の、キチンと学生服を身につけた青年だった。

「荒俣宏です」。初対面の挨拶もそこそこに、〝師匠〟の平井呈一から私を紹介されたこと、中学三年生のときに風邪で寝込んださい、ふと「世界大ロマン全集」中の『怪奇小説傑作集』を手にしたのがきっかけで、ホラーに熱中していること、個人誌に翻訳を掲載していることなどを矢継ぎ早に語りながら、重そうな紙の手提袋から個人誌の実物を数冊取り出した。見ると「団精二」の筆名でダンセイニやラヴクラフトなどの翻訳も精力的に試みているらしい。話をしているうちに、私は大伴と立ち上げた雑誌「THE HORROR」の数少ない会員の中に、「荒俣」の名があったことをぼんやりと思い出した。してみると、あの頼りない同人誌も無駄ではなかったのだ。

私はすっかりうれしくなり、つい話にも熱が入ってしまったのだが、そのうちに荒俣青年は改まった口調でいった。

「ぼくは将来、幻想文学一本で行きたいと思いますが、この分野で食べていけるでしょうか?」

「いや、それは無理でしょう」私は言下に反対した。「幻想文学では絶対に食えない。やめたほうがいいですよ」

推理小説の分野でさえ、創作や翻訳一本という人はまだ少ない時代である。幻想や怪奇というテーマはまだ推理雑誌の年一回、夏場にだけ取り上げられるような地位しかなく、ましてやダンセイニやラヴクラフトなどは知る人ぞ知るという時代だったのである。

荒俣青年は伏し目になって、しばらく考え込んでいたが、やがて顔を上げた。

「ぼくは——やります」四十年以上経ったいまでも、彼の静かな、しかし決然とした声音はハッキリと私の耳底にのこっている。

新しい可能性へ向けて

今度は私が沈黙する番だった。年齢が十二歳下という彼の世代は、私たちとは異なる《何か新しいもの》の胎動、より深層の底流を感じているのかもしれない。そして私が『幻影城』の後を追いかけてミステリに熱中している間に、静かに異端のパワーを蓄積し、いまこうして目の前に折り目正しく座しているのだ。

そのとき、私の口から出たことばは、残念ながら覚えていない。たぶん、「まあ頑張ってください」というような結論だったに相違ないが、再会を約しての帰途、私の気分はいつになく高揚していた。大伴との同人誌が尻つぼみになって以来、雲散霧消しかけていたホラーの虫が再び頭を擡げようとしていた。この年、講談社版『江戸川乱歩全集』全十五巻を先頭に、三一書房版『夢野久作全集』（全七巻）の刊行がはじまっていたし、これらに先駆けた桃源社の『世界異端の文学』シリーズや国枝史郎『神州纐纈城《しんしゅうこうけつじょう》』なども合わせると、一定の関心が高まりつつあることは明らかだった。そうだ、あの荒俣青年は私などが及びもつかないほど、幻想文学への造詣が深そうだから、このさい翻訳の幻想怪奇小説叢書を企画してみてはどうか。

ここまで考えたとき、平井呈一の名が思い浮かんだ。平井が熱望していたウォルポール『オトラント城綺譚』の翻訳を、その叢書内で実現できないだろうか。

私は急いで帰宅すると、徹夜で企画書を作りあげた。といっても、当時の出版界の認識では、巻数が多過ぎては頭から敬遠されると見て、まず三冊という控えめの規模とし、長編を含めて三十編ぐらいの翻訳を収録することを考えた。それも単に作品を並べるのではなく、テーマ別にしぼってみたい。同人誌の経験から、読者の関心は一に吸血鬼、二に黒魔術とわかっていたので、まずこれらのテーマに一冊ずつをあてることにした。

問題の『オトラント城綺譚』は三冊目に収録することとしたが、これは冒険だった。何しろ一七六五年の作品である。歴史的意義は大きいが、モダンホラーに慣れた読者の目には古色蒼然たるしろものと映じかねない。そこを平井の独特な文体で、古雅な雰囲気を演出してもらうという当方のねらいが、果たして理解してもらえるかどうか。

考えあぐねているうちに、ふと思いついたのは、もう一つ翻訳が待望されているラブクラフトの『チャールズ・ウォードの奇怪な事件』（一九二七）をカプリングしてみたらどうか、ということだった。この作品は東京創元社の『世界恐怖小説全集』中の一巻に、『狂人狂想曲』の題名で平井が訳出することになっていたが、部数のテコ入れのため、デニス・ホイートリの『黒魔団』に変更されたという経緯がある。十七世紀のプロビデンスを舞台にしたアメリカン・ゴシックと見れば、あながち唐突なカプリングとはいえまい。

叢書名はストレートに『怪奇幻想の文学』とし、各巻それぞれに『真紅の法悦』『暗黒の祭祀』『戦慄の創造』というタイトルをつけた。訳者は宇野利泰ほか、編者は平井呈一、解説は澁澤龍彦と種村季弘、解題は荒俣宏、推薦は都筑道夫……という具合に初期プランをまとめたものの、さて、これをどこに持っていくか——。

「ウォルポールって誰?」「ラブクラフトって何者?」という時代だから、出版社の目星をつけるのが大変だった。早川書房や東京創元社は本命のようだが、「時期尚早ではないか」という否定的な評価を下されそうな予感がした。桃源社や立風書房などにしても、ねらいが理解されるか否か不安だった。

このとき偶然が働いた。ちょうど同じ時期、私が監修者の一人となっていた『明治の群像』全十巻(三一書房)というシリーズを見て、新人物往来社から何か書いてもらいたいという依頼があった。同社は共和精糖事件の主役管貞人によって戦後数年目に創業され、政界オピニオン誌「人物往来」で基盤を築いたが、半分道楽の歴史雑誌「特集人物往来」のほうが好調とあって「歴史読本」と改題、歴史書専門の出版社となっていた。

私は歴史ものの企画書を用意し、久しぶりに元の勤務先に近い丸の内に足を運び、そのころの新東京ビルの五階にあった同社を訪れた。高速のエレベーターを降り、正面のドアを押すと、まるで一流商社のような広いオフィスに、数十人の社員が忙しそうに立ち働いていた。私が会ったのは、体格のよい、意志の強そうな感じの編集者だった。

後に独立して草風社を興し、アイヌ民族や台湾原住民など、少数派の存在に照明をあてる出版で知られた内川千裕は、当時三十二歳。私より二歳年下だったが、すでに筋金入りの硬派編集者としての片鱗を示していた。私の持参した歴史書企画をつまらなさそうに眺めていたが、ふと私が脇に置いた幻想文学の企画書に目をとめた。帰りに別の出版社にでも立ち寄ろうかと、用意していたのである。

「これは無関係なものです」と、私はためらいながら、それを相手に示した。

「なになに？　《いまわが国の読書界は、陳腐常套の文学に飽いて、幻想怪奇文学の遺産を〝解禁〟し、現代の光の中にその真価を問おうとしています》。おもしろそうじゃないですか。どこから出るんですか？」意外にも内川は興味を示した。

「これから探そうと思ってるんです」

「うちでやりましょうよ」

「――しかし、おたくは、あの徳川家康や坂本龍馬が専門じゃないんですか？」

「いや、ウチだって、こういうものぐらい、やりますよ」

内川は口をとがらせながら応じた。この瞬間、私はこの編集者と組む決心をした。「編集会議にかけてから」などと、一言もいわないところが気にいった。

平井と荒俣に連絡したことはいうまでもない。平井には、打ち合わせのために千葉県から上京してもらうことになった。当日、新人物往来社の一室で内川と一緒に待っていると、ほとんど定刻にエレベータードアが開く音が聞こえ、続いてリノリウムの床を「ペタン、ペタン」と歩く草履の足音が聞こえた。平井だな、と思った瞬間、目の前のドアが開いて白髪の小柄な、和服姿の老人がヒョイと皺の多い顔を覗かせた。実際、その場に亜空間でも存在して、タイムマシンに乗った十九世紀の人物が迷い込んできたかのようだった。

「ウーン」と、内川が唸った。

VI われらいま種蒔く人

『オトラント城綺譚』初訳が実現

新人物往来社の『怪奇幻想の文学』第一巻『真紅の法悦』は、一九六九年（昭和四十四）十一月初旬に配本された。すぐに内川から電話があった。

「紀田さん、売れましたよ！　増刷です」

「ほんとうですか？」耳を疑うとは、このことだった。怪奇幻想といえば、この世で最もマイナーな領域だったはずだ。

「初版六千、きれいに在庫ナシです。もう一巻、増刊してもいいですよ」

「十巻ぐらい、どうですか?」

ハハハという笑い声とともに、電話は切れた。

落ち着いて考えてみると、海外の本格ホラーがそんなに売れるわけがない。「吸血鬼」や「血こそ命なれば」といった題名が、好奇心をひいただけなのかも知れない。

それでもよいと私は思った。名を捨てて、実をとるとはこのことだ。本命は『オトラント城綺譚』にあり。早速、平井に連絡した。

『真紅の法悦』
(『怪奇幻想の文学』1、1969)

「おお、おお、そりゃよかった」平井の声もはずんでいた。「あたしゃあね、こんなこともあろうかと、せんから原稿には手を入れてたんだよ」

「お手数でしょうが、早速送っていただけないでしょうか?」

「いやいや、手で持っていきますよ。今度の土曜日、夕方には上野広小路の『うさぎや』に逗留してるから、ご足労願えますかね」

「うさぎや」といえば、平井には一卵性双生児の兄にあたる谷口喜作が創業した和菓子店である(喜作は一九四八年歿)。文芸趣味もある谷口が河東碧梧桐門下の俳人で、弟の呈一を通じて荷風から書画を購入していたことは、『断腸亭日乗』にも詳細に記されている。

——指定の日に「うさぎや」に行くと、二階の広間に、平井がいつもの和服姿でくつろいでいた。千葉から都内に出てくると、ここに滞在する習慣らしい。

「ご苦労さん。ここの名物は、どら焼きなんだよ」

「ハイ、ごちそうになりますが……」私は菓子なんかどうでもよく、平井の横に置かれた風呂敷包ばかりが気になって仕方がなかった。

「先生は、原稿が早いんですね」

「いや、そんなことはないけどね。いまでも一日に三十枚はヘッチャラですよ」

「『オトラント』は、何枚になりましたか?」

「かれこれ二百八十枚は越えたかな」

平井はようやく風呂敷包をほどきはじめた。私は息づまる思いだった。分厚い四百字詰め原稿用紙の束をひろげるや、たちまち黒々とした個性的な文字で「ホーレス・ウォルポール、平井呈一訳『オトラント城綺譚』」という題名、「第一套」という章立て、それに書き出しの「オトラントの城主マンフレッド公には一男一女があり、総領はマチルダ姫といって、芳紀《とし》十八、容色なかなかにうるわしい処女《おとめ》であった」という一節など、何もかもが、いっぺんに目にとびこんできた。

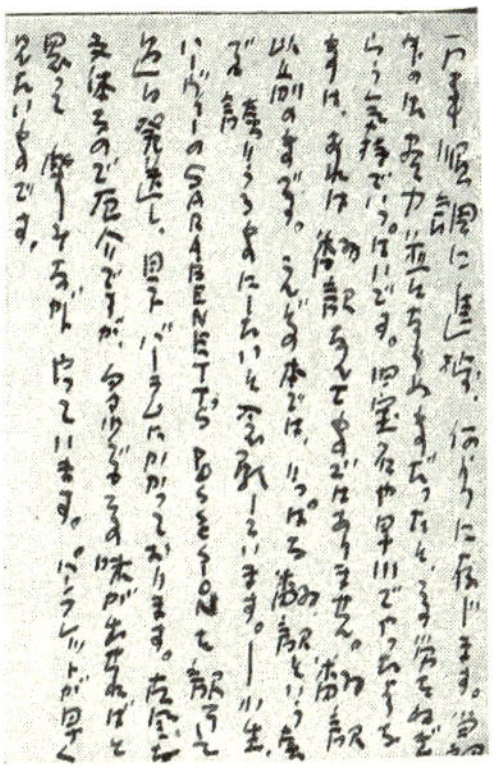

翻訳の近況を伝える
平井呈一の書信

「とうとう完成されましたね」私は半ば自分に言い聞

かせるようにいった。

「まだ推敲が足りないけど、擬古文でも訳しときたいと思ってね」

「それもお願いします。でも、まずこちらをお預かりして……」

「いやいや、明日、自分で本屋に持参しますよ。じつは紀田くんには、ちょっと頼みがあるんだけどね」

私がいささか戸惑っているうちに、平井は委細かまわず、懐中からもう一つ風呂敷包を取り出した。二百字詰めの原稿用紙が数十枚、きちんと綴じられていた。

「じつはね、ちょっといたずらして、子どものころの思い出を書いてみたんだけどね」

表題は『明治の末っ子』とある。私は最初のほうの二、三枚を走り読みしてみた。東京の下町育ちの平井が七つ、八つのころ、隅田川べりで凧揚げに興じた思い出をノスタルジックに綴り、どうやら複雑な生い立ちにもふれているようだった。

「どこか出してくれそうなところ、ご存じ?」

「さあ、すぐには思いつきませんが、新人物往来社に聞いてみましょうか?」

「こちらは、つきあいが浅いんでね、一つよろしく頼みますよ」

どこかの出版社から断られて、弱気になっていたのかもしれない。明治ブームは疾うに過ぎ、このようなエッセイの出版は難しくなっていた。

数日後、私は新人物往来社の内川にこの原稿を預けたが、ほどなく「当社では、むずかしい」

と、返送されてきた。そのころ、私も執筆に追われていた時期で、じっくり出版社を探す余裕もなく、そのまま平井に返却してしまったのだが、千慮の一失、コピーをとっておかなかった。この原稿は、しばらく平井の手元にあった後、行方知らずとなってしまったのである。既発表の「私の履歴書」という回想録は、幼いときからの恐怖体験や怪談志向を中心としたもので、自伝とは性格が異なる。じつに惜しいことをしたものだ。

それはともかく、『怪奇幻想の文学』シリーズは予定通り四巻まで出し、七年後には三冊を加えて全七巻とすることができた。本体は布クロースに貼箱付き、「まりの・るうにい」の幻想的なエッチングを口絵とした、現在では到底考えられない贅沢な装丁である。その二年後に出た新装版は、箱をカバーに替えたものだが、間もなく品切れとなった。怪奇小説の新しい意味づけという当初の目的は、いちおう達成されたと考えてもよいであろう（四十年以上を経た現在、若い世代から復刊の要望が出ているのは、望外といえる）。

専門誌が実現する

『怪奇幻想の文学』刊行中には、他社から類似企画の打診が少なからずあったが、大手の学習雑誌の「児童向けの話を抄訳で連載したい」というようなものを別にすると、創土社の『ブックス・メタモルファス』シリーズや、月刊ペン社の『妖精文庫』などが、読者層の開拓につながった企画といえるだろう。詩人でテレビドラマ誌の編集者から独立して創土社を立ち上げた井田一衛は、怪奇幻想文学に理解のあった人で、ラブクラフト『暗黒の秘儀』（仁賀克雄訳）、『サキ選集』（中村能三訳）、『ホフマン全集』全十巻（深田甫訳、第十巻未刊）ほか多数の基本的な書目を刊行していた。荒俣宏もこの社からデビュー訳書として『ペガーナの神々』、ついで『ダンセイニ幻想小説集』を刊行している。私は『ブラックウッド著作集』と『M・R・ジェイムズ全集』上下巻を出してもらった。

荒俣宏『別世界通信』
（1977）

月刊ペン社は大物総会屋の経営になる出版社で、総合雑誌「月刊ペン」が一時は二万以上の部数を誇っていた。編集者阿見正志は、大学院の仏文科でマンディアルグを専攻したことから、幻想文学に親近感を示していたので、私と荒俣宏が中心となり、同誌に「反近代の象徴ゴシック」を連載させてもらった。これが後に単行本『出口なき迷宮』（牧神社）となり、さらに改訂して『ゴシック幻想』（書苑新社）となった。「ゴシック・ロマンスとは何か」という見取り図からはじまり、ウォルポール、ベックフォード、ラドクリフ、シェリー、マチューリン、ホフマン、カゾット、プレスト、ポオ、レ・ファニュ、ブッシュなど十一人の作家を四人の論者（荒俣宏、深田甫、秋山和夫、紀田）で分担し、最後を新進の美学者麻原雄による「ゴシック建築とロマンス」で締めた。『妖精文庫』は荒俣宏の編纂になるファンタジー文学の集成で、全三十四巻・別巻三という構成だが、版元の倒産により三冊が未刊となった。マクドナルドやイエイツ、マクラウドほか幻想ジャンルのコアな作家を真正面から紹介した功績は大きい。なお、別巻の『別世界通信』(一九七七)は、荒俣宏の記念すべき第一評論集である。

時期的には『ブックス・メタモルファス』の翌年ということになるが、三崎書房の林宗宏社長から、「幻想小説専門誌をやってみないか」という呼びかけがあった。林とはある出版研究団体の会合で知り合ったが、性風俗研究誌「えろちか」を手がけ、日本テレビ系番組「イレブンPM」に出演しては、当局の干渉の不当性を訴えたりしていた(当時の三崎書房には、「マンハント」休刊後の中田雅久が在籍していた)。

林は幻想小説専門誌といっても、かなり柔らかいものを考えていたようだが、私が翻訳を中心の多少ハイブラウなものを出したいというと、ただちに応諾してくれた。準備期間三ヶ月で、編集責任者は荒俣宏と私、それに初期は鏡明と瀬戸川猛の参加を得た。創刊号の執筆者には山下武、安田均、鏡明、瀬戸川猛資、小宮卓、桂千穂、種村季弘、権田萬治というメンバーのほか、「ファンタスティック・ギャラリー」という絵画セクションを設け、麻原雄に依頼した。資料的記事としての荒俣宏編『世界幻想文学作家名鑑』は、後に『世界幻想作家事典』(国書刊行会、一九七九)として一本にまとまった労作である。

雑誌「幻想と怪奇」の思い出

「魔女特集」と銘うった創刊号が出たのは、一九七三年四月(隔月刊)であった。一同さすがに

「幻想と文学」創刊号（1973）〜終刊号（75）

「雑誌はどうかな」と危ぶんでいたが、一週間後から「涙が出る思いです。興奮に胸かきむしられるようです」（公務員、二十五歳）、「創刊号でぶっつぶれないことを切に祈る」（女子学生、十九歳）といったハガキが続々返ってきて、在庫ゼロとなった。

「これは、いけそうだ」ということになって、「つぎは吸血鬼でいこう」「そのつぎは黒魔術だ」などと大いに乗ってきた矢先、なんと、肝心の三崎書房が倒産してしまったのである。読者の危惧が当たってしまったわけで、笑い話にもならない。

「申しわけない」林社長は頭を下げたが、すぐに意外なことをいい出した。「じつは、これほど熱心な読者がいることだし、新しく別の出版社で出すことにしたいと思います」

「それは是非お願いしたいが、何という出版社ですか」

「まだ名前はないんです。申しわけないが、つけていただけませんか?」

「いいんですか?」私は躊躇した。まさか紀田出版・荒俣書房というわけにはいくまい。

そのとき、ふと思いついた名前がある。「歳月社というのはどうでしょう。歳月を隔てて生き残った作品を、後の歳月につなげるという意味です」

「いいじゃありませんか。それで登記しましょう。第二号の準備をしてください」

社長は照井彦兵衛という、「チャタレイ裁判」で有名な小山書店の番頭さんだった人で、温厚な人柄だった。編集者は三崎書房からの早川佳克で、後に〝ひげの編集長〟として有名になった。社屋は目白通りの飯田橋と九段下の中間にあったペンシルビルの上階で、社長一人、編集者一人の淋しさだったが、隔月に近所の割烹店の二階などを借りて行われる編集会議は前述のメンバーを中心に、梁山泊の観を呈したといえば大げさだが、談論風発、夜の更けるのも忘れて幻想文学談義に花を咲かせたものである。

初期の編集は毎号「ラヴクラフト・クトゥルー神話特集」「メルヘン宇宙の幻想」など、意欲的なものを並べることができた。ほとんどは荒俣宏の企画になるものだった。当時はすでに大学を卒業、水産会社に就職していたが、出向した銀行のコンピュータ関連部門の要員として、夜討ち朝駆けの勤務の傍ら、翻訳や評論に精力的な活動を行っていた。

日本作家の特集を実現できたことも収穫であった。現役作家の書き下ろしは無理とわかっていたので、古典的作品の発掘に重点を置いた。明治初期の怪談作家である石川鴻齋の『夜窓鬼談』の紹介をはじめ、村山槐多『悪魔の舌』、松永延造『哀れな者』、平山蘆江『悪行地獄』、藤沢衛彦『妖術者の群』、森銑三『仕舞扇』などを並べ、比較的新しい作品として三橋一夫『夢』、香山滋『妖蝶記』などを採り、現役作家は中井英夫『薔薇の獄』、半村良『箪笥』、平井呈一『エイプリル・フール』、都筑道夫『壁の影』、立原えりか『かもめ』を配し、未発表の異色作品として桂千穂『鬼火の館』、山下武『幽霊たちは〈実在〉を夢見る』（抄）を掲載、評論は草森紳一の久生十蘭論『虚在の城』、大内茂男『日本怪奇小説の系譜』、落合清彦の『日本怪奇劇の展開』の書き下ろし三本立てとした。

このほか日本作家としては、山口年子（一九六八年度、女流新人賞受賞）の投稿があり、『かぐや變生』と『誕生』を掲載した。とくに『かぐや變生』は、同性愛に関わる醜聞で大学を退いた国文学の教授が、人里離れた竹林に隠栖しながら、不気味な変容を遂げるという筋で、ブラックウッド流の植物怪談と日本的な情緒とを融合させた力作だった。

天井桟敷はじめ小演劇運動の岸田理生も、熱心な寄稿家として記憶に残っている。

二年後に十二冊で打ち止め

楽しい時期は長くは続かない。この雑誌も途中で隔月刊から月刊に切り替えてから部数が落ち、二年後に十二冊で打ち止めとなってしまった。もともと月刊とした理由は、ゴシック・ロマンスをはじめ幻想怪奇ものの古典は長編が多いため、季刊では何年もかかってしまい、その間ページ数をとられて、短編の本数も減ることになるからだ。

長編の訳者には、従来から交流のある研究者に依頼していたが、先の見通しが立たないようでは、督促にも気がひける。編集同人の一部に抜けられたことも気になった。もしかしたら、現行のミステリやSFなどに共通する〝エンターテインメント路線〟とは隔たり過ぎていたのかもしれない。この路線問題については、当時この世界にもSRの会に匹敵する「黒魔団」（後に作家朝松健を出した）という愛好者サークルがあって、そこに属する知人からも熱心な提言が寄せられていた。このころから読者がエンターテインメント派と純文学派に分かれる傾向がはっきりしてきたので、両者ともに満足させようとすると、中途半端な編集となってしまうことが悩みだった。

このようなジレンマを何とか解決しようと、月刊以降のテコ入れとして編集長の交代を図り、たしか林の紹介だったと思うが、鈴木宏という気鋭の編集者を起用することになった。鈴木は東京都立大卒、小池滋助教授の指導を受けているが、私たちの雑誌には批判的だった。エンターテインメント的な作品は別途の叢書などで紹介し、本誌は創造性、文学性の高い作品を掲載したらどうかと提案した。鈴木は後に書肆風の薔薇（現、水声社）を興した人だけに、その幻想文学の現状把握と展望は一家言として聞くべきものをもっていた。

洋書店にあふれているバランタイン・ブックスの「アダルト・ファンタジー」シリーズや、パンブックスの「ホラー・ストーリーズ」シリーズをはじめとする幻想怪奇ものを見ると、日本もあと数年足らずでこのようなペーパーバック化中心の流行が生じることは明らかだった。しかし、エンターテインメント路線には、すぐに大手出版社が入ってくるだろうし、やがて映画化、アニメ化等で消費し尽くされるのは目に見えている。それに、この期におよんで考えてみると、そもそも異端の幻想怪奇小説を紹介した動機には、戦前の教養主義の欠陥である狭い正統性や講壇アカデミズムへの反発が伏在していたともいえる。それらの勢力と渡り合うには、もっと強力な橋頭堡が必要

幻島はるかなり

だ。やはり、自分のようなものには、時代の水準をたとえ半歩でも抜いた〝もう一つの文学全集〟のほうが向いているのではあるまいか。第一、表面的な異端作家には、未知のワクワク感が乏しい。むかし、ミステリの分野に感じた〝めずらかな〟書物を日本に紹介したい。これは肝心なことだ。

このように考えた私は、間髪を入れず、今度は真正面からの全集企画案を作成してみた。名付けて『世界幻想文学大系』全四十五巻〔五十五冊〕（一九七五〜八六）。この叢書については、前著（『幻想と怪奇の時代』松籟社、二〇〇七）に詳しく記しておいたが、ここではより詳細に編纂の意図や各巻の内容などについて述べておきたい。

粘った甲斐ありの大企画

当初の原案は英米中心の『世界怪奇文学豪華選』（仮題）として私が叩き台を考え、荒俣宏に補正してもらった。ウォルポール『オトラント城綺譚』からはじまり、ベックフォード『ヴァセック』、ルイス『マンク』、マチューリン『放浪者メルモス』、ラドクリフ『ユドルフォの謎』など、ゴシック・ロマンスおよびその周辺の作品を網羅し、ついでホフマン、ポオ、レ・ファニュ、リットン、ユイスマン、ティークなど各国の先駆的な作家を列挙し、近代のストーカー、ブラックウッド、マッケン、エーヴェルス、マイリンクに入り、現代のラヴクラフト、メトカーフ、ウィリアムズ、ホイートリといった代表的な作家におよぶ構想であったが、この機会にプレスト『吸血鬼ヴァーニー』やヴィシャック『メドゥーサ』など、未紹介の大長編を一挙に出したいという強い願望もあった。

このような予定書目に、「刊行意図」として、「袋小路における文明の出口を見出すには、われらの精神は開かれてなければならぬ。文学における俗悪な教養主義、名著主義が、かれらの過去の生を何ほどかスポイルしたとするならば、われらは今一度、テーセウスの、あるいはエトルスの、トスカネラの、クレタの迷宮の中に怖れることなく回帰せねばならない」という、文学的価値観の転換をうたい、「現下の出版状況が把握しえず、ついに膨大な潜在読者のいるこの分野に、小社は全力をもって取り組む決意である。時機は熟した。さいわいに〝志〟を同じうする人々の共感と支持を得られんことを」と呼びかけた。

思えば、こんな香具師の口上みたいな文言を並べることは、文化的変容の期待が膨らんでいた一九七〇年代だからこそ可能だったのである。それにしても、当時ウォルポールやマチューリンやボルヘスといった作家だけで文学全集を構成するには、これぐらいの呼び込みが必要だった。案の定、結果はすべて空振りであった。

二、三の大手出版社は一様に顔をしかめ、「十年早いんじゃないですか」といった。十社以上渡り歩いたろうか。学芸書林のように、一旦は進行のサインが出たものの、経営事情から急ブレーキがかかってしまったケースもある。ほとんど絶望しかけて、最後にヤケ半分で訪問したのが、豊島区巣鴨は当時トゲ抜き地蔵の付近に盤踞する国書刊行会であった。

国書刊行会といえば、現在は斯界で重きをなす出版社だが、当時は神田神保町の西澤書店の復刻版印刷を請け負っていた印刷会社で、自社で国文関係の出版を行うようになってから数えても未だ日は浅かった。佐藤今朝夫社長は当時四十代前半の若さで、坊主頭の豪放磊落な人柄だったが、海外文学書なんか眼中にないというタイプなので、全然アテにしていなかった。入口から直ちに続く〝心臓破りの〟急階段をのぼり、重い扉を排して社長室に入って、その坊主頭がふんぞり返っているのを目にした途端、ああ、やっぱりダメかと後悔しかけたのを覚えている。

ところが、佐藤社長は私の示した企画書に、サッと目を通すや、こともなげに言ったのである。

「いつからやれますか?」

戸惑ったのは私である。

「いつからって……これはOKなんですか? すぐ始めてもいいんですか?」

「構いませんよ。うちは即決なんだから。もう翻訳は出来ているんでしょうね」

私は息を吸い込んだ。奇跡は二度起こりかけている。ここだと思った。

「既訳があるのは五、六冊ですが、残りは荒俣宏というすごい人がいますから、簡単に出来ます」

「じゃ、やってください」

私は専任の編集者を一人入れるよう約束してもらうと、急階段をころげ落ちんばかりに駆け下りた。ぐずぐずしていると、社長の気が変わるかもしれないような気がしたからだ。

編集者というのは、前述の鈴木宏である。翻訳出版物の編集に関しては、非常に有能だった。このころは私にしても荒俣宏にしても多忙をきわめ、眠らないように立ち姿勢で執筆するなどは日常的であったから、編集作業に長時間関わることは不可能だった。その後の数年間、個性の強い訳者、執筆者を督励しながら、裏方としてこの出版を支えてくれた鈴木の労を多としなければならない。

『世界幻想文学大系』企画の詳細(1)

一つはかなり自由裁量の利きそうな成り行きということもあって、私たちは少しばかり欲が出た。未訳のもの、あるいは既訳でも入手困難になっているものを含め、より独自性を強調しようとしたのである。そのころまでに桃源社の『世界異端の文学』などのシリーズをはじめ、牧神社の平井呈一訳『アーサー・マッケン著作集』などの個人選集も出るようになっていたので、単なる集大成では意味がないように思えてきた。海外にも例のない幻想文学の集成とし、将来も刊行されないような、いわば文庫化されないような作品群ということを意識した。前回の『怪奇幻想の文学』は『オトラント城綺譚』やラヴクラフトの長編(『チャールズ・ウォードの奇怪な事件』)の初訳が最大の眼目であったが、この度は大舞台でもあるので、ゴシック文学の掉尾を飾るマチューリンの『放浪者メルモス』を筆頭に、十九世紀から二十世紀にかけての幻想世界の総体を描き出した長編作家レ・ファニュ、リットン、マイリンク、エーヴェルス、ネルヴァルといった大きな基礎杭を土台とし、その上に近現代のデ・ラ・メア、チャールズ・ウィリアムズ、ジュール・バルベー＝ドールヴィイ、ヴァージニア・ウルフ、ボルヘスほかの傑作群を配することにした。海外の評論や研究書を参考に、通常の企画では何年経っても検討に上りそうにないヤン・ポトツキ『サラゴサ手稿』、ルドルフ・シュタイナー『アカシャ年代記より』、C・I・ドフォントネー『カシオペアのψ《プサイ》』なども、当然のように一巻ずつを割いた。

なお雑誌「幻想と怪奇」の挫折により、連載中の長編新訳があえなく中断となっていた、アルニムの『エジプトのイザベラ』などは、学生時代からの知己である深田甫を口説いて翻訳を引き受けてもらったのだが、すぐに中絶となり、面目が立たないでいたこともあり、すべてこの全集に編入した。

版元からは、やはり一度に数十冊を予告するのは冒険だし、訳者対策もあるので、第一期十五冊というあたりからスタートしたいという要望があった。時間的な問題で、既訳を含めることとし、最終的に次のラインナップをきめた。

①J・カゾット『悪魔の恋』（渡辺一夫・平岡昇）、②M・G・ルイス『マンク』（井上一夫）、③C・B・ブラウン『ウィーランド』（志村正雄）、④A・フォン・アルニム『エジプトのイザベラ』（深田甫）、⑤C・R・マチューリン『放浪者メルモス』（富山太佳夫）、⑥H・ド・バルザック『セラフィタ』（沢崎浩平）、⑦T・ゴーチエ『ミイラ物語』（田辺貞之助）、⑧J・バルベー・ドールヴィイ『魔性の女たち』（秋山和夫）、⑨W・S・モーム『魔術師』（田中西二郎）、⑩W・デ・ラ・メア『魔女の箒』（脇明子）、⑪G・ベルナノス『悪魔の陽の下に』（木村太郎）、⑫G・K・チェス

タトン『詩人と狂人達』(福田恆存)、⑬G・マイリンク他『現代ドイツ幻想短篇集』(前川道介)、⑭C・ウィリアムズ『万霊節の夜』(蜂谷明雄)、⑮J・L・ボルヘス『創造者』(鼓直)。なお、『現代ドイツ幻想短篇集』は前川道介の編集で、マイリンクのほか、エーヴェルス、シュトローブル、ショルツ、ヴァッサーマン、シェッファー、フライ、クラウス・マンら八人を収録した。

『世界幻想文学大系』企画の詳細(2)

装丁(造本)については、杉浦康平と鈴木一誌のチームに依頼した。私は早くから、この二人以外にないと思っていた。幻想怪奇といえばとかく暗鬱な、澱んだような湿り気を連想しがちだが、それは殊更に〝異端〟を強調する意識に問題がある。この全集に〝もう一つの文学〟の流れを顕在化するにふさわしい、硬質で乾いた華やかさを感じさせるものが欲しかった。出来上がったプランは予想以上のもので、箱や表紙および見返しには特製のマーブル用紙を貼り込み、本文は全ページ二色刷り、折り込みを含む五ページものレイアウト、羅紗紙を観音開きとした月報にいたるまで、埋もれた西洋文化の発掘を告げるにふさわしい、存在感豊かなものとなった。もっとも、凝りに凝った印刷の手間は大変で、編集者はデザイン事務所と印刷所の間を何遍も往復しなければならず、その度にいい顔をしない社長をなだめる必要から、「私は天皇と法王の両方に仕えてるようなもの」とぼやくことになった。

このような苦労の甲斐あり、売れ行きは順調で、二期(一九八一)、三期(一九八四)と続けることができた。このころの「若く甦える夢と物語が時をうち負かす……」（荒俣宏）というキャッチが、幻想文学というジャンル全体への視座を表現しているようで、私は気にいっていた。完結は一九八六年七月、最終回配本は世紀末ウィーン作家レオ・ペルッツの『第三の魔弾』だった。足かけ十一年におよび、全四十五巻（五十五冊）という、この種のジャンルとしては異例の大叢書に育てることができた。版元も感慨ひとしおだったようで、「心労厭わず企画から翻訳・デザイン等に携わって下さった先生方、大変な努力をして販売に協力して下さった書店様、そして額に汗して造本に日夜奮闘して下さった印刷・製本所の方々」に「深謝」するという、異例の新聞広告を出している。

その後幻想怪奇というジャンルは、八〇年代半ばごろから世紀末にかけての文化変容を経験し、読者層が大きく変わってしまったため、現在このような書目が集成されることは考えられなくなった。とくにその感が深いのは前述のブラウン『ウィーランド』、マチューリン『放浪者メルモ

「世界幻想文学大系」完結にあたって出された新聞広告

ス』、ウィリアムズ『万霊節の夜』のほか、⑱シュピース『侏儒ペーター』、⑳C・I・ドフォントネー『カシオペアのψ』、⑲ポトツキ『サラゴサ手稿』、㉔イェイツ『神秘の薔薇』、㉖R・シュタイナー『アカシャ年代記より』、㉙キャベル『夢想の秘密』、㊵フォーチュン『神秘のカバラー』、㊷ユンガー『ヘリオーポス』、㊹ニコルソン『月世界への旅』などの作品である。

まったく千載一遇の機会だったとしかいいようがないが、これらの作品が具体的にどのように迎えられたかということになると、いささか心許ないものがある。第一期が一九七六年度の日本翻訳出版文化賞を与えられたので、多少注目されたかに見えるが、個々の作品に対する具体的な反応は、期待したほどでもなかった。

幻想文学は怪奇小説と並んでアカデミズムの研究対象とはなりにくいので、研究翻訳ともに個人的領域での展開に終わり、相互的な認識が生まれにくい。一口に幻想と称しても、各人のとらえ方、価値観が異なり、研究業績も出版もいわば閉じた円環の中で反芻されることになりがちで、現にこのあと国書刊行会は『ゴシック叢書』全二十五巻別巻一（一九七八〜八五）を企画、一部は同時刊行となったが、相互の連絡交渉は一切なかった。このような傾向は読者にも共通していて、特定の作家や作風、一定の傾向に好みが偏しがちとなる。私はかねてこの全集をすべて揃える読者が少ないことを感じており、具体的に読者の意見を徴したこともあるが、「ボルヘスはよいが、リットンは興味ない」「シュタイナーには胸躍るが、ユンガーなんか全然」といった感覚で、とりつくしまもなかった。現在古書市場でも揃いの出ることが滅多にないのは、如上に述べたような現象が伏在するからだろう。

いまだに陽の目を見ない作品

同時期の企画として、ふれておきたいのは『ドラキュラ叢書』第一期十冊（一九七六～七七）である。これは『世界幻想文学大系』の守備範囲から漏れたエンターテインメント系を集成しようと試みたものだが、たとえばアーカム系を代表するホジスンの『幽霊狩人カーナッキ』やホワイトヘッドの『ジャンビー』などといった傑作は、異端文学を売りものとする出版社からもまだ出ていなかった。やはり私たちがやるほかあるまいと立案したのであるが、意外にも版元側からは挿絵入りの普及版とすることを提案された。私たちは廉価は賛成だが、装幀まで安っぽいのは困るとして、画家に手直しを求めた。結果はあまり改善されたようにも思えず、中途半端なものとなってしまった。それでも桂千穂と私の共訳による『妖怪博士ジョン・サイレンス』や荒俣宏編訳『ク・リトル・リトル神話集』、R・E・ハワードの『スカル・フェイス』（鏡明訳）などが実現し、内容的には新鮮味があったと自負しているが、版元が期待したほどには売れず、第二期以降は実現しなかった。予定していた書目のうち、レ・ファニュ『ワイルダーの手』、ホイートリ『続黒魔団』、ジャン・レイ『幽霊の書』、ベンスン『怪奇小説集』などはその後別の形で刊行されたが、T・P・プレスト『吸血鬼ヴァーニイ』やフラメンベルク『妖術師（ネクロマンサー）』、C・ウィリアムズ『多次元』、ベン・ヘクト『悪魔の殿堂』など、いまだに陽の目を見ない重要作品があるのは残念でならない。

海外幻想怪奇小説の初版は、当時では数千部、現在でも初版二千部どまりの分野にすぎない。ブラックウッドもウォルポールもほとんど変わらない。それならば多少高価になっても、造本装幀をよいものにして（少なくともセンスのよいものとして）、熱心な読者の〝非日常性への希求〟に応えたほうがよい。ペーパーバックや軽装本はあくまで初版の後で、読者の底辺をひろげる一手段にすぎない、というのが私の考えであった。

ちなみにこの期間、荒俣宏は幻想文学研究の集大成として、前述のように叢書『妖精文庫』の監修および翻訳を行い、幻想文学のガイド『別世界通信』（一九七七、月刊ペン社、のちに筑摩書房）、『世界幻想作家事典』（一九七九、国書刊行会）などを発表した。これらの成果が『大系』の作品選定にあたり、個々の作品の位置づけや全体とのバランス、日本的風土の中での展開の可能性などを総合的に検討する土台となっていることはいうまでもない。

いずれにせよ『大系』の完結は、編者であった私たちにとっても一つの区切りとなったように思われる。翌年から荒俣宏は『世界大博物図鑑』全五巻・別巻二（平凡社、一九八六〜九四）に取組み、私もまたしばらくこのジャンルからは離れ、出版文化史の研究や推理小説の創作へと軸足を移していく。

VII 夢より夢を往来して

古書ミステリ執筆の経緯

私が最初の推理小説『幻書辞典』を手がけたのは、一九八二年（昭和五十七）だが、読者からは「評論家が創作を試みるのは意外だ」といわれた。これは私自身の感想でもあって、推理小説は読んで楽しむもの、まさか還暦も間近になって小説を書こうとは夢にも思っていなかった。きっかけも非常に漠然としたものであった。この年の盛夏に、仕事場に近い住宅街を散策していたところ、ふと夾竹桃の花が咲き乱れているのを見たことに発する。その少し前、写真家の証言で、広島で被爆した人の傷口が、夾竹桃の色を連想させたとあったのを思い出していた。

当時私は国立二期校で出版学を講じていたので、学生たちにこのような話題を振ってみてはどうかと考えはじめた。このアイディアを帰宅してからもこねくりまわしているうちに、いつしか講師の私は古書店の店主へと大変身、店番をしながらバイトの女子学生と夾竹桃についての会話をかわしている、という光景にすり替わってしまった。

そのころ神保町の古書界は高度成長の結果、自社ビルを建てる業者が現れ、その貸室に愛書家仲間の島崎博（三島由紀夫の書誌研究でも知られる）が入って、「風林書房」という看板を掲げていた。正直言ってチラと羨望の思いをいだいたのは、私自身、いつのころからか古書店をやってみたいとの思いが萌していたからに相違ない。ただ、実行に移さなかったのは商才ゼロという自覚のゆえである。

そこで、原稿用紙の上だけで古書店を開業することにした。背景は神保町のビル内、店名は「蔵書一代」とし、脱サラの中年が「本の探偵、昔の本、今の本、何でも見つけます」という三行広告を出すと、不可解なお客が後から後からやってくる。アガサ・クリスティーの『パーカー・パイン登場』で探偵が「あなたは幸せ？　でないならば、パーカー・パイン氏に相談を」という新聞広告を出すことにヒントを得たのである。

当初は犯人も犯行動機も全然考えていなかったので、懇意の古書店に出かけ、書庫で適当な小道具を探したり、この世に唯一の稀書を手に入れるためには、「熱意よりも殺意が必要」と公言するような実在のコレクターの行状を仔細に調べたり、本人から話を聞き出したりした。意外に役立ったのは、公共図書館における「閲覧者記録の非公開」という非常に重要な原則である。世上一般には未だこの点についての認識が乏しく、捜査当局に公開してしまう例さえ珍しくない始末だったので、この問題を背景にとりいれることにした。

古書界というと、とかく地味な雰囲気に陥りがちなので、アリバイ崩しには派手な趣向を取り入れたいと考えた。ちょうど築地のハードボイルドの舞台になりそうな古いビルに盤踞していたある企業経営者から、いかなる風の吹き回しか夏の海洋レジャーに招待されたのだが、そのさいピッタリの大道具を発見することができたのは幸いだった。この異色のビルは、後に林望『東京珍景録』（一九九六）というエッセイにも登場している。

以上が古本屋探偵誕生の楽屋裏で、私なりに時代の空気を反映させたつもりだが、もう三十年も昔の話になってしまった。昨今の古書愛好家は、古書収集の鬼になるというよりも、この世界に癒しを求めているような気がする。それはそれでよいが、私が三、四年後に古書ミステリに熱が入らなくなった原因の一つは、ちょうどそのころから筆の立つ古書店主が続出し、珍本探しのネタにしても、奇怪なお客の観察データにしても、到底敵わないと悟ったからである。

さらには、ミステリの中に何を盛り込むのかという肝心の問題がある。初期の二、三作は最初の古書ミステリという気

『幻書辞典』（1982）

負いもあって、筆は渋滞なく進んだが、日常古書しか眼中にないビブリオフィルや奇人のモデルは、そう何人もいるわけでもなし、完全な創作にしてしまうと全体が実感から離れた奇談になってしまう。これでは本職の古書店とは太刀打ちできない。何といっても彼らは奇人が束になって押しかける異空間に店を構えていて、毎朝開店のシャッターを上げた瞬間から無尽蔵にネタが飛び込んでくるのだから。

小説を書いてわかったのは、やはり小説は人間を描く器であるということだ。古書ミステリは書誌学の論文やエッセイではないのだから、本と人との関わりの中から浮かび上がる人間性といった面に意を注がないと、小説としては体をなさないし、浅薄に陥りがちとなる。私は古書ミステリを数作発表したころ、読者の「このようなマニアには共鳴できない」という意味の感想に接し、すっかり考えさせられた。古書界にある程度通じた者なら自明のビブリオフィル的人間像も、一般の読書人にとっては単なる奇矯な存在にすぎない。著者自身はそのような登場人物に一歩距離を置いているつもりでも、読者には無批判に取りあげているように思われるかもしれない。これを防ぐには、もっと人間性を掘り下げることで、普遍性を獲得する以外にない。

主としてこのような事情から、私は古書ミステリをしばらく休止することとした。十年近く経ってから初期四作品を合収した『古本屋探偵の事件簿』（創元推理文庫、一九九一）を上梓したが、現在にいたるまでロングセラーになっているところを見ると、この主題には時代を超越して人を惹きつけるものがあるのかもしれない。いまでもパーティーなどで、美術界や演劇界など畑違いの人たちから「古本ミステリを読みましたよ」と声をかけられることがある。

大衆児童文学の集大成

二十世紀も終わろうとするころ、出版界凋落の静かな兆が見えはじめたが、そのような動きはあまり意識することなく、三一書房版の『少年小説大系』全二十八巻・別巻五・資料篇一（一九八五～九七）とその派生企画『海野十三全集』全十三巻・別巻二（一九八八～九三）の企画、監修に動いた。

私は早くから、自分が大きな影響を受けた戦前戦後の大衆児童文学について、自分なりに集大成を試みたいと考えていた。いわゆる児童文学を集大成した『日本児童文学大系』全三十巻（一九七七、ほるぷ出版）にしても、全六十八作家中、大衆児童文学はせいぜい十四人で、約二割に過ぎない。当時刊行中の『大衆文学大系』（講談社、一九七一～一九八〇）のような、年表や書誌解説の行き届いた体系的全集はつくれないものか。

題して『少年小説大系』。先に名称がきまっていた。そのころまでに、私は戦前の江戸川乱歩、佐藤紅緑、吉川英治、大佛次郎、南洋一郎、高垣眸、佐々木邦らの作品や、掲載誌「少年倶楽部」をかなり収集していたが、明治大正期の作品や戦中のものは手薄だった。全集を編むには、資料も大切だが、最も重要なのは人である。古書の世界に入って二十年ぐらい経過していたので、それなりの知己はいた。大衆文学評論のオーソリティー尾崎秀樹はいうまでもなく、一九六〇年代に大衆児童文学の積極的価値を説いた映画評論家の佐藤忠男、少年小説のコレクションおよび体系的研究評論の第一人者高橋康雄、本業は少女まんが誌の編集者で『少年小説の系譜』（一九七八）を発表した二上洋一、戦中記の少年小説研究では他の追随を許さない根本正義、大佛次郎研究を代表する福島行一、黒岩涙香をはじめ明治期探偵小説の権威伊藤秀雄、同じく明治期の空想科学小説、奇想小説の探究で前例のない境地に達した横田順彌、戦中から海野十三に親しみ、子ども向け新聞の連載小説までスクラップしている瀬名堯彦……。

児童文学のうち、とくに大衆ものは読書の時期により関心が制約される。明治時代に青少年期を送った者は押川春浪や黒岩涙香を懐かしがるが、昭和戦中の作家については無関心であるといった傾向があり、これまで集大成が困難だった原因の一つとなっている。しかし、これだけの人材を結集すれば、大衆児童文学の系統立った編集も、さほどの難事とも思われなかった。

この企画も編集者に示したところ、少年小説の黄金時代をよく知らない様子だったので、何冊か見本を読んでもらったところ、「面白い、やりましょう」ということで、バタバタと編者、装丁、配本計画などがきまった。装丁は平野甲賀で、背表紙に金赤（ブロンズレッド）とオレンジの中間色を用い、ひらには宮尾しげをの人気漫画『団子串助漫遊記』の主人公が本を読んでいるカットを

『少年小説大系』
第１回配本『大佛次郎集』

箔捺した。

　装丁者の平野は私とほとんど同世代だが、依頼のさい、「私は『赤い鳥』を読んで育ったので、『少年倶楽部』は知りません」といわれて、少々おどろいた。よく児童文学の論考などに、エリート家庭では「赤い鳥」、庶民は「少年倶楽部」という傾向があるという指摘がなされているが、現実に「赤い鳥」で育った人に会ったのは初めてだった。装丁は期待通りの格調高いもので、「少年倶楽部」系をあまり知らないことが却って幸いしたと思われる。「装丁で予約した」という声も聞いた。

　この企画は、著作権取得のため、私自身が遺族のもとに出向いたケースも多いので、思い出が多い。第七巻『少年探偵小説集』（一九八六）には江戸川乱歩、小酒井不木、佐川春風（森下雨村）ほかの作品を収録したが、このときはじめて豊島区池袋の乱歩邸に赴き、まだ立教大学の管理下に入る前だったので、『貼雑年譜』や土蔵の内部を自由に見せてもらった。

　第九巻『海野十三集』（一九八七）では、世田谷区若林に健在の海野十三夫人に会った。すでに足がだいぶ不自由であったが、記憶力は確かで、一九三〇年（昭和五）海野が逓信省電気試験所に勤務していたころに職場結婚をしたが、じつは夫人のほうが先に海野に思いを寄せ、積極的だったことや、敗戦直後に一家心中を図った際の心境（「生きることは、死ぬことよりも、よっぽど辛かった」）などを、淡々と語ってくれた。

　第一回配本は一九八六年（昭和六十一）二月の第四巻『大佛次郎集』（福島行一編）だった。十一年間に全二十七巻・別巻五、資料編一という、少年講談やマンガを含む大叢書となった。さらにノンフィクションや挿絵集成まで予定していたのだが、版元の事情で打ち止めとなった。

『海野十三全集』を編む

前述の通り私は少年時代に海野十三の『謎の透明世界』に影響を受けた関係もあって、文学史的にはもう少し日が当たってもよいのではないかと考えていた。戦前「変格探偵小説」の作家としか見られなかった海野も、じつは科学的想像力を奔放に展開したSFの先駆者といえるが、科学の向日性を信ずる半面、その暗黒面をも強く意識する資質があり、作品の基調に一種の暗さをもたらしている。私は『少年小説大系』で最も好評な巻が『海野十三集』（一九八七）であることがわかると、早速「全集を出したらどうか」と版元に提案した。

これも直ちにOKが出た。全十三巻・別巻二という編成で一九八八年（昭和六十三）にスタートした全集は、瀬名堯彦、横田順彌、會津信吾、長山靖生、池田憲章ら、海野の収集および研究家としてはこれ以上求めがたい責任編集メンバーを得たおかげで、きわめて順調に刊行が進んだ。装丁装画は毛利一枝。従来の海野十三もののイメージを一新した。

この全集については、余談がある。何度か打ち合わせに訪問するうちに、夫人から意外な相談を受けた。

「じつは海野の郷里は徳島なんですけど、他界したときに、そこの公園内に記念碑を建てていただいたんですけどね。もう三十年も経って、それがボロボロになっているんですよ」

「それほど古い時代ではないですね」

「徳島名産の青石（緑泥片岩）でつくったんですけどね、風化しやすいんですよ。そこで現地の知り合いに修理保存に向け協力をお願いしたいという手紙を出したんですけどね、どうも話が進まないんですよ」

聞けば一九四九年（昭和二十四）、海野の没後に四国文学会（代表、佃実夫）と阿波掃苔会の肝煎りで、徳島公園内の城山付近に碑が建った。資金の多くは地元のゆかりの人々の寄付に頼ったが、探偵作家クラブの協力もあり、江戸川乱歩の識語が寄せられ、除幕式には生前の海野と親交のあった木々高太郎も駆けつけるという盛り上がりを見せた。

しかし、建碑の旗を振った佃氏が、思いがけず病死してしまうと、だれもメンテナンスを考える人はいなくなってしまった。そのうちに青石が剝落し、パテ状の白いもので応急修理した跡が目障りとなってきた。公園内の要地にあるとはいえ、本来の場所から移築された結果、日覆いはなく、芝生上にポツンと孤立している感じがする。用地は市から借用しているのだが、文化遺跡は簡単に移動ができず、然るべき有力者の手を借りなければならないという。

たまたま徳島出身者で戦後上京し、海野家の近所に下宿の世話をしてもらったS氏が、現在県会議員となっているので、一肌脱いでもらえないかという手紙を書いたが、県会の仕事が忙しく、連絡も途絶えがちになってしまった。

「あたしもこの年齢だから、気が気でなくてね。海野が可愛そうで仕方がないの。何とかならないかしら？」

「そういうお話なら、私がSさんにお会いしてみましょう」

私は政治家は全く苦手であるが、当たって砕けろと決心し、旬日にして徳島に飛んだ。県会の応接間で会ったS氏は弁解しながらも、「本件は私よりも適切な人がいます。もう連絡してありますから」と、喜多宏思という市議会議長（現、県会議員）を紹介してくれた。

タライ廻しかな、と案じつつ面会した喜多議長は、にこやかな笑顔で応じた。

「ほう、当地にもそんな先駆者がいましたか。よろしい。何なりとお役に立ちましょう」

実力者に推進役の一人となってもらえたことで、万事はスムーズに進捗した。これを機会に「海野十三の会」（会長、山下博行）が結成され、旧碑移築と新碑建設のみならず、毎年の十三忌や講演会などの開催、海野の生家の保存（結局は取り壊されたが）ほかの活動が活性化した。

新しい碑については募金が行われた。私はその依頼状を徳島は技術開発の集積団地「ブレインズパーク」に拠点を置くジャストシステム（日本語ワープロソフト「一太郎」の開発元）へと持参した、ちなみに私はソフトの辞書づくりに協力していた。浮川和宣社長（当時）は海野十三の経歴の個所に「昭和初期、逓信省において真空管開発に従事」とあるのを見ると「何だ、そのころの最先端技術者だった人ですね。われわれの大先輩じゃありませんか。喜んで協力しましょう！」と力強く約束してくれた。

碑の除幕式は一九九三年（平成五）七月十七日に行われた。旧碑は海野が幼年期を過ごした徳島市安宅町の四所神社前に移築された。

文化の発信は地方から

徳島と私の縁をさらに深めたのは、県北東の北島町の公共文化施設「創世ホール」に招かれ、講演を行ったことだった。チューリップや蓮根栽培で知られるという人口二万一千人のベッドタウンだが、図書館との併合施設「創世ホール」はこの十数年らい四国全域のみならず、中央にも聞こえた文化発信基地の一つとなっている。

きっかけは企画広報担当（当時）の小西昌幸が、中央の作家、研究家、文学者、美術家、音楽家等々に熱心に働きかけ、講演や演奏を依頼し、次々と実現にこぎつけたことに発する。そのトップバッターをつとめさせてもらったのは、かくいう私だった。一九九六年三月に行った「書物と人生――辞典づくりに賭けた人々」という講演だが、内容は吉田東伍『大日本地名辞書』や諸橋轍次『大漢和辞典』をはじめ、戦前の大きな辞典のほとんどが在野の学者もしくは講壇から疎外された人々により編纂されたという事実と、その生涯をたどろうとしたものである。

私はこれらの人々の事蹟を『古書街を歩く』（一九七九）、『生涯を賭けた一冊』（一九八二）、『知の職人たち』（一九八四）などで紹介してきたのであるが、とりわけ悲壮感にうたれたのは、明治末期から大正時代にかけ貧窮に苦しみつつ、債鬼に追われながら、三十余年の歳月をかけて百科全書『広文庫』『群書索引』全二十三巻（一九一六）の編纂を果たした物集高見《もずめたかみ》の生涯であった。その努力は十分に報われたとはいえなかった。後から出た官製の百科全書『古事類苑』の陰になってしまった結果、高い評価を受けられず、高見は無念の生涯を閉じた。そのまま高見の業績は半ば埋もれたまま、数十年が経過した。

戦後の高度成長が一段落ついた一九七四年、中堅出版社である名著普及会の社長小関貴久は、この本にいたく惚れ込んで再刊を決意し、遺族を探した。九十五歳になる一子高量《たかかず》が東京の下町で健在であることが判明した。高量は新聞記者だったが、父親の苦闘を見かねて編纂や販売の仕事まで手伝うようになり、一時は相当の売上を示したが、やがて忘れられていくのを見ていた。

小関らが訪ねたとき、高量はヘルパーに助けられながら細々と生活していたが、「この本をお出しになると、あなたの会社はつぶれますよ。およしになった方がよかありませんか？」といった。「先生、大丈夫ですよ」と、小関はすでに決心していたので、すました顔で答えた。「売る方は任せてください。私は金もうけの天才だから失敗なんかしやしません」

高量はしばらく考えてから、心細そうにいった。「私には最近の出版界の様子が判らないんですよ……。あの、講談社とおたくとでは、どちらが大きいんですか？」

小関社長はグイと胸を張って答えた。「それは、規模からいえば講談社が大きいです。しかし、精神においては、ウチがはるかに大きい」（今井育雄「物集高量翁との出会い」）

――話を元に戻して、小西はこの一段に「出版に誇りをもつ人々の、熱い魂と心意気が描かれている」と見て、広報紙「北島タイムス」に紹介し、私に送ってくれた。

このような経緯で前述の講演が実現し、予想以上の立派なホールでの予想以上の聴衆動員に感激したのであるが、それ以上に空港への送迎の途中、立ち寄った小西家の納屋の上下階にびっしりと詰まった蔵書やレコード・コレクションの山を見て、異常な感銘を受けたことが忘れられない。地方においてこれだけの収集を行うことは容易ではないと思った。帰りの飛行機の中でも、この納屋の様子が脳裏をかすめ、低予算と必死に格闘しつつ地方文化の基地を維持しようとする小西の姿とが重なった。

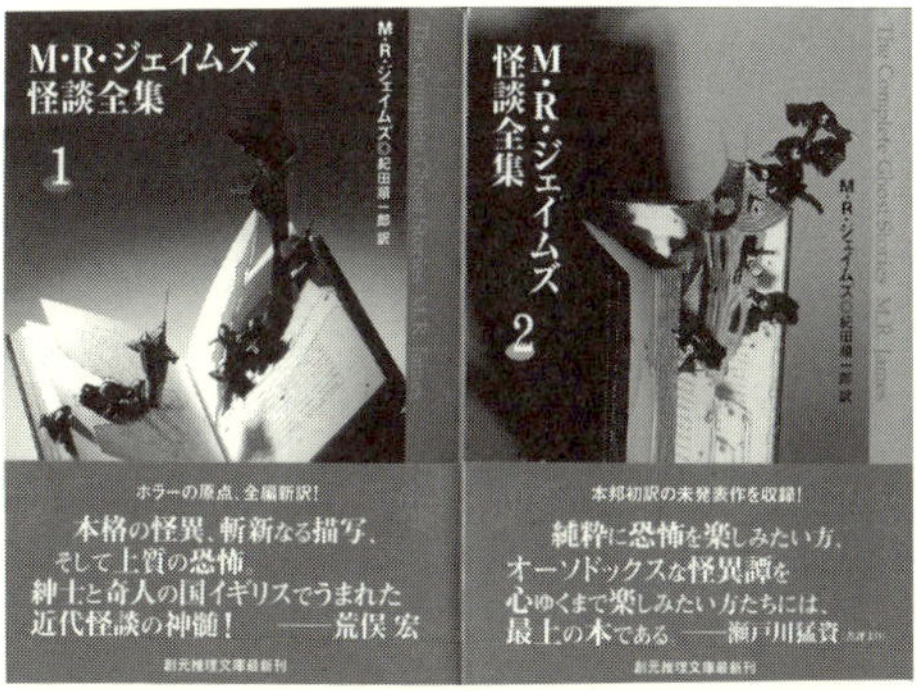

『M・R・ジェイムズ怪談全集』（創元推理文庫、2001）

幻想文学の積極的意義

「幻想書林に分け入って――ミステリー&イマジネーションの60年」と題する講演を、北島町創世ホールで行ったのは二〇〇五年（平成十七）十月である。この年、私は東雅夫との共編『日本怪奇小説傑作集』全三巻を出している。少し遡って翻訳『M・R・ジェイムズ怪談全集』上下（二〇〇一、東京創元社）も仕上げた。そのほか集成的、総まとめ的な仕事が多くなったのは、私も古稀に達して懐古ムードになっていたのであろう。創世ホールの小西はまさかそこまで読んだのではあるまいが、講演の内容は私自身が幻想文学に親しんだ経緯と、そもそも幻想文学とは何かという本質論とを一緒にしたようなものであった。「ミステリー&イマジネーション」というのは、ポオの短編集の題名で、『モルグ街の殺人』のような探偵小説も『黒猫』のような怪奇幻想小説をも包摂したような用語といってよい。つまり、源流としてのポオから見れば、この二つは区分ができない、強いて区分しても意味のないもので、後世の読者の好みや近代的感覚の重視といった傾向に従い、怪奇性を強調したホラーと論理性重視の探偵小説とに分化したものであるとする、別段私独自の考え方ではないが、現在では等閑視されがちの文学史上の常識を指摘したものであった。

そのほか七〇年代の怪奇幻想ブームについて、当時それを「管理社会からの逃避」とする見方があったが、私はむしろ管理社会への批判、反逆という積極的なものを考えていたと主張した。管理社会といっても、当時はまだ情報化の進行する以前だったが、経済的合理主義、能率主義追求の結果、社会全体には戦後経験しなかった独特の息苦しい気分が支配しつつあった。実際、戦後三十年以上を経過して、社会体制から個々の日常の領域にいたるまで、かつての理想や改革の意欲は衰え、さまざまな本卦還りが目立ち、その意味での魑魅魍魎が跋扈しはじめていたといってもよい。そのような中で、私の目にはミステリは消費しつくされ、実感を失っているように思われたのである。

このような結論はともかく、創世ホールにおける講演には、地元の人々のほか、県外から幻想文学の愛好家や大学時代の先輩、前述のジャストシステムの社員なども駆けつけてもらえたので、自分からいうのもおかしいが、予想以上の盛況を見たことは特筆しておきたい。当時の中央では、なかなかこの種のテーマの講演は依頼がないという状況があったので、何よりも演者自身が力を得ることができた。講演をもとに回想録にまとめる気になったのもそのためで、二〇〇七年（平成十九）に上梓した『幻想と怪奇の時代』（松籟社）がそれであるが、まったく思いがけなくも同書は翌二〇〇八年度の日本推理作家協会賞の「評論その他」部門を受賞することができたのである（最相葉月『星新一 一〇〇一話をつくった人』との同時受賞であった）。

「大乱歩展」における講演

私が文筆生活を過ごした時代は、幻想怪奇などはおよそ賞とは無縁の主題で、賞は狙わず、あてにせずという気持で原稿用紙に向かってきたのであるが、たまたまこの推理作家協会賞を受賞した同じ年に、地元の神奈川県が運営する文学賞を受賞することができた。私はこの二年ほど前から神奈川近代文学館（神奈川文学振興会）の運営に関わっていたので、その方面の業績を評価されたのかもしれないのだが、公の仕事自体は未だ成果を挙げていないという自覚もあった。「従来の舞楽活動全般にわたり、云々」という受賞理由を読んで念頭に浮かんだのは、幻想怪奇文学の研究および紹介以外になかった。

この文学館での活動については、本書に密接に関係のあることだけを、二、三ふれておきたい。

「大乱歩展」目録
（神奈川近代文学館、2009）

一つは二〇〇九年（平成二十一）十月に開催された「大乱歩展」である。乱歩の旧邸と旧蔵書は二〇〇一年に立教大学に譲渡され、これを基本財産とした立教大学江戸川乱歩記念大衆文化研究センターが設立されているが、その所管に関わる図書や自筆資料、書簡、書画、美術品などを数百点、テーマ別、系統的に展示したものである。乱歩の総合展は二〇〇四年八月にも東武百貨店で行われたことがあるが（「江戸川乱歩と大衆の二〇世紀展」）、評論も含めた文学活動を軸に据えた作家展としては、これが最初であった。立教大の藤井淑禎《ひでただ》教授と私が編集（監修）にあたった。

会期中、私は「江戸川乱歩と少年探偵の夢」と題する講演を行ったのだが、そのプレゼンテーションに必要な図版を自分でデータ化しているうちに、改めて気づいたことがある。乱歩が『怪人二十面相』を第一作とする少年探偵団シリーズの連載をはじめた一九三六年（昭和十一）には、前述のように二・二六事件が起こっているが、この年を中心に時代が急速に臨戦体制に傾斜していく様子をビジュアル化しようと、媒体の「少年倶楽部」の表紙を一画面に何十枚も並べて見たのだが、戦前のよき時代はどんなに引き延ばしても一九四〇年（昭和十五年）までで、以後は急速に軍国調に染まっていくのが実感できた（本書二一九頁の図版参照）。乱歩はそのきわどい転換期に少年ものの執筆に乗り出したことになるのだが、『怪人二十面相』においては軍事色をまったく出さないよう工夫し、その続編『少年探偵団』、『妖怪博士』などにおいても、二十面相が少年を迷路に閉じ込め、苦しめるといった乱歩色を貫こうとするのだが、ついに『新宝島』（一九四〇）にいたって力尽きる。筆名を小松龍之介と改めての『智恵の一太郎ものがたり』（一九四二）は理科系の教育読物で、創作と呼ぶには物足りない。

前後して成人向け小説でも一九三九年に既発表の『芋虫』が作品集からの削除を命じられ、アリバイとして執筆した国策小説『偉大なる夢』（一九四三～四四）も、無残な失敗に終わる。エログロのみならず、幻想、魔術、猟奇、夢想、犯罪といった乱歩の手の内――「幻想怪奇」テーマが基本的に駆逐されていく状況は、詳しく目次をあらためる必要もなく、時代の表情を示す表紙絵を一瞥するだけでも明白だろう。平時の少年は野球や相撲を楽しみ、兄弟で背比べをしたり散髪をしたりという光景の中で快活な表情を示していたのが、突如として日の丸鉢巻きを締め、口をへの字に結んで軍隊式の敬礼をする、物々しい顔つきに一変する。私が疎開地に『少年探偵譚』を持ちこもうとして、教師にどやしつけられたのは、まさにこの時期にあたるわけだが、作家が媒体の表紙を一見するだけでも〝お呼びでない〟ことを知る際の疎外感、閉塞感はいかばかりであったか。必然的に、執筆の代償となるものを求める心境に陥らなかったであろうか。それが戦時中の町内会の仕事であったとは思えないのである。

江戸川乱歩の隠された意図

おそらく、その解答につながるものが、やはり文学館の展示の中にあった。有名な『貼雑年譜』や「類別トリック集成」の関連資料である。『貼雑年譜』は実生活のあらゆる記録を、新聞記事や広告をはじめ、自ら経営した下宿屋のチラシにいたるまでを丹念にスクラップしたものであることはよく知られているが、頻繁な移転先の記録や書斎の見取図などは、執筆が不可能になった戦時中、自らの業績を含めた生の軌跡をたどる心境のもと、整理されたものであろう。つまり、そのつど貼り溜めたのではなく、集中的に編集したものであることが窺える。このスクラップ帳は私には初見ではなかったが、数冊積み重ねられた布張りの豪華な造本の量感に接しただけでも、自己記録を残す並々ならぬ情熱、いや執念を感じとらざるを得なかった。

同様に戦後の評論集『続・幻影城』（一九五四）の目玉「類別トリック集成」のためのメモや一覧表も、その細密さ、丹念さには改めて瞠目させられた。この作業を柱とする研究的読書（洋書のうち、とくに英米のミステリ、怪奇小説のアンソロジー）は、戦後の翻訳探偵小説の空白期を埋め、探偵小説自体の復興に大きく寄与したものである。また、これらの資料をもとに執筆された回想録は、後の『探偵小説三十年』（一九五四）、『同四十年』（一九六一）へと発展するのだが、その圧倒的な質量は単なる几帳面な性格や研究者的素質ということでは、説明がつかないものを感じるのである。

考えるまでもなく、筆力旺盛な作家が突如として創作の翼をもがれ、蟄居を余儀なくされれば、そのエネルギーは創作の代替物に注がれることだろう。ここまで考えて、私には思い浮かんだことがある。乱歩にとって、これら一連の作業は創作と等価のものだったのではあるまいか。評論集に〝幻影城〟といった創作まがいの題名をつけた理由も、そのような心理が働いていなかったかどうか。

ネット上の感想などを見ると、現代の読者は『幻影城』という題名から『孤島の鬼』や『パノラマ島綺譚』と同じ怪奇ミステリを想像するようだが、私たちの世代も同じだった。乱歩には『鬼の言葉』（一九三六）や『幻影の城主』（一九四七）のように評論集や随想集に小説風の標題を付す傾向があり、『幻影城』も雑誌連載時の「幻影城通信」から自然に名付けられたものといえようが、それにしても乱歩におけるこれらの「随筆」の意義は客観的な研究にとどまらず、作家としての自己を語り、探偵小説の本質論、日本の探偵小説回顧、欧米のベストテン、短編の分析、トリック集成などを通じて自己の業績の客観的な位置づけを読む者に促す〝仕掛け〟となっていることを知る必要がある。私はそれに気づくまでに、長い時間を要したのであった。

平井呈一の遺品収集

もう一つ、神奈川近代文学館での活動で一言ふれておきたいのは、平井呈一関係の資料収集である。施設の整っている文学館に対して、日常的に文学者の遺族や収集家、蔵書家などから寄贈申し込みや打診があるが、千葉県のI氏からのそれは非常に意外なものであった。平井とは二十四歳の年齢差のあるI氏は、俳句を通じて親しくなり、晩年の十数年間を句友ないしは茶飲み友達として昵懇の間柄となった。平井の没後、遺品は吉田ふみによって管理されていたが、その十三年後、ふみが老人ホームに入所するさい、すべてがI氏に委ねられたのである。

千葉県下で洋品店を営むI氏は、やがて店を子息に譲り、自らは全国的な俳句結社の支部長として趣味の世界に沈潜していたが、七十歳台の半ばに近づく頃から、預かり物のことが気になってきたらしい。あらためて遺品を整理してみると、もとより資産的価値のあるようなものは何もなく、ただ原稿が二十数点と書簡が六十数点あるに過ぎない。そのほかは趣味のすさびの書画(甘味喫茶の品書きなど)が何点かのこっている程度である。いったいこのようなものに、どれほど価値があるのだろう。引き取ってもらえる機関があるものだろうか。大いに迷いはじめた矢先、二〇〇四年十一月のことである。たまたま朝日新聞掲載の荒俣宏インタビュー記事の中で、私と文学館との関わりについて述べているのを読み、「これだ!」と直観したという。

このときの驚きを、私は表現することができない。平井の伝説的事実の発掘が、自伝原稿『明治の末っ子』の紛失によって一頓挫を来たしたことは前述の通りだが、まだ相当数の書簡がのこっているということは、奇跡に等しい。早速I氏に文学館の施設を見学してもらい、一通りの納得を得

中菱一夫(平井呈一)著
「真夜中の檻」初版(1960)

たので、寄贈品引き取りのため職員が出張し、荒俣と私が同道した。

Ｉ氏は目尻の皺が印象的な温厚な人であった。遺品を収めた箱の中から手紙の束を取り出すと、「こんなもんが役に立つんでしょうかね」と遠慮がちにいった。私たちは息をひそめて、平井から吉田ふみ宛の極私的内容の手紙に目を走らせた。戦中の逼迫した情況下でのデスパレートな交情を示す、切ない、臨場的な表白の文字……。私はゆくりなくも、平井の代表作『真夜中の檻』の末尾に描かれた究極の愛の姿を思い出した。

原稿は未定稿が二十点以上。中には近世イギリスの新聞の扇情的文体を模した奇談や、社会派風ミステリの発端めいた残欠もあり、平井が怪奇小説以外の多方面を模索していたことを窺わせる。そのほかは若干の蔵書（自身の訳書、俳書）、アルバム、絵入りの年賀状、飲み屋の品書きのような酔余の戯筆、執筆に用いられた古風なオノト万年筆、モンブランのインクボトルなどが目につく程度で、行方不明の原稿は発見できなかった。

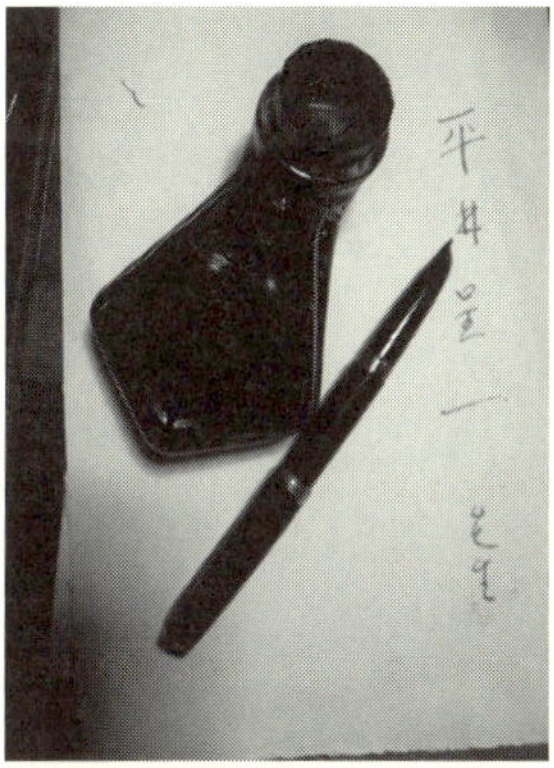
平井呈一愛用のオノト萬年筆とモンブラン・インク壺

とりあえず書簡と原稿類を預かり、この後もう一度職員が出向いてのこりの遺品を引き取った。いずれにしても予期以上の成果で、Ｉ氏の肩の荷を下ろしたような笑顔も忘れられない。文学館では半年をかけて整理した結果、寄贈点数は全部で五十八点にのぼった。

このとき得た数々の遺品中、ひときわ印象的だったのはアルバムに貼られていた晩年の写真だった。二十枚以上のスナップと、生前のふみの直話をつなぎ合わせてみると、荷風の描き出した平井のイメージとは大きな隔たりがあることが一目瞭然だった。現在判明する限りの事実を並べてみると、以下のようになる。

幻想怪奇文学の先駆として

戦時中、平井は前述のようにふみとの交流を深めていたが、空襲がはげしくなるにつけ、ふみはもとより、本妻とその間に生まれた子ども二人を緊急に疎開させる必要が生じてきた。広川仁四郎という知人の助力で貨車を一台都合をつけ、妻子とふみを同乗させ、新潟に向かった（近年荒俣宏の探究により判明したところによると、平井は佐藤春夫の門人だった一九三五年ごろ、日本橋区の地域文化誌「季刊日本橋」の編集同人となっており、人脈は意外に広いものがあったと推測される）。

疎開先で一時落ち着いた平井は、知人の斡旋により県立小千谷中学校で英語を教えたり、長岡市津上製作所で勤労学生の監督などをつとめた。その上、生徒たちに俳句を教えたり、泉鏡花を説いたりしている。小千谷市明治座で『俊寛』『ドモ又の死』などを監督したり、地元の彫刻家とのつきあいも生じた。もともと小千谷は文化的伝統のある地であるが、平井のこのような変身ぶりは、荷風の想像を超えるものであったろう。

肝心なことは、平井が荷風と対照的に、戦時という環境によって初めて社会との接点を持つことができたということである。平井の授業や課外指導は学生間にきわめて好評で、戦後も東京で平井を恩師として迎える同窓会が頻繁に開かれていたことが、アルバムからも見てとれる。

しかし、平井は骨を小地谷に埋める気持はなく、終戦を迎えると間もなく浦和市（現、さいたま市）へ出て、その後東京都内へと移転した。おそらく、台東区上野で菓子店を経営している縁者を頼ったのであろうが、そこに定住できず、六年後にふみの父方の遠縁を頼って前述の千葉県大沢町に転居した。ここで小泉八雲ほかの翻訳を手がける傍ら、土地の農民、漁民と交流したり、農業家と品種改良を試みるなど、清貧の境涯とはいえ充実した日々を送った。アルバムの写真はこの時期のものが最も多い。なお、要するに平井は荷風よりも自由な、人間的な余生を送ったのであるが、しかし、そうした平井の実像を知らず、またその必要もないとする人々も多く、文壇の平井への態度は冷淡なものに終始したのであった。

戦後、平井はそうした文壇の評価をよそに活動を続け、現在も八雲の訳の中ではベストと思われる恒文社版『全訳小泉八雲作品集』十二冊（一九六四〜五）を完成する。ただし、この直後に出た筑摩書房版『明治文学全集』の第四十八巻『小泉八雲集』では、実質的な編集者は平井でありながら、名目は中野好夫編となっている。つまり、当時の文壇においては平井は許容されていなかったということになる。

その後の平井は一九六〇年、創作『真夜中の檻』（浪速書房）をもって幻想怪奇小説の名手としての評価を獲得、一九七〇年にはすでに述べたように宿願の『オトラント城奇譚』初訳（新人物往来社『怪奇幻想の文学Ⅲ』所収）を実現、その余勢を駆って一九七三年には愛誦作家『アーサー・マッケン作品集成』全六巻（牧神社）を完成する。あたかも、不遇な半生を埋め合わせるかのような気迫が感じられ、圧倒される思いだった。

平井呈一は、以上に一端を示したような起伏と悩みの多い生の中で、自己の資質や嗜好に忠実な業績をのこした。翻訳も創作も、そのような文学者の営為（人間性の発露）とみるべきではないだろうか。

若き日にこの先達の知遇を得ながら、十分にその大きさにふれるまでの時間的余裕に恵まれなかった私などは、この遺品収集によって胸の悶えも下り、いっそう相手への敬慕の念が高まるのを覚えた。幻想怪奇文学という分野に踏み入れてよかったと、心から思った。客観情勢から公開は未定だし、自伝『明治の末っ子』も行方不明だが、いつの日か全貌をあらわし、人間平井呈一の像が明らかになることを期待したい。

『全訳小泉八雲作品集』全12巻

円環を閉じる

一九六〇年代の末から八〇年代後半にかけて、荒俣宏と私が幻想怪奇文学の紹介と普及に意を用いていたころは、出版情況にも恵まれ、多くの翻訳書、研究書が刊行され、このジャンルの読者層は急激に拡大した。その後ブームといえるような現象は去ったが、創作、翻訳、ビジュアル作品などの刊行ペースは相当数にのぼり、最近はようやくアカデミックな研究書や児童向けの出版物も出はじめた。

この間、幻想怪奇小説の活性化に、地道に、しかし確実な役割を果たしたのが東雅夫（一九五八〜）である。七歳のころ大伴昌司監修『世界怪物怪獣大全集』（一九六七）をボロボロになるまで愛読し、十歳のころ岩波文庫版のカフカ『変身』を購入し、店員から変な顔をされたといったエピソードには、栴檀は双葉よりも芳しのたとえ通り、この分野の研究紹介者としての類縁性を感じさせる。二十二歳のときに幻想文学研究誌『金羊毛』を創刊、これを専門季刊誌『幻想文学』に発展させ、二十一年間の長きにわたって持続、その成果の一部を『幻想文学講義』および石堂藍との共編になる『日本幻想作家事典』という、それぞれ大著にまとめた。幻想文学体系化の努力としては、『日本怪奇小説傑作集』全三巻（東京創元社）をはじめ、近代作家の怪奇的作品を集成した『文豪怪談傑作選』（ちくま文庫）や泉鏡花と柳田国男の交流関係に着目した『柳花叢書』（同）など、多くのアンソロジーがあるほか、時評などでも精力的に新作の紹介を行っている。現在は日本初の怪談専門誌「幽」の編集長でもある。二〇一四年八月の「幽」十周年記念号のアンケート特集は、

幻島はるかなり

「怪談ベストブック」として十年間の収穫として延べ百九十点以上の出版物が挙げられていて、幻想怪奇という分野の深まりを実感することができる。

一方、私のように海外作品やその直接の影響下にある創作を通じて、この分野に分け入った世代としては、ミステリやSFの世界とは事情が異なり、海外古典の鉱脈がいまだ掘り尽くされていない憾みがあることは否めない。

このような渇を癒やす労作が、二〇一四年になって出現した。荒俣宏の編纂にかかる『怪奇文学大山脈 西洋近代名作選』全三巻（東京創元社）である。ドイツロマン派の影響下にあるビュルガー、ゲーテ、ティークあたりから始まるヨーロッパ幻想怪奇文学の流れから、ヒチェンズ、マッケン、デ・ラ・メアら二十世紀の作家を経て、ラヴクラフトほかパルプ作家の系列にいたる約五十編の未訳作品をもって鳥瞰するという形式だが、その序説（まえがき）では全作品のほとんどを初出誌に遡り、発表時点の作家の地位、読書界、出版界、文化界の情況を考察することで、幻想文学史に再照明をあてるという構想を示している。初出誌の発掘に想像を超える時間と手間を費やした上、半世紀以上にわたる研究を凝縮した点、余人の及ばない境地に達している。

これまで幻想怪奇文学の本質について、その探求過程を含めた概論としては、小泉八雲の「『モンク・ルイス』と恐怖怪奇派」および「小説における超自然の価値」、H・P・ラヴクラフトの「文学における超自然の恐怖」、江戸川乱歩の「怪談入門」、平井呈一の「私の履歴書——英米の怪異小説を中心に」などが直ちに思い浮かぶが、本書における荒俣宏の序説は資質と専門性の合致したところにはじめて期待できる自在性と躍動感に富み、先達の塁を摩するに十分なものがあるといえよう。

現在の私は、ミステリを橋渡しとしての幻想怪奇文学に馴染んだ幼いころから数えると、すでに七十年以上になんなんとしている。戦中戦後の厳しい時代、いまはまったくその面影が失われた離れ小島のような地域で、読書にのみ慰めと解放感を見出していたころ、幻想怪奇という主題は片隅の中の片隅の存在であった。それがいまや他のジャンルを凌ぐ勢いと存在感を示すほどになり、つくづく歳月というものを感ぜざるを得ない。かりに幻想文学が相変わらず片隅の存在であったとしても一向意に介さないとはいえ、往年情熱を傾注し、無我夢中で分け入った分野の隆盛ぶりを目のあたりにすることには、一通りでない喜びを禁じ得ないこともまた慥かである。

目を瞑ると、長いあいだに接した無数の書物や人の名が浮かぶ。外つ国のめずらかな本の数々も手にすることができ、異能の友にもまた恵まれた。このごろはまた鬼籍に入った人々の懐かしい面影を、脳裏に浮かべることも多くなった。そうしたくさぐさの思い出を、できるだけ寄せ集めてみたのがこの回想録である。本文で十分ふれられなかった方については、以下に一章を設け、私なりの追悼録としたい。

深夜、一人書斎に座して筆を擱こうとする際、たまたま座右の書冊より、現在の心境にふさわしい一節を見出したので、借用して結びのことばにかえたい。

牕《まど》に倚り外氣にふれて
聴け龍動《ロンドン》の小夜の聲音を
おん身稀ものらと對話をしたか
今さらば　かなたをば眺めてもみよ
静かなる星辰ら　その空に住まふを

ライオネル・ジョンスン「龍動に於けるプラトーン」（日夏耿之介訳）

推理小説、幻想文学の世界　思い出の人々

■木々高太郎（林髞《はやしたかし》）

木々さんに直接会うことができたのは、慶應義塾大学推理小説同好会の例会においてであった。医学部が忙しいので、年に一回ぐらいの割合でしかなかったが、部員は「木々先生を囲む会」と名付けて、楽しみにしていた。

しかし、外部の人たちが想像するような、ミステリ談義に花が咲いたわけではない。前述のように、「お米を食べると頭が悪くなる」というような雑談を、木々さんの方から始める。いや、雑談

などというべきではなく、医学者としての大問題を、あたかも医学部教室での講義のごとく、諄々と説いていく。部員たちはかしこまって拝聴するしかなく、そのうちに予定の時間が過ぎてしまうのだった。

ある集まりのさい、木々さんが定刻よりも少し早めに終わろうと、腰を浮かしかけたとき、私は思いきって「あのー、推理小説という名を発明したのは、やはり先生ですか?」という質問をしてみた。ほかの部員は、何でそんなつまらない質問をするのかとシラケた顔をしたが、意外にも木々さんはきちんと答えてくれた。「まあ、そうだといってよいでしょうね。戦後最初の推理シリーズを雄鶏社から出したとき、編集者に『推理小説叢書』とするように提案したら、彼らは探偵小説という呼び方しか知らないもんだから、ぽかんとしてましたよ。ぼくが第一号ですよ」

その帰り路、私は小走りに急ぐ木々さんに追いつくと、「あのー、ご署名をお願いできますか?」と、あらかじめ近所の書店で仕入れておいた春陽文庫版の『人生の阿房』(初版一九五四)を差し出した。

「おお、サインか」と木々さんは立ち止まると同時に、内ポケットから万年筆を取り出すや否や、目にもとまらないスピードで名を記すと、「じゃ、これで」と、最寄り駅の方へと去っていった。

「ちくしょう、気がつかなかったな」と、二、三の部員が羨ましがった。木々高太郎の署名は比較的少なかったということもあるが、サインねだりなどミットモナイという見栄があったからだろう。

その文庫本を、私は卒業後も長いあいだ書棚に置いていたので、何遍も眺める機会があった。そのたびに思い出したのは木々さんの筆跡をめぐるもう一つのエピソードである。

同好会の活動の一つに、木々さんの原稿取りがあった。「推理小説論叢」は毎号必ず同好会の部長として、四百字程度の巻頭言を執筆してもらうことにしていたのだが、その原稿取りの役目は関義一郎先輩ときまっていたところ、ある年（一九五七）の秋、たまたま急用が出来たということから、私にお鉢がまわってきた。

木々邸は東横線祐天寺駅から徒歩二十分ほどの、上目黒の住宅街にあった。約束の午前十時ごろ玄関の呼び鈴を押したのだが、応答がない。しばらく押し続けると、パジャマ姿の木々さんが目をこすりながら現れた。髪はボサボサである（当時木々さんは夫人に先立たれていた）。

「なんだね、いま時分？」

「はっ、推理小説同好会ですが、原稿をいただきに上がりました」

「なに、原稿？」木々さんは一瞬、視線を泳がせた。「今日だったかね。きみは関君の後輩？　まあ、上がりたまえ」

応接間に通され、待たされた。その日は初冬の、コートが欲しいほどの寒い日だった。私はちょうど刊行されたばかりの井上勇訳『著名犯罪集 浴槽の花嫁』（『世界推理小説全集』別巻1）を読み始めたのだが、どうにも身が入らない。短い原稿だから、すぐ出来るだろうという考えは甘かった。邸は閑静な場所にあるが、ときどき窓外を「ゴーッ」と路線バスなどの大型車が通過するたびに、窓ガラスが「ビリビリビリッ」と微妙に共鳴する。

「やあ、待たせたね」だいぶ経ってから、木々さんは現れた。小ざっぱりしたジャケット姿だった。私は立ち上がって礼をいい、手渡された原稿を制服の内ポケットに収めると、そのまま辞去しようとした。木々さんは不思議そうな顔をした。

「読まないのかね？」

「あとで、楽しみに拝見します」

ヘンな学生だと思われたかも知れないが、私は一刻も早く暇を告げたかった。寒くてしようがなかったのである。

しかし、虫が知らせるということがある。帰りの電車の中で原稿を開いてみたところ、思わず「あっ」と叫んだ。ほとんど読めないのである。そのときまで、私は木々さんが丹羽文雄、石原慎太郎と並び称される達筆家であることを知らなかった。あとから聞けば、関先輩は必ずその場で目を通し、判読できない文字については、いちいち確認したそうである。

私は三田の部室に急ぎ、ちょうど昼休みに集まっていた部員と額を集めての協議に入った。

「これは『推』だから、下は『理』だろう」

「いや、『論理』じゃないかな？」

などと漢字クイズまがいの大騒ぎを演じ、辛うじて印刷用の原稿をつくることができたのであった。

考えるまでもなく、文学と医学との両分野を本職とする人の日常が、常人の何倍も多忙であることは自明で、その筆記のスピードが速記さながらとなっても不思議ではない。「人生二回結婚説」も、木々さんにとってはごく自然な結論であったのかもしれない。

木々さんがその二回説を実行し、万里子夫人を迎えたのは一九六一年、たまたま慶應義塾大学推理小説同好会の創立十周年祝賀会が開かれた。都内の中堅ホテルで、出席者は現役とOBが三十三名。ゲストは作家の渡辺剣次と「宝石」の大坪編集長らであったが、何といっても注目を集めたのは、木々高太郎夫妻であった。

主賓として壇上に上がった木々さんは「かねての自説を実行したことを、諸君にご報告するものです。私は今年六十四歳になりますが、まだまだ諸君に負けんつもりであります」と挨拶、続いて華やかなスポットを浴びた夫人も「わたくしは、家によくおいでになるキヨハルさんの小説を読んでから、ミステリーの大ファンとなりました。今後は夫を助けて、よい小説を書いてもらおうと思っております」と宣言、割れんばかりの拍手を浴びた。

私は折あるごとに、この一夕の賑わいを思い出す。右肩上がりの高度成長期、推理小説界も上げ潮の一途で、同好会会長の木々さんをはじめOB会員もみんな若く、それこそ〝人生の序の口〟というところだった。いつも苦虫をかみつぶしているような大伴昌司も、このときばかりは上機嫌で、記念写真でもおどけた表情をつくっているほどだ。

木々会長はその八年後に亡くなった。晩年には事業に携わったそうだが、推理小説とは無関係である。

■吉田ふみ

戦前から戦中にかけ、平井呈一の雌伏時代に文学精神の灯をともし続け、起居を共にした人である。穏やかな性格ながら、毅然とした、筋道立てて話のできる人であった。私が会ったのは三度で、最初は本書に記したように大伴昌司と共に千葉県小久保の住居を訪ねた際、次は平井先生の葬儀のとき、最後がふみの入居した老人ホームにおいてであった。

平井先生が川上音二郎の番頭で後に株式仲買人となった谷口姓の人を父として（二卵性双生児の二男）東京の下町に育ち、平井家の養子となって早大の英文科に入学、その後作家を志向しながら翻訳を手がけ、佐藤春夫の書生を経て永井荷風の門人となった経緯は、岡松和夫の『断弦』ほか多くの文献に記されているので（『断弦』では「白井貞吉」の名で登場するが）、ここではふみさんの書いた随想を紹介しつつ、戦後の両人の跡をたどってみたい。

ふみさんは一九七六年（昭和五十一）、平井先生の没後に上総ホトトギス会へ、ついで新座市にある無花果の会に入り、そこから『平井呈一句集』を上梓し、さらに機関誌「無花果」の一九八五年九月号に「他郷に住みて」という原稿用紙四枚ほどの短文を寄稿した。

「終戦後の昭和二十六年、父方の遠縁を頼って、平井と共に東京をのがれるようにして越して来たのが、三十四年前の三月六日である。東京育ちの二人が、こんなに永くこの地に根をおろそうとは、その当時は思ってもみなかった」

この「のがれるように」という形容は、疎開から引き揚げた直後の生活苦が、並々のものではなく、露伴を訪ねて「帰れ！」と罵声を浴びせられたというエピソード（相磯凌霜『荷風思出草』一九五五）を連想させられる。両人とも東京にばかり住んだのではないが、その育ちに拘泥しているのは、いわゆる江戸っ子のプライド、下町育ちの気風であろう。平井先生が日常歯切れのよい江戸言葉を喋り、それが『Yの悲劇』の探偵役でシェイクスピア役者ドルーリー・レーンの会話を歌舞伎調で訳したことにも通じる。

さて、千葉における両人の落ち着き先だが、「懇意になった医者の持ち家を買って移り住んだ」とある。詳細はわからないが、一九六二年に大伴と共に訪ねた家がそれであろう。近所に商店や郵便局があって便利だったが、食パンやバターなどは便利屋に頼んで買ってきてもらうほかはなかったとある。しかし、付近の土手で土筆をつんだり、「猫を飼い、小鳥を育て、子供好きな平井のところへは、近所の子供がよく遊びに来て、にぎやかだった」という心和む一面もあった。NHKが「人生読本」の録音をとりに来たのもこのころらしく、おそらく先生に好意的な中野好夫などの推薦によるものであろう。

しかし、平井先生はこの地がいやになって、一九六三年に住居を解体し、海老田というところに移築した。私たちが訪ねた少し後である。たぶん市街化をきらったのであろうが、山房を山に囲まれた静かな環境であった。その後、元の住所大沢が富津市に合併され、公民館を建てようという動きが出た際、先生はいやいやながら発起人に列なったが、記念の文化講演の依頼にはどうしても応じなかった。この種のことを避けたのは、平井先生の文化人嫌いによるが、その根底に荷風の一件があることは疑いない。「土地の文化人と付合うより猟師や農家の人達の話を聞くほうがよっぽどたのしいと言っていた」。事実、アルバムには地元婦人会で談笑する平井先生の屈託ない表情や、野良で農民と語り合う姿が多数収められている。いずれもきちんと和服を着こなしているのが印象的だった。

一九七六年（昭和五十一）平井先生葬儀のさいに、私は控えの間（和室）で、初対面の夫人や娘さんと挨拶をかわした。娘さんは教師をしているようだった。肝心のふみさんは、そうした人々と即かず離れずの距離を保つように、きっちりと正座し、穏やかな表情をしていた。その場の雰囲気から、私は娘さんが双方の間を取り持っているといおうか、連絡係となっているのを感じとった。

ふみさんが無花果の会に入ったのはその二年後で、「入会前から平井の嫂である恵子さんはじめ、東京在住の奥様方は存じ上げていたので句会は大変楽しみだった」といっているが、この「嫂」とは先生の亡兄喜作の縁に連なる人であろうか。ふみさんが親戚などからも〝公認〟されていたことは先生の亡兄喜作の縁に連なる人であろうか。

——万年文学青年として世紀末ロマンチシズムの夢を見続けていた先生を、身近で支える存在として認められていたことを示すものではないだろうか。

「世間ではいろいろいいますけどね。全然、そんなものじゃないんですよ」とは、最後にホームで面会したときのふみさんのことばである。

■西侃一郎《にしかんいちろう》

この名を聞いてピンとくる人は、私とあまり年齢差のない、よほど熱心な読者に限られるかもしれない。五〇年代に丸の内の商社で重役をつとめた人だが、熱烈なミステリ・ファンでもあった。英語に堪能で、戦後四年目に日本人としてはじめてクロフツと文通を行い、その消息を当時知り合った江戸川乱歩に語ったところ、乱歩はクロフツの書簡全文の翻訳と、西さん所蔵の『クロイドン発十二時三十分』（原本）の詳細な筋を『幻影城』に紹介した。翌年には「別冊宝石」に翻訳が掲載された。

このようなわけで、クロフツ好きの私も西さんの名を記憶にとどめていたのだが、実際に当人と出会ったのは、一九七〇年代の前半に私が運営していた「映画コレクター連盟」のパーティーの席上であった。小柄で青白い顔に大きな耳をした西さんは、すでに七十歳を越えた紳士で、古いミステリや映画に接するのを無上の楽しみとしていたが、談たまたま一九五二年の日本初公開『風と共に去りぬ』に及ぶと、ひときわ声が大きくなるのが常だった。

「当時の有楽座のチケットは高くてねえ、最低でも三百円。なかなか女子社員には行けないというので、ボクは一計を案じてね。おごってやるから、ボクの膝に乗って見るかい？　といったら、二つ返事でついて来ましてねえ」

「へえ、ほんとに膝に乗っけたんですか?」私は謹厳実直を絵に描いたような西さんの顔を見つめた。

「そりゃ、そのくらいのヨロクがないとねえ」西さんの笑顔には屈託がなかった。

西さんの無類の映画好きは、一九七〇年代の京橋フィルムセンターの最も熱心な常連として、上映会の度に顔を見せないことはなかったというほどで、在京の映画人やファンの間では名物的な存在だったらしい。

話は戻って一九六三年、私は自分の出版記念会に、ふと思いついて西さんを招待し、中島河太郎さんに引きあわせた。中島さんは「おお、あのクロフツの西俔一郎さんですか」と、握手を求めたばかりでなく、「もしあなたがおられなかったら、『クロイドン』の翻訳や倒叙ミステリの普及はかなり遅れていたかもしれませんね」と、西さんを大いに持ち上げた。

「いや、どうも……そんなことは……」と、突然スポットを浴びた格好の西さんは顔を紅潮させながら、往時の思い出を語るのだった。

その後、私の映画の会は尻すぼみとなり、西さんとは神保町や高円寺の古書展で偶会するだけとなったが、一九九九年に物故したということを『キネマ旬報』の記事によって知った。

最近神保町のある古書店から、江戸川乱歩の西さん宛て書簡(ハガキ)が売り出された。当時西さんからクロフツの書簡や本を借りた礼状であるが、それには二万数千円という値がついていた。いまでもネット上で検索すると、西さんの人生を窺うデータが残されている。その中にクロフツのハガキの写真も見ることができて、何となく儚い。

■双葉十三郎

双葉さんの名は、映画評論家としてよりも、まずチャンドラーの『大いなる眠り』の訳者として知った。一九五二年、私が高校一年のときに「別冊宝石」に掲載され、その後創元社版「世界推理小説全集」および「世界名作推理小説大系」に編入、ついで「創元推理文庫」に入った（現在は絶版）。

「十月の半ば、朝の十一時頃だった。陽は射さず、強い雨が来るらしく丘がくっきりと見えた。私は、パウダー・ブルーの服に、濃紺のワイシャツ、ネクタイ、飾りハンケチ、黒いゴルフ靴、濃紺の刺繍いりの黒いウールの靴下をつけていた。ひげも剃り、小ざっぱりして、くそまじめな顔つきだった。誰に知られようとかまうことはない。どこから見ても身だしなみのいい私立探偵のピカ一だ。なにしろ四百万ドルを訪問するのだ」

原作の冒頭、軽快な文章は、まだハードボイルドが根付いていないこの風土に、双葉流の名調子により移植された瞬間なのである。当時はハードボイルド専門の訳者など、求めるべくもなかったが、新着アメリカ映画原作の詳細なシノプシスなどを数多く手がけていた双葉さんに声がかかったのは自然である。理由はなんであれ、私はこの軽快さにひかれて一読し、右に引用した部分などは何度もパロディー化したものだ（本書でも二個所試みている）。翻訳権事情により、双葉訳がこの一作にとどまったのは残念である。

ハンフリー・ボガート主演による映画化が『三つ数えろ』という拙劣な邦題で公開されたのは一九五五年である。私は早速映画館に駆けつけ、大いに堪能したが、これは双葉訳を読んでいたおかげだった。さもなければ、映像だけであの複雑なプロットを理解することは不可能だったであろう。現に大学の推理小説同好会では、ハードボイルド嫌いが圧倒的多数を占め、無論双葉訳など読んでいる者はなかったので、映画だけを見た先輩の一人が「眠くなるとボガートの撃つピストルの音で目がさめちまってね。ひどい目にあったよ」などとボヤいていたのを思い出す。

それはともかく、当時私は二、三種の映画雑誌を購読しはじめ、飯島正、筈見恒夫、野口久光といった評論家の名を知ったが、中でも「ぼくの採点表」の双葉十三郎がひいきだった。すばらしく歯切れのよい文体で、『第三の男』や『恐怖の報酬』など、映像として優れた作品（つまり、映画らしい映画）に迷わず高得点をつける（たとえば☆☆☆☆は八〇点、☆☆☆★★★は七十五点）。無能の監督を「鈍根ウォルター・ラング」などと一蹴し去る呼吸は、余人の真似できないものだった。

それよりも双葉さんから大きな影響を受けたのは、これらの雑誌の一つに連載された「スクリーン・シネメモランダム」という企画だった。カード式の感想メモというべきもので、題名やスタッフ、キャスト名、観賞日、雑誌の紹介号数などのデータも記入でき、おまけに帰途雨に降られたとか、焼き芋を食べたなどということまで書き込める余白も用意され、大きさも後の大型コンピューター用電算紙のような、横長のスマートなカード型だったことも気に入った。おそらく双葉さん自身の整理ノートを、規格化したものと思われる。

私は早速これに『虹を摑む男』『ヒットパレード』などの感想を書き込んでいるうちに、映画を見たあと必ず一言感想を記し、プログラムや雑誌を参考にスタッフやキャスト名を記すといった、人によっては面倒くさがることに、独特の楽しみを見出すようになった。要するにハマってしまったので、連載終了後も自分のノートで継続することに、さほど苦痛を覚えなかった。さらには、その応用として、本文にも記した「ミステリー・ノート」を思いつき、ひいては後年のエンターテインメント全般についてのエッセイ的な文章を綴るさい（リアルタイムの）基礎的データとして役立った。物事は何がきっかけになるかわからない。ちなみに当時私の周辺で、映画やミステリのノートやデータシートを作成している者は皆無だった。大伴昌司ですら、ナマ資料を重視したものの既製データの収集しか念頭にないタイプであったから、私などは変わり者と見られていたに相違ない。

双葉さん本人に会う機会を得たのは、それから二十数年も経ってからだった。ある雑誌が企画した「映画とビデオの時代」という座談会の席上である。もう一人のゲストは、石上三登志さんだった。ビデオはそっちのけで、ヒッチコックのベストワンは何かという話題で盛り上がり、私が『北北西に進路をとれ』だといえば石上さんが『サイコ』だというような熱いやりとりもあったのだが、肝心の双葉さんの発言はあまり記憶していない。それほど発言が控え目かつ慎重だったからで、文章から談論風発を期待していた私には、非常に意外だった。

座談の合間に、私は「往年の『スクリーン・シネメモランダム』が物を書く基礎的トレーニングにどれほど役立ったか知れません。今日は一言お礼を申しあげたくて参りました」と、用意した口上を述べたのだが、双葉さんは「いやあ」と一言、てれ笑いのようなものを浮かべただけで、何もいわず、座は少ししらけてしまった。あとから考えてみると、いまだに学生気分が脱けない映画小僧と思われても仕方がなかった。

その後二〇〇九年に九十九歳で物故されるまで、たった一度業界のパーティで挨拶したほかは会う機会もなかったが、いまでも私は双葉さんの『西洋シネマ大系 ぼくの採点表』全六冊（トパーズ・プレスおよびキネマ旬報社、一九九〇〜二〇〇一）を机上に備え、文字通りバイブルのように愛用しているのである。

■中島河太郎

一時は「解説・中島河太郎」というのが推理小説全集の定石だった。書誌的解説を正確に短期間で書いてもらえる作家、評論家の層が薄かったのである。そのために「またか」というマニアの声もあったが、バランスよくツボを抑えた解説は、安心して読むことができた。『世界推理小説大系』中の『エラリー・クイーン篇』（一九六二）の解説にいたっては四百字詰め四十枚を超える力作で、『フィルポッツ篇』における荒正人解説の向こうを張ったものといえよう。

初対面は、私が慶應義塾大学に在学中の一九五六年（昭和三十一）の夏ごろだった。『探偵小説事典』で第一回江戸川乱歩賞を受賞する直前である。推理小説同好会の田村良宏先輩に連れられて、墨田区隅田町（現在の墨田）のお宅に押しかけたのである。

当時都立墨田川高等学校（元府立第七中学校）の国語教師をしていた中島さんは、すでに四十歳に近かった。坊主頭に浴衣の着流し姿は、いかにも漱石や佐藤紅緑の小説に出てくる硬骨漢を彷彿させ、丸窓のある壁にもたれて、団扇をつかいながら談論風発、推理小説を論じ来たり、論じ去り、ついには作家の品定めにまで及ぶ姿は、薩摩っぽの面目が躍如としていた。話の中身は忘れたが、そのとき頂戴した『江戸川乱歩先生華甲記念文集』（一九五四）は、いまでも大切に所持している。

その後数年以上を経て、私が執筆生活に入ってから、本を拝借に何度か訪ねるうちに、書庫を見せてもらう機会を得た。荒川から五百メートルしか離れていない中島邸は、台風シーズンには浸水の危険があるというので、新築のさいに書庫を堅牢な鉄筋コンクリート造りとしていた。その扉は、まるで銀行の地下金庫のような操作盤つきの円盤形で、一滴たりとも水を入れまいという固い決意を示していた。内部は一階の雑誌と二階の単行本とに分かれ、「新青年」や「ぷろふいる」の揃い、『ドグラ・マグラ』『黒死館殺人事件』の初版本などが整然と並んでいた。中島さんが師事した正宗白鳥や柳田国男の文献も、かなりのスペースを占めていたが、私は雑誌の山の中に、そのころ探求していた明治文化研究会の機関誌「新旧時代」の初期二年分を見つけて、「私の持っている『伊波普猷選集』と交換していただけませんか」と申し出た。中島さんはおどろいた様子だったが、「おお、いいですよ。そんないいもの、頂いていいのかな」と快く応じてくれた。伊波普猷は沖縄の民俗学者で、現在は全集が出ているが、当時は沖縄の出版社による三冊本の選集しかなかった。

三、四年後、私は結婚披露宴に中島さんの出席を仰ぎ、主賓としてのスピーチをお願いしたのであるが、宴も無事に済んで、そのお礼に中島邸に赴いた際、思わぬ失敗をしでかした。本の話題となると、つい時を忘れてしまうので、窓外が暗くなったことにも気がつかず、何かのはずみで、チラと自分の時計を見ると、長針が「8」を指していた。

「8時……8時……」私は記憶の底を探った。さきほど見た時刻も8時ではなかったか？

「いけない！」私は飛び上がった。「時計が止まっていました。いま、何時でしょうか？」

「おお、いいんですよ、いいんですよ。ポオの『大渦巻』ですね」

中島さんは迷惑顔一つ見せず、最寄りの京成電鉄押上線の八広駅まで送ってくれた。駅の時計は真夜中に近く、私は終電にやっと間に合うという始末だった。

中島さんと一緒にした仕事は、後述の鮎川哲也賞の選考と、もう一つ『現代怪奇小説集』全三冊（一九七四、立風書房）がある。これはヒットしたので、タイトルを変えたり、中身を増補するなどして、約二十年間のロングセラーとなった。

一九九九年五月五日、中島さんの訃報に接したが、約一ヶ月後の帝国ホテルでのお別れの会で、挨拶に立った夫人が一つのエピソードを披露した。亡くなる前日、用事で病室から席を外していた夫人が戻ると、ベッドから起き出した中島さんが、窓外に向かって直立不動の姿勢をとっていた。夫人が見守るうちに、中島さんは声を振り絞るように「みなさん、長い間、ありがとうございました」といいながら、深々と頭を下げたという。

享年八十二。懐かしい人である。

■八木福次郎

八木福次郎さんは、愛書家、古書収集家、業界人のための雑誌「日本古書通信」を長いあいだ主宰した人で、斯界の生き字引であった。私の古書、古書マニア、業界についての知識は同誌に負うところ大である。

そのようなわけで、私が古書ミステリーの第一作『幻書辞典』を出版したさいにも八木さんに一本を献呈したのであるが、八木さんの評は思いがけないものだった。

「紀田さん、あなたは古書の世界で殺人が起こるといわれるが、古書店主にだって愛書家にだって、そんなに悪者はいませんよ。いろいろあっても、殺人までは考えないと思いますね」

私は「いや、小説は可能性を描くもので、『収集の極意は殺意だ』などといってる人が、もし一歩踏み違えれば殺人になると思いますが」などと、下手な弁解を試みながら、同時に「ああ、八木さんはこういうお人柄なんだ」と、ある種の感銘を受けたことを忘れない。

古書通信社の編集室で会ったことは、数えるほどしかない。神保町で本探しに熱中しているようなとき、ヒョッコリと八木さんが微笑みをたたえながら現れ、「どうですか、お茶でも」と誘いを受けることが多かった。地下鉄の神保町駅付近の狭い横丁を歩いていると、喫茶店「さぼうる」の窓の向こうに、八木さんが指定席のように座り、こちらを手招きしていることもあった。

八木さんの古書談義には、そのコラムと同じような魅力があって、思わず時が移るのも忘れてしまったものだ。ある蔵書家の書棚にヘビがいたという話などは十八番で、何遍聞かされたか知れない。私が「鷗外の『蛇』を連想させられるお話ですね」などと振っても、八木氏はそれに乗らず、本屋の倉庫にクモやムカデがいたとか、大ネズミがいたとかいう話にどんどん発展してしまうのだった。

八木さんは「ミスター神保町」といわれたほど、町の象徴となっていたが、自身も町の姿やその変化のさまを、注意深く見つめていた。あるときコンパクトカメラで神保町の靖国通りを撮影しているところを見かけ、「何を撮影していらっしゃるんですか?」と問うたところ、「いや、こうやって記録しておかないと、一旦店が消えると以前は何があったのか、全くわからなくなってしまうんですよ」という答えだった。その後パノラマ現像でプリントした町並みの写真数十枚を見せてもらい、わが町に対する強い愛着を感じさせられたものだ。このように放っておくと失われてしまう町の姿を惜しんでいたので、それは古い本を再評価し、再流通させるという仕事にも通じるものがあったと思われる。八木さんはあるコラムの中で、発行日がご自分の生年月日（大正四年四月十四日）と同じ本を探したということを書いている。結果は鏡花の『百花爛漫』という、生まれた日までピッタリ一致した本を見つけたというのである。

そのとき、八木さんはおそらくその本と自らの人生を重ねてみたにちがいないのだが、そんなことをくどくどと書いてはいない。「このテーマは競争相手が少ないが、一々奥付を調べるのがわずらわしい。私が見つけたのも偶然であった」と、すこぶる簡潔に、結んでいるだけだ。

ここが八木さん流といえよう。スパッと切って、あとは読む人自身が勝手に本に対する思い、人生についての感慨を付け加えるのに任せる。およそ書物を愛するような人であれば、書物とともに人生があり、歳月があるという感性を備えているわけであるから、八木さんは淡泊に事実や情報を語るだけにとどめる。いかにも過不足のないところが、八木さん流のコラムの味であり、まとまったものを通読しても飽きない秘密といえる。

二〇一二年二月八日、逝去。九十六歳だった。いまも天国の古書街で、コラムをひねっているように思えてならない。

幻島はるかなり

■佐野英《ひで》

SF作家海野十三（本名、佐野昌一）の夫人である。本文に記したように、私は『海野十三全集』の企画編纂のほか、徳島の顕彰碑の移築と新碑建設のお手伝いをした。

英さんは、遠慮抜きでスパスパものをいう半面、やさしい人だった。横浜の貿易商の家に生まれ、そのころとしてはめずらしく勤めに出た。「女が働いて、どこがわるいか」という気持で、中央工学校で製図を勉強し、十八歳のとき逓信省の電気試験所に入ったという。そこに海野十三がいたわけだが、「最初の印象はおっとりとして、女の人なんかとはぜったいに口をきかないんですね。そんな、なまいきだっていうんですよね。男だって、女だって同じですから、それじゃあ私が話をしてくるから、みんな見てなさいと、話をしたのが始まりなんです」（「夫・海野十三の思い出」）

このような調子で、結婚生活も仲睦まじいことで知られていたらしく、英さんは夫の書くものはみな読んで、執筆が捗っているかどうか常に気遣っていたし、探偵作家の会合にも一緒に出かけたことがあるらしい。海野十三の作風は空想科学だから、探偵作家の会合でもウマの合う作家はいなかったらしく、「いつも淋しそうにしてましたよ」ということだった。少年ものでブレイクする前の話である。

私が最も訊きたかったのは、『海野十三敗戦日記』に出てくる、終戦の際の一家心中未遂のことだったが、英さんはあまり多くを語ろうとはせず、ただ「みんな頭が変だったんですよ」と、サバサバと結論したのが印象的だった。

全集の配本も順調に進み、記念碑の件も一段落ついたある日、私は英さんから「お礼がわりに」と、谷崎潤一郎の『都わすれの記』（一九四七、創元社）と、『盲目物語』の初版本を差し出された。おどろいて固辞すると、「自分の一生の愛読書ですけ、全集の編集のこともあるし、建碑の最初の交渉にご面倒をかけたこともあるし……」と、あくまで譲らない。ここはありがたく頂戴することとした。谷崎潤一郎の『都わすれの記』は、戦時中、岡山ほかの疎開先を転々としていた谷崎が、王朝生活を追慕しながら詠んだ歌集で、和田三造の木版による総和紙の限定本である。SF作家の奥さんが、このような本を愛読していたとは意外だったが、考えてみるとSFでなければならない理由はない。むしろ『浮かぶ飛行島』や『火星兵団』などを、女性が愛読している方が、よほどおかしいといえよう。夫人は夫人なりの読書生活があったのだろう。

英さんについて、もう一つ印象に残っているのは、雑談の合間に「海野十三はジュウザと読むのか、ジュウゾウと読むのか」と問うた際の、英さんの答えである。意外にも「ジュウゾウ」だった。私のびっくりした表情を見て、もう一度「ジュウゾウ」と繰り返したのだが、今度はやや自信がなさそうだった。そして「同じですよね」とつけ加えた。

桃源社版の著作集には「ジュウゾウ」と表記されている。この問題は、その後長い間考えてみたのだが、真相は以下のようなものではないかと思う。

十三の表記は、旧かな遣いでは「じゅうざう」となる。むかしの人名の「三」は鎗の権三（ごんざ）のような呼び方があるが、これはもともと「ごんざう」だったものが何らかの関係で縮小され、「ごんざ」となったものと考えるべきであろう。もとよりファジーな読み方であるから、ときどきの都合や慣習に応じて「ごんぞう」になったり「ごんざ」になったりしたのではあるまいか。大体「じゅうざう」という仮名表記にしても、当時の人たちは、少なくとも意識の中ではそのまま「ジュウザウ」ないしは「ジュウザ」と発音していた可能性が高い。ほんの一歩のちがいである。英さんはこの点をとらえて、「同じですよね」といったのであろう。ちなみに、海野自身は筆名の由来をサイコロ賭博のさい10という数字にツキがあったというので、「運の十さ」といったことからだと答えているが、異なる答えをする場合もあった。

——生前の英さんとは、その後直接会う機会がなく、十年後の二〇〇三年五月三十日に他界した。私は二冊の本を、形見と思って大切にしている。

■鮎川哲也

鮎川さんの『黒いトランク』（一九五六）が講談社版「書き下ろし長編探偵小説全集」の公募入選作として出たのは、私の大学二年生のときだった。クロフツの向こうを張るアリバイ破りの佳作と聞けば、見逃すはずもない。一読たちまち鮎川ファンとなった。当時大伴昌司は新人作家のもとに押しかけ、創作の機微を根掘り葉掘り聞き出すのを無上の楽しみとしていたので、「鮎川哲也の回には、一声かけてくれよ」と頼んだこともあるほどだが、実現を見なかった。

その後三十三年も経ってから、初対面の機会が訪れた。一九八九年、東京創元社版「鮎川哲也と十三の謎」シリーズの完成パーティの席上である。このシリーズの一冊として、私は『鹿の幻影』という古書ミステリを書き下ろしたところ、鮎川さんの巻末解説が付載されていたのである。なんと私のSR同人時代にまで遡り、辛辣な短評を載せていたことにふれた上、「恨み骨髄」に徹した作家たちが待ち構えているところへ、「何を好んで創作（注、『幻書辞典』）を発表したのかと思ったが、それは杞憂に過ぎなかった」とあった。

このシリーズは新人の公募を行ったが、選考委員として鮎川さんのほか中島河太郎さんと私が選ばれた。ちなみに、十三番目の椅子に座ったのは、今邑彩さんだったが、実績の乏しい私が選考委員になったのは、おそらく鮎川さんの推挽があったからだろう。

パーティーの席上、もろもろの礼を述べたところ、鮎川さんは私を制するようにわずかに片手を挙げ、表情を変えずに頷いただけだった。大げさなことを嫌う、シャイな人柄を彷彿させた。

その翌年、東京創元社によって鮎川哲也賞が創設され、上記の三人がそのまま選考委員に委嘱された。これを機に、私は鮎川さんとは頻繁に顔を合わせるようになった……と記したいところだが、じつはそうではなかったのである。選考会は電話のやりとりだけで行われ、その間たがいに顔を合わせたことはなかった。鮎川さんが座談会という形式を極端に嫌っていたからだ。とかく声の大きな人、しゃべりの巧みな人に主導権を握られ、鮎川さんのように感情を抑制した、慎重な話し方をする人にとっては不快なことが多いという理由からだった。

中島さんにしても私にしても、けっして自己主張の強いタイプとは思えなかったが、私はこの風変わりな形式を受け入れることにした。当時は長編のみの選考で、応募作は数十編程度であったが、あらかじめ十分の一ぐらいに絞ったものを選考委員が読み、各人の意見を記して東京創元社の担当編集者である戸川安宣さんに送る。全員がめでたく一致すればよし、さもなければ戸川さんが三人の間を取り持ち、「鮎川先生は、Aが一番よいといっています」「中島先生は将来の可能性があるのはBだと仰ってます」などと私のもとに連絡してくる。それに対して私が感想を述べるという具合に、徐々に入選者決定にまで動いていくのであった。

この方法により、一九九五年までの六年間に芦辺拓、石川真介、加納朋子、近藤史恵、愛川晶、北森鴻の六氏を受賞者として送り出すことができた。二回目の次点となった篠田真由美さんが別企画の「黄金の13」に起用され、一挙にブレイクしたことも記憶に新しい。

しかし、私は六年目に選考委員を辞した。才能を発見する仕事に魅力がなかったわけではないが、私自身が創作の場面から一歩も二歩も退いてしまい、いつ復帰できるのか確信がもてない状況にあった。このような、いわば部外者のような存在が新人発掘に責任を持つということに、内心忸怩たる思いを禁じ得なくなってきたからだ。鮎川さんには申しわけないことをしたと、いまでも思っている。

ちょうどそのころ、鮎川さんは戦前作家の消息を追ったり、人生の思い出につながる唱歌の作者尋訪に力を注いでいた。ある意味ではライフワークで、没後のお別れの会で配られた愛唱歌のＣＤこそは、自らを語ることをしなかった寡黙な作家の、貴重な内面の記録といえよう。

■星新一

私の最初の著書『現代ビジネス案内』（一九六三、三一新書）の刊行にあたって、一つ困ったのは、新書にはカバー裏の推薦文が必要だったことである。頭をひねった末、星新一さんに依頼することにした。デビュー後四年、すでに単行本を五、六冊出していて、顔見知りだった。

品川区戸越にあった星さんの住まいを訪ねたのは、七月の暑い日だった。商店街の一本道から続く、高台の中腹にある二階建ての家だった。玄関の扉は開いていた。「ごめんください」と声をかけると、ちょうど正面の階段から、星さんが大きな身体にぎこちなく盆を捧げるようにしながら、しずしずと降りてくる最中だった。コーラの瓶が一本載っている。

「あれ、お客さんですか？」

星さんは横目で私を見、ニコリともせずに「上がれ」と身振りで示すと、スーッと階下左の部屋に入ってしまった。私は戸惑いながら後に続いたが、別に先客の気配もない。ハハア、二階の窓から私が来るのを見ていて、正確に頃合いを測って冷蔵庫からコーラをとり出し、階段を降りてきたのでは、と気がついた。遅刻しなくてよかったと胸をなでおろしたが、こうした几帳面さはいかにも星さんらしく、肝心の推薦文よりも印象に残っている。

これで味をしめたわけではないが、十数年後の『古書街を歩く』（一九七九、新潮選書）のときにも、表紙裏推薦文のお世話になった。この種の文章は、二百字程度の枠内で、著者の人となりや本の内容についてて要領よくふれ、推薦の理由をもってスマートに結ばなければならないので、見かけよりはずっと手間がかかる。星さんの場合は、無論その辺については間然するところがなかった。

すでに大家である星さんに、推薦文ばかり依頼していては失礼であるとはいえ、私はSF関係の企画には無縁なので、しばらく〝借りを返す〟機会も得られないまま数年が経過してしまった。たまたまある全集に関わった際、SFの巻の月報に星さんをお願いしてみようということになった。編集者に頼んで依頼したところ快諾され、ほどなく字数も〆切りもピッタリの原稿が届いた。

この巻は無事配本され、そのまま忘れかけていたところ、ある朝とつぜん星さんから電話がかかってきた。「頼まれ仕事なんだから、これは失礼だよ」

私は咄嗟に声も出なかった。星さんが何かの会合の折、ショート・ショートは長編に匹敵する執筆時間を要するので、機械的な枚数計算の対象外にして欲しいな、という趣旨の発言をして、一同共感したことを思い出した。今回は随想を執筆してもらったのだが、「頼まれ仕事」なので気が重かったのかもしれない。「申しわけありません」という私の返事を待たず、電話は切れた。

しかし、星さんのいいところは、物事に拘泥しないことであろう。版元がどのように対応したのかは知らないが、間もなく出会った文芸家協会の例会では、何事もなかったかのように私に微笑みかけてきた。私が謝罪をすると、「ああ、あんなこともありがちだな」と照れたようにいい、一件落着した。

思ったことは、腹に溜め込まないで、どんどん発言してしまう。これは星さんの個性である。それを可能にしていたのは、だれが見ても悪気のない、抱擁力のある風貌であった。余人にとっては差し支えが生じることをもズバズバ口にして、しかも憾まれるようなことはない。学ぶべき点であるが、そう簡単にはいかない。

一九七三年、大伴昌司が急逝した際、通夜の席上で星さんが、「死ねばかわいそうだが、うるさい奴だったなあ」と大声でいったとき、会衆の間に苦笑の渦がひろがったのを記憶している。しかし、この穏当とはいえない発言は、形式的なお悔やみよりも、はるかに大伴という特異な個性を悼むにふさわしい寸鉄の一言で、その場の戸惑った空気をほぐすのに役立った。気むずかし屋の大伴も破顔一笑、成仏したことと思われる。

■山下武

『異象の夜に』（一九七〇）、『幽霊たちは〈実在〉を夢見る』（一九九三）などという、日本では空前絶後の実存主義的幻想小説のほか、『探偵小説の饗宴』（一九九〇）、『「新青年」をめぐる作家たち』（一九九六）、『異端的神秘主義序説』（一九九二）など、戦前探偵小説や異端文学の研究にかけては右に出る者はなかった山下武さんには、もう一つ、古書蒐集家という顔があった。

一九二六年（大正十五）柳家金語楼の長男として生まれ（ロカビリーの山下敬二郎は異腹の弟）、神楽坂で送った青少年時代、父親不在の寂しさを紛らわせるためもあって、ひたすら読書に熱中した。戦時中は抑圧的な軍隊生活を経験し、戦後は「主知的に生きよう」と決心、法政大学に在学中、実存主義に強く惹かれて椎名麟三に師事した。

山下さんと出会ったのは、七〇年代の初めごろである。私が忘れられた幻想作家・松永延造についてのコラム記事を書いたところ、「僕も松永ファンです」という電話をもらった。話は稲垣足穂から夢野久作へ、さらには小栗虫太郎から海野十三へと及んで、いつ果てるとも知らない。ずいぶん長電話の人だなと思った。

当初、山下さんは金語楼の息子であることを隠していた。一九七二年に金語楼が亡くなった際、私は数人の愛書家仲間と世田谷区は祖師ヶ谷大蔵の山下邸を弔問に訪れたが、呼び鈴に応じて現れた山下さんが開口一番、「あれ、キミたち、知ってたの？」と叫んだことには、こちらのほうが驚いた。山下さんが話術に長じているのは、金語楼の血を享けているからに相違ないといった話題は、古書雀の間に常識化していたからだ。

そのとき、ちょうど増築したばかりの書庫を見せてもらったのだが、「新青年」や「キネマ旬報」戦前版の大揃いから、ドッペルベンガー（分身）の研究書、戦後の抑留者の回想録にいたるまで、あらためて読書領域の広さを思い知らされた。それはいいが、この書庫に入るにはスタンドから艶めかしいピンク色の光が放たれている寝室を通過しなければならないので、山下さんは「ご覧のように、何となくワイセツな感じで、いやなんだけどねえ」などと、弁解これ努めていたことを思い出す。

このころ、山下さんは四十歳台の半ばごろで、テレビ局のディレクターという仕事を「きらいだから」といって退職、もっぱら古書収集と原稿執筆に専念していた。収集といっても古書店回りだけではなく、「蚤の市」という組織を立ち上げ、北は青森県から南は大分県ぐらいまで、各地の古書愛好家に参加を呼びかけ、ガリ版刷りの販売目録を発行していた。年に何回かのミーティングには、神田小川町の甘味喫茶の二階広間などを会場として、十人以上の会員が持ち寄った百冊前後の古書を並べ、オークションを行った。夏などは咽が渇くと、酒を飲まない山下さんは「皆さん、おかわりの注文をしましょう。ぼくは氷白玉の連チャンといきたいね」などといい出して、辛党の会員を苦笑させるのだった。

ガリ版の目録は、山下さん自身が編集した。会員の原稿を真っ先に見て、めぼしいものがあると、目録発行の前に自分のものにしてしまう。たまに非難する人があると「ボランティアにはこの程度の見返りがあってもいいんじゃない？」などと、逆襲した。

年に二度ぐらいは、地方の有力会員の家に泊まりに出かけ、ついでにその地方の古書店を回るのを楽しみにしていた。あるとき、会員のＡ氏宅を訪問したさい、前もって最寄りの駅前書店に入ってみると、棚の上段に珍本があるのを目にしたが、さほど欲しいとも思わなかったので、購入はせずに会員の家に着いた。その晩は古書談義に時を過ごしたのだが、談たまたまＡ氏が「私は長年探している本があります」と、その書名をあげた。

「ああ、それなら駅前の本屋にありましたよ」と、山下さん。

「えっ、本当ですか？　それは知らなかった。明日の朝、あなたをお送りするついでに寄ってみましょう！」と、Ａ氏はうれしそうに叫んだ。

さて、翌朝、山下さんはＡ会員と駅前まで行ったが、何を思ったか古書店の手前で「昨夜はどうもありがとうございました。深く感謝します。じゃ、僕はこれで――」と一礼するや、ヒョイと店内に入り、くだんの本を購入するや、サッサと店から出ていってしまったのである。かわいそうなのはＡ氏で、何が起こったのか全く理解できず、ただその場に立ち尽くすほかなかったという。

この一件はたちまち各地の収集家に伝わり、「どうにも、わからん」という結論になったのだが、私自身も一再ならず煮え湯を飲まされた経験から、一通りの解釈はできるような気がする。要するに山下さんは人が欲しがる本を、自分も欲しくなってしまうという厄介な性分だったのである。この例にしても、一夜A氏の話を聞いているうちに、猛然と抑えがたい欲求（所有欲）が生じた。翌朝は書店の店先でA氏に「じゃ、これで――」と一宿一飯の礼をした後で店内に入ったのだが、これは別れた後は厳しいライバル同士となり、妥協の余地はないという、山下さん流の合理主義だったのではあるまいか。

当時、山下さんは不要本や重複本を処分するため、古書業者の免許を取得し、「日本古書通信」に通信販売の広告を出していたが、変名の上に住所を「成城郵便局私書箱」としていたので、愛書家仲間でも気づく人は稀であった。一方、山下さんが講演会などで司会者から「古本蒐集家の山下さんです」などと紹介されるや、色をなして「僕は作家だよ。古書業者じゃないんだよ」と抗議することも知れ渡った。このような一面もあったが、「本の中にこそ人生がある」、「人の読まない本を読め」といった主張は一般の読書家の共感を呼び、山下ファンも多かった。芝浦工大などで教鞭をとり、晩年に立ち上げた古書愛好家のサロン「参土会」は、常時三、四十名の会員を擁していた。

二〇〇九年六月十三日に八十三歳で物故したが、その半生を賭した蔵書は二年後にはあらかた四散してしまった。蔵書一代とはいえ、まことにはかないものである。

■都筑道夫

「ハヤカワ・ミステリマガジン」の前身「エラリイ・クイーンズ・ミステリ・マガジン」（日本語版）創刊号当時の編集長は、いうまでもなく都筑道夫さんである。当時二十七歳、この雑誌を手がけるために早川書房に入社したという。私はその創刊二年後にあたる一九五八年秋、都筑さんにインタビューする機会を得た。すでに記した通り、学卒後にファン・グループ「密室」（のち「ＳＲの会」）の同人となったのだが、その会報「ＳＲマンスリー」の一九五八年十二月号の特集記事「編集長インタビュー」第一回として、都筑さんを思いついたのである。プランを立てたのは、面識のあった大伴昌司であったと思う。

都筑さんは迷惑そうな顔も見せず、気さくに編集部の隅にある応接コーナーに招き入れてくれた。当時は「ポケット・ミステリ」が三百八十点以上刊行済みで、宣伝文句も「五百冊刊行」という勢いだったので、話はそのことから入った。

紀田「五百冊という根拠は何ですか」
都筑「別にないですね」
紀田「じゃあ、もっと出るでしょうね。（中略）出される場合、乱歩さんが監修なさるんですか」
都筑「実質的にはどうですかね。僅かなものですよ。乱歩は新しい作品はわからないですよ。

我々が、これは近頃の新傾向の傑作だといって読んでもらっても、こんなものどこがいいんだというんですからね」(笑)
紀田「すると創元社みたいな合議制がいいというわけですか」
都筑「本当に合議しているならね。あそこは植草(甚一)さん一人でやってるようなもんですよ。僕がいつもかなわないなと思っているのは植草さんで、新しいものを実によく読んでますねえ」

都筑さんは「ポケミス」の平均部数が五千部どまりである以上、作品選びにあたって自分の好みを排し、一般読者の反応をよく見て慎重に決定せざるをえないということを、再三強調した。担当の「エラリイ・クイーンズ・ミステリ・マガジン」についても同じ調子で、「沢山の人に喜んで貰えるように考えてます。マニアの満足いくようにやってたら他の人が面白くない、いつもいうんですが探偵小説誌としてではなく普通の雑誌として編集しています。探偵もあり軽い話もある。ユーモアもある」……という方針を堅持しているとした。現代の読者は、なぜ都筑編集長が「普通の雑誌」を志向するのか、理解し難いかもしれないが、それはマーケットの狭隘さに発したことである。あたかもこの年、松本清張の『点と線』がベストセラーとなったのを契機に、マスコミには「ミステリにも市民権が与えられた」といった記事が登場するようになっていたのだが、そのマーケット自体は現在からは想像できないほど小さなものだった。新たに生まれつつある読者層にしても、必ずしも専門誌のそれとは重ならないという、編集長ならではの悩みもあったことが感じられた。

その四年前、都筑さんは『魔界風雲録』という作品を出しているが、あまり売れなかったらしい。編集者生活が本意ではなかったことはたしかだが、現在まで六十年以上も続く雑誌の基礎を据えた功績は、十分評価さるべきだろう。

私の都筑さんとの次の出会いは、一九六一年、ミステリの第一、二作『猫の舌に釘を打て』、『やぶにらみの時計』を矢継ぎ早に出し、一躍注目されたころであった。当時「宝石」に「ある作家の周辺」というインタビュー・シリーズを連載中だった大伴昌司に誘われ、これ幸いと都筑さんの書斎を訪ねたのである。

都筑さんは三年前の私の同人誌インタビューなど、ほとんど忘れていたようだった。「どうぞ」と招じ入れられた部屋は十畳ほどの書斎兼書庫で、部屋全体に肩の高さほどの小ぶりの書棚が十台以上、図書館の閲覧式書架よろしく、整然と配列されていた。床は当時まだ珍しかったピカピカのフローリング仕上げで、歩くのも恐る恐るという感じだった。

それより驚くべきは並んでいる本の内容だった。ミステリは一冊もなく、かわりに目についたのは大量の文庫本コレクションで、ほとんどが岩波文庫の赤帯だった。モア『ユートピア』、コールドウェル『タバコ・ロード』など、当時絶版の貴重な書目が、すべて汚れたグラシン紙を除かれ、まっさらなサーモン・ピンク色の本体を見せながら、生々しい裸のように並んでいる図に、私は圧倒された。

そのころ刊行中の岩波版『荷風全集』が目についたので、私が「この背文字は、ちょうど真ん中ごろを境として、目立たないように書体が変化する仕掛けになってるんですが、お気づきでしょうか」と、余計な話題を振ったところ、都筑さんは書棚に目を近づけて、「へえ！　こいつはよくぞ気がついたなあ！」と叫びながら、背文字と私の顔に代わる代わる見入った。

帰途、大伴はポツリと、「都筑さんは普通文学に行きたいんじゃないかな」と呟いた。私は「作家には勉強が必要ということさ」と応じた。二人とも三十歳を目前としていた。

■厚木淳

厚木さんといえば、「創元推理文庫」にバローズの火星シリーズ、ペルシダー・シリーズなどのほか、推理小説やSFの翻訳を多数（六十編）手がけている人気翻訳家ということしか知られていないが、その前に同社の編集者として「推理小説」という呼称を普及したことと、推理小説専門の文庫を創始したという出版史上の功績とをみとめなければなるまい。物事には、後から考えると何ほどもないことが、じつはそうではないということがある。

私が初めて厚木さんに会ったのは、ファン・グループ「密室」（のち「SRの会」）の同人として、その会報「SRマンスリー」の一九五九年一月号の特集記事「編集長インタビュー」第二回として、ご登場いただくためであった。第一回が都筑道夫である（別項を参照）。

新宿区新小川町の東京創元社に近い喫茶店で会った日は、現在なら遠慮するような、師走二十日という、押し迫った日だった。定刻に店の扉を排して颯爽と現れた厚木さんは当時二十八歳、編集部第四課長という肩書きの名刺を差し出し、私に丁重に一礼した。後に宮田昇『新編　戦後翻訳風雲録』（二〇〇七）に記されている、「長身白皙の容姿に、（中略）育ちの良さから来る礼儀正しさ」という人物像の通りだった。

紀田「暮で、お忙しいでしょう?」

厚木「ええ、暮は、印刷所が休みになりますから、どうしてもキツくなりますね」
紀田「ところで『世界推理小説全集』は、八十巻で終りですか？」
厚木「いや百巻まで出そうと思ってます。スタウトや何かの未刊のものを入れて、もう二十冊増刊の予定です」

という話題ではじまったインタビューは、その時点で六十九回配本（ウォルシュ『マンハッタンの悪夢』）まで完了していた『世界推理小説全集』の増刊という、ファンにとってはビッグニュースからはじまった。当時すでに『現代推理小説全集』や『エラリー・クイーン作品集』が完結し、『ディクスン・カー作品集』や『世界恐怖小説全集』も三分の一以上は配本済みという、破竹の勢いであった。

私のような世代は中高生時代までは創元社といえば、大阪を本社とした、小林秀雄、川端康成などの作品を主力とする純文学系の出版社であったが、この五年ほど前の経営不振を契機に東京支社を「東京創元社」として分離独立させたので、東京の側には少しずつ出版の基調に変化が見られるようになっていた。しかし、ある日の新聞にいきなり『世界推理小説全集』という六段抜きの広告を見た読者は、私同様目を疑ったに相違ない。

監修は江戸川乱歩、植草甚一、大岡昇平、吉田健一という陣容。キャッチは「現代人の知性と感性を満足させる文学的香気と興味最高の名作全訳」「世界最初の体系的全集・造本は高雅函入・絶対に低廉」……。

これを『ポケット・ミステリー』が創刊十ヶ月目の一九五四年七月のキャッチと比較してみよう。「類書を圧するこの内容！　この廉価!!　★今や日本中に澎湃として起る嵐のごとき支持と絶賛!!」「果然、全読書界に昂まりつつある探偵小説熱！　各地とも驚嘆の大売行！」

東京創元社としては、何といっても『ポケミス』が目の前に立ちはだかっているのだから、生半可のコンセプトでは通用しないとみて、思い切った手で打って出たのだろう。

そもそもこの全集は、厚木さんの発案になるもので、それを重役の小林秀雄が了承したことからスタートした。小林は一九四八年に同社の取締役に就任し、出版企画にワンマン的な力を発揮していたが、年を経るにつれて経営は下降線をたどり、一九五四年にはあえなく倒産を見た。間もなく東京創元社として再出発し、小林は顧問となったものの、有効な対策も打ち出せない状態だった。これに危機感を抱いたのは入社後二年目の厚木さんで、小林が純文学以外のものには目もくれないことを承知で、おそるおそる「外国のミステリ物はいかがでしょうか」と提案したところ、案に相違して「ああ、いいだろう。おれはよく知らないけれど」という返事に、厚木さんのほうがおどろいたという（『東京創元社文庫解説目録』資料編）。

早速江戸川乱歩や中島河太郎に作品選定を依頼したというが、両者はすでに『ポケミス』の顧問・相談役でもあった。

これだけでは『ポケミス』の後塵を拝するだけとなる。東京創元社が打ち出した奇策は、まず自社の持ち味である文芸路線の適用だった。あくまで「文学的香気」を強調する。『ポケミス』との差別化のために「名作全訳」を謳った上に「体系的編集」と「高雅」な造本とし、装丁は女性読者を意識して花森安治に白羽の矢を立てた。つまり、従来のミステリのイメージの真逆を打ち出したわけだが、これだけの工夫をしても、定価が高くなっては虻蜂取らずで、「たかがミステリ」という観念の読者に対しては、どうしても「低廉」に抑えなくてはならない。

くわしい経緯はともかく、一九五六年一月末の第一回配本（『アクロイド殺害事件』と『大いなる眠り』）は、推理小説としては前例のない、垢抜けした装丁が注目され、都心の大書店などで平積みされている光景は、私にとっては非常に印象的だった。『ポケミス』とはまた異質なイメージ戦略が功を奏し、新生創元社としては期待以上の売れ行きだったらしい。私の周囲の推理小説同好会では、当初購入した者は一人もいなかったが、それは既読書目が多かったためにすぎない。逆にいえば、既存のマニア以外の読者を開拓するという狙いは成功したことになる。

厚木さんのインタビューに戻ろう。創刊時から二年経って売れ行きも安定し、関連企画も増えていたので、厚木さんの所属する編集四課は社内の花形となっていたことだろう。厚木さんの態度も自信に溢れていた。

紀田「訳者は本屋（注、出版社）さんの方で決めるのですか？」

厚木「そうです。翻訳も企業的になって、どんどんビジネスとしてやっていますからね。それにこちらとしても、全然向かない訳者には頼みません。平井呈一さんにガードナーなどはおかしいですからね」
紀田「下手な訳はどうするのですか？」
厚木「翻訳は必ず編集部で目を通します。困るのは訳者の狙いが全然マトを外れていて、直していただくのに苦労することがあるんですよ。そういう時には三回も四回も往復します。すると訳者の中には、創元社の推理小説の編集部は生意気だという人もあるんですね」
紀田「誰ですか、それは？」
厚木「S氏です。好意的に解釈すれば、下請の腕を安心されたのでしょうね。それをこっちも急いでいたから、完成する前から少しずつ貰っては印刷していたので、ああなったんですね。とにかくあれからS先生にはお願いしておりません。大体一遍切りで、あとお願いしていないのは、大抵編集部であまり感心しなかったからですよ」

厚木さんは別のところで、この後間もなく女性翻訳家の訳稿を断ろうと、喫茶店に呼んでおもむろに引導を渡したところ、いきなり泣きだされて往生したということを記している。思うに、このような苦い経験から、いつしか「自分が訳したほうが正確だし、第一早いではないか」と感じるようになり、翻訳を手がけることになったのではあるまいか。

私が初対面のころは、このように厚木カラーを発揮しはじめた段階であったと思うが、それだけにライバルの早川書房への対抗心は相当なものだった。インタビューでは、予定の『ホームズ全集』が、早川書房の著作権にシビアな態度により、頓挫したことにふれ、「早川はうちに苛酷なんですよ」とぼやいているが、私が最後に「早川評をして下さいませんか」と水を向けると、つぎのように発言したのが記憶にのこっている。

「でも、とにかく早川さんはあれ（注、ミステリ）が専門でしょう。東京創元社は何といっても推理小説は余技だという頭がありますからね。二ヶ月に一冊位の創元選書の方にプライドを持ってるというわけです」

五十五年のむかし、推理小説出版の先駆的編集者を支えたのは、文芸出版社の矜持だった。

その後、パンフレット「創元」掲載の「海外推理小説アンケート」に協力を依頼されたり、五年後の一九六三年、私の最初の著書の出版記念会に駆けつけてもらったりしたが、『創元推理文庫』が軌道に乗るころには、交渉は途絶えた。私が東京創元社と創作推理小説の著者（『鹿の幻影』一九八九）としてのつきあいが始まった時、厚木さんはとっくに退社して、翻訳三昧の境にあった。二〇〇三年五月十九日、七十三歳で亡くなったが、いまでも私は、翻訳推理小説創成時代の独特のワクワク感を思い出すたびに、喫茶店の入口から颯爽と現れたあの長身白皙の姿が眼前によみがえるのである。

■岡松和夫

岡松さんが平井呈一をモデルとした『断弦』を上梓したのは一九九三年（平成五）で、六十二歳のときだった。その序文を見ると、平井呈一と永井荷風の葛藤に興味を持ち始めたのは、およそ荷風の没後二年目（すなわち一九六一年）ごろであったことがわかる。横浜学園高校で講師をしつつ、「文学界」新人賞を獲得してから、さほど経っていないころである。そのころから数えると三十年以上となり、ライフワークとはいえなくても、文学的人生の関心事といってよいものであろう。

平井呈一は、岡松さんにとっては妻梅子（旧姓瀬川）の義理の伯父にあたる。小説の冒頭は「序」として、平井とは当初面識もなかったところ、用事があって母校東大の図書館に出かけたさい、小泉八雲の本を閲覧していた相手に遇会、以来少しずつ会う機会が増え、同時に荷風の小説や日記の該当個所を精読するうちに、荷風の平井に対する仕打ちに強い疑念を抱くようになったことが記されている。本文にあたる個所は「白井貞吉」というウダツのあがらない文学青年が、三十を過ぎても定職がないまま、時折「左島晴夫」の翻訳の下請けなどをしながら下宿生活をしているという設定である。そのような下積みの中でも文学への志を捨てず、ハーンの翻訳を続けるうちに、軍部に迎合しはじめた左島を見限り、友人を介して知り合った「永江荷葉」の信頼を得、その代筆をつとめるうち、生活に窮して、偽筆を文学趣味をもつ実兄や古書肆に売るようになる……。

私がこの件を私なりに調査し、自著『永井荷風 その反抗と復讐』中の一章としてまとめたのは一九九〇年だが、岡松さんはこれを読まれたのか、その翌年から『一休伝説』をはじめ、すべての著書を贈られるようになった。間もなく、お互いに文学館の理事として顔を合わせる機会が多くなったのだが、その度に話題が平井に及んだのは自然な成り行きだった。岡松さんは「私も平井についてはずいぶん調べました。家内の義理の伯父にあたる人ですので」といい、翌年から「文学界」誌上で『断弦』の連載をはじめたのである。

小説だから、必要に沿って改変が行われている、たとえば平井と荷風の出会いが喫茶店になっていたり（事実は平井が荷風に『濹東綺譚』評を送付し、居宅を訪問する）、マッサージ師の妻という愛人の前身を出版社の同僚の妻としている。それらはよいとして、平井を鈍重で口べたの青年（時折はワイルドやダウスンを気取るしゃれっ気は見せるが）として描いていることは、志を伸ばすことのできない不運な青年を、他の器用に転身を図ろうとする青年たちと対比させる工夫かもしれないが、私の平井像とはかなりの隔たりがあった。無論、岡松さんは平井が江戸っ子気質の洒脱な一面をあわせ持った人物であることを、十分承知の上で、それよりも「時代の少数者であっても決して屈すまい」と願いながら、片隅へと追いやられていく文士の姿を描きたかったのであろうし、このような平井像を、雌伏時代の岡松さん自身と重ね合わせていることは明らかだった。

もとよりそれは望蜀の言で、私は岡松さんを目の前にしてそんな感想を述べたわけではない。それよりも私には当面重要な関心事があった。前述の紛失した原稿『明治の末っ子』のことである。

「そんなものがありましたか」

「ありました。四百字詰めにして百枚ぐらいでした。たしかに最初の十枚ぐらいは拝見したんです。まさか焼却してしまうということはないでしょうね?」

「陽の目を見る可能性があるわけだから、自分から廃棄するわけはないでしょう」

「親戚のところにあるか、出版関係者のところにあるか」

「さあ、親戚といってもね。出版社なら見込みのないものは、どんどん返すからね。何か事情があって、伏せている人があるのかな……」

「何か思いつかれたら、教えていただけますか」

「そりゃね。乗りかかった舟だから」

岡松さんはあまり確信がなさそうにいった。夫人が平井の姪とはいえ、五歳のころ会ったきりで、結婚して子どもが生まれたとき平井が挨拶に訪れるまで、まったく行き来がなかったということもつけ加えた。

私はあてにしないで待ち続け、一年後ぐらいに「あれはやはりダメでしょうか?」と訊ねたきり、以後話題にすることもなくなった。

別の個所に記した平井呈一の書簡収蔵のさいには、岡松さんは資料委員として閲覧し、かなり長時間にわたり目を通した。

「いかがでしたか?」と私は問いかけようとして、岡松さんの紅潮した顔を見て口をつぐんだ。

その後私は岡松さんが病気のため緊急手術を受けたということを、新聞でご本人の随想を読むまで、うかつにも知らないでいた。何でも麻酔が切れたとき大暴れして医師を慌てさせたということだったが、岡松さんの日ごろ温厚そのもののイメージに合致しないので、申し訳ないが、つい笑ってしまったものだ。

しばらくして、岡松さんは少々やつれた表情で、しかも杖をつきながら文学館の理事会に出席した。議題はこれまで館を運営してきた文学者集団の機構を、県の意向に従い、財団法人から厳密な公益財団法人へと改組することだったが、岡松さんはそんな論議には加わらず、時折書類に目を通すのみだった。理事会の後には、きまって簡単な茶話会が催されるのだが、十分ほど遅れて入ってきた岡松さんが開口一番、

「どうも法人というのが、わからないんだな」

と大きな声でいったので、一同大笑いをした。岡松さんが「法人」ということばの意味を理解できないものと、一瞬考えたからだ。

しかし、そのようなことがあるはずもなかった。思うに岡松さんは、文学への志が共通しているだけの、さまざまな生き方をしている文学者を、「法人」という概念で一義的に括《くく》れるのかといいたかったのだろう。それはたとえば平井呈一という文字通り孤高の人を、「法人」と呼ぶものの中に引っ張り込むに等しく、土台ナンセンスでしかない。

二〇一一年、文学館はめでたく公益財団法人の免許を獲得した。岡松さんは翌年一月二十一日、八十歳の生涯を終えた。

世代はずっと若返り、私とほとんど同世代となる。蘭光生や式貴士、小早川博という別名のほうがはるかに有名だが、ミステリ畑の私にとって、懐かしいのは間羊太郎さんである。

■間羊太郎《はざまようたろう》

「こんにちわ。こんにちわ、世界の国から……」という万博ソングが巷に溢れた一九七〇年、東京は北青山にあった竹内書店という社会科学系の出版社が、『これが日本一』という雑学風の事典を企画した。社長の竹内博さん（別項の香山滋研究者とは別人）は紀伊國屋書店の出身だったが、当時未訳だった『ギネスブック』の日本版を出したいと考えたのである。

この編者をだれに依頼するか、悩んでいたところ、たまたま私の明治に関する雑学本を目にしたということで、白羽の矢を立ててきた。じつのところ、私は当惑した。政治、経済、産業、教育、文化、スポーツにいたる万般の話題を網羅しなければならなかったからだ。

しかし、社長の熱意は相当なものだった。「どなたか協力者はいませんか。当社も編集部を総動員して、お手伝いしますよ」という。そのとき、フッと頭に浮かんだのが間羊太郎という名であった。その数年前まで「宝石」に連載されていたコラム「ミステリ百科事典」は、電話、生首、氷、砂時計、人形、蠟燭、手紙、郵便、遺書といったテーマや小道具について、純文学にまで材を求め、存分に蘊蓄を傾けた雑学本の決定版であった。面識はないが、この人なら大丈夫だろう。

御茶の水の喫茶店で会うことにした。約束の時間ピッタリに現れた彼は、「紀田さん？　間です」

と、よく透る声で自己紹介をした。長身で血色のよい、当時三十六歳だったはずだが、快活な青年、といっても十分通用しそうな風貌だった。

私たちはすぐに意気投合し、企画の打ち合わせに入った。一つ思い出すのは、当日私はこの店で妻と落ち合う予定になっていたことだ。遅れて入ってきた妻を見ると、間さんはスッと立ち上がり、サッと椅子を引いて妻にすすめたのである。その水際立った身のこなしに私は呆然、妻は大感激。「間さんという人は紳士よ。あなたなんかそうしてくれたこと、一度だってないでしょ」と、後々まで非難されることになってしまった。

虎ノ門ビルの一室を借りて編集室とし、毎日詰めて原稿を書いた。編集部からは後に出版プロダクションをつくった天道襄治さんと、後の名物編集者「ヤスケン」こと安原顕さん、それに女性編集者が一人という陣容で、版元の力の入れ具合がわかった。「日本一長い名前は、藤本太郎喜左衛門将時能《ときよし》できまりだな」「こちらには、万博を記念して、わが子に万国博《まくひろ》という名をつけた親がいるよ」「日本一高価な本は？」「そりゃあ透谷の『楚囚之詩』でしょう。時価八十万円！」「今週の女性週刊誌に、大阪のある重役さんが、東京の恋人に一日二十通の速達ラブレターと、六万三千円分の電話をかけたという話が出ていますよ」「それ、切り抜いて」というように、ひっきりなしにネタが飛び出す。

一息入れたくなると、おきまりのように雑談となる。私はそのころまでに、間さんが高校の教師時代の教え子と結ばれたという話を耳にしていたので、「間さんは艶福家らしいね。モテるタイプなんだ」などと、水を向けたりしたものだ。少しはテレると予想したのだが、間さんの反応は意外なものだった。

「いやあ、それがねえ、ぼくは若い人に迫られると、あんまり燃えないんだよなあ」

四十年以上経ったいまでも、そのときの光景が目にうかぶ。ヤスケンは笑いをこらえている。女性編集者は真っ赤になって俯いている。間さんはといえば、話が受けたと思ったのか、さらに微妙な話柄にまで及びはじめた。現在ならば問題にもならない内容だが、真っ昼間で、正面の窓からは竣工後二年目の霞が関ビルがそびえているという、およそ場ちがいな環境なのだった。

『これが日本一』の第一稿に、いささか艶ダネが多かったのは当然だが、ヤスケンによってバッサリ削除された。結果的にはそれがよかったのか、発売二ヶ月で十刷というベストセラーとなり、翌年には『記録の百科事典・日本編』となって版を重ねるという勢い、間さんからは大いに感謝されたのである。

その後、週刊誌の連載コラムなどに協力をお願いしたが、こうした方面は苦手だったようで、あるときドタキャンを食わされたのをきっかけに、不本意ではあったが、疎遠となった。約十年後、ある週刊誌で「式貴士」の風貌に接したが、あまりの変貌ぶりに大きな衝撃を覚えると同時に、一抹の寂しさを禁じ得なかった。

■草森紳一

一九九〇年、「週刊読売」の編集部から、「さーくる同窓会」というグラビア企画に出てもらいたいという依頼があった。適当な同窓生は、ということで念頭に浮かんだのは、慶應義塾大学推理小説同好会の仲間だった草森さんの名である。中国文学専攻で、学校にはろくすっぽ出てこなかったので、在学中は交渉がなかったが、卒業後は著書の交換を行うようになっていた。草森さんの本は毎日出版文化賞受賞の『江戸のデザイン』（駸々堂、一九七二）をはじめ、大著が多い。それも私のほうが、何かの理由で落ち込んでいるようなときに限って、ドカンと送られてくるので、「頑張ってるなあ。おれもこうしちゃ、いられない」という気になるのであった。

撮影の日取りが決まり、神田神保町の東京堂書店で待ち合わせたのだが、定刻過ぎて現れたのは、パティ・スミスのようなパンクっぽい長髪の中年男だけ。「あれは、ちがうよな」と思ったとたん、その目がやさしく微笑みかけてきた。「あっ、草森だ！」と、三十二年の歳月が一瞬にして埋まった。

彼はそのさいの対談で、同好会に入ったのは推理小説よりも、読書家が多いという理由であったこと、私が渋谷の喫茶店で目玉焼きについてのウンチクを傾けるのを聞いたこと、同人誌に投稿した木々高太郎論は、編集部から「批判的すぎる」としてにボツにされたことなどを語った。私は目玉焼きの件など、すっかり忘れていた。

国会図書館でしばしば偶会するようになったのは、その直後である。私は国会図書館に通いはじめて何十年にもなるが、どういうわけか、顔見知りの著述家に会った記憶はほとんどない。その例外というべきは、草森さんであった。

「こんなところで、何しているの?」

「副島種臣ですよ。もう二十年以上もこだわってるかな」

種臣は佐賀出身の政治家で書家でもある。草森さんが手にしたノートは細字で埋め尽くされ、挟み込んだメモでふくれあがっていた。

喫茶室でコーヒーを飲みながら聞かされたのは、近く文芸誌に副島伝を連載すること、自分のペースだと百回あっても足りないが、編集者をだまして続けられるだけ続けたいということだった。「一度蔵書が見たいね」といってみたが、彼は笑って取り合わなかった。

しかし、その機会は意外に早くやってきた。二、三ヶ月後、私は荷風の評伝執筆のために江東区富岡に出かけ、門前仲町の書店で地図を買おうとしたところ、通りがかった人物から「あれ、紀田さん?」と声をかけられた。草森さんだった。

「おや、どうしてこんなところに?」と、私は先日と同じ愚問を発したが、「ぼくはこの近くに住んでるんですよ」といわれて、そういえば、住所が永代橋の傍だったことを思い出した。

「ぼくの家は近所だから、寄っていきませんか」というので、ついていったが、初夏の永代通を五百メートルも歩くと汗ばんできた。草森さんは一向頓着せず、カメラをブラブラさせながら歩いていく。

橋の手前に、見るからに暑苦しそうなマンションがあって、私はその一室に案内されたのだが、ドアが開かれた瞬間、異様な光景にたじろいだ。すでに入口の部分から、身のたけを遙かに超えるような、書籍と紙資料との山が立ちはだかっていた。四囲の書棚に収まりきらない書物が、残余の空間をすべて占領し、それらがボルヘスの描く図書館のように、迷宮の絶対空間を形づくっていた。

「気をつけて。最近、ドサッと崩れたことがあるんです」

私はへっぴり腰で、壁の間の迷路をたどると、奥のほうに机らしきものが見えたので、その半畳もない隙間に腰をおろした。

それから書物談義に花が咲いた。どんな内容だったか、ほとんど記憶にないが「日本家屋は大量の蔵書保存には適さないので、これが日本文化を貧しくしている」という話題が出たように思う。何かのはずみに草森さんが、「ぼくは片付けられない人間なんですよ。本だけではなくてね」とつぶやいたのが、奇妙に印象にのこっている。

その後に出た『散歩で三歩——コンパクトカメラの新冒険』（話の特集、一九九二）には、例の門前仲町の書店が写っていた。店の前に葬儀の花輪が並べられているのは、店主の息子が付近の富岡八幡宮で殺害されたからだという。行きつけの書店なので、シャッターを切ったあと手を合わせたとあるが、じつはその前景にいる、髪の長い女性（好みのタイプ）にピントを合わせたというのが真相らしい。ミステリのような伏線のある一枚なのであった。

二〇〇八年三月二十日、草森さんはそのマンションで、四万冊の本に埋もれるようにして亡くなった。まだ六十五歳だった。

■竹内博

三一書房で『海野十三全集』を刊行した後、私が企画段階までを手がけたのが『香山滋全集』（一九九三〜九七）全十四巻・別巻一である。それは、何とかして香山滋研究をライフワークとしている竹内博さんに、その貴重な蔵書が散逸しないよう、編集を引き受けてもらいたいという意図からだった。

特撮映画および香山滋研究の権威となった竹内博さんは、一九五五年生まれ。その前年に第一作が公開された『ゴジラ』シリーズに魅せられ、一九七一年、中学卒業後に円谷プロに入社、営業や企画を経て制作に関わるようになった。この間、大伴昌司に師事したが、一九七三年の大伴急逝後は円谷プロも退社し、独立して怪獣や特撮研究の専門家となった。

私が竹内さんを知ったのは、一九七四年に発足した日本大衆文学会（代表、島崎博）の会合においてであるが、それ以前に古書展の会場で顔を見かけていたこともあり、すぐに親しくなった。竹内さんは私と話をするうちに、大伴が亡くなるまで十数年間も師事したのに、大伴の若いころの歩みや友人、家庭環境、影響を受けた作家などについては何も知らないことにおどろいたらしい。これでは通夜の席に集まった作家たちと同じではないかということになり、その実像を各方面の証言によって組み立ててみたいと思うようになった。これが一九八八年に出た『証言構成 ＯＨの肖像

――大伴昌司とその時代』（飛鳥新社）である。

これにより大伴研究に一段落をつけた竹内さんは、怪獣および特撮研究に本腰を入れ、『ウルトラ怪獣大事典』『写真集特技監督円谷英二』『東宝特撮怪獣映画大鑑』など多くの著書を出したが、そのたびに顎ヒゲが濃くなり、大伴の衣鉢を継ぐ怪獣博士としての貫禄もついてきた。『ゴジラ』の原作者香山滋への関心も衰えることなく、東京およびその周辺で開催される古書展は皆勤という熱心さだった。

怪獣や香山滋といったテーマをトコトン追求するには、古書展通いしかない。私も七〇年代から九〇年代にかけては、小川町の日本古書会館をはじめ各デパートの大がかりな古書展に通いつめたものだが、到底竹内さんには敵わなかった。都合がわるくて欠勤する日が続くと、私の収集分野である昭和初期出版物のカタログや、新聞広告などがヒョイと贈られてくる。古書を通じて知り合った人としては例外で、私は竹内さんが畑違いの私の本までよく読み、記憶してくれていたのかといたく感激したものである。

実際、竹内さんのように、すべての資料を完全収集しようと、全エネルギーを注ぎ込んでしまうタイプの人には、それによって生活上の重要なものまで犠牲にせざるをえないであろう。若いころの私がそうだったので、まずそのことを考えた。

竹内さんは古書展の日に、会場を一回りすると、いったん近所の喫茶店に行き、収集仲間と情報交換をするのが常だった。あるとき、私は竹内さんに用があって、その喫茶店に行ってみたのだが、果たして二人の書友と当日の戦利品を見せ合っている。そのうちに一人が、デイパックからバナナを一本取り出すと、「ホイ、差し入れ！」と竹内さんに投げ渡した。すると竹内さんは「ホイ、サンキュー」と、それを器用に摑み取り、ポンと自分の手提げ袋の中に放り込んだ。たがいに慣れた様子であった。

『香山滋全集』の編纂がはじまったとき、出版社を訪れた竹内さんは、編集担当の社長さんに「社長、一度メシを食わせてくださいよ」とねだった。気さくな社長さんは「いいよ、気がつかず、わるかったな」と応じた。あとで社長さんいわく、「料理屋に連れて行ったら、いきなりメシを五、六杯も搔き込んだので、おどろいたよ。食い溜めだといってね」

私は不安になったが、全集も無事配本を終え、大衆文学界の恒例の忘年会にも元気な姿を見せているので、深刻なこととは想像もしなかった。

そんなとき、出席者の一人Gさんが「竹内さん、結婚しないの？」と訊ねたことがある。竹内さんは迷惑そうにヒゲを撫でていたが、突然、びっくりするような大声で、「しようがないでしょう！」と叫んだのには、その場の一同、シーンとなってしまったのを思い出す。

竹内さんが透析のため、都下の病院に入院したと聞いたのは、二〇一〇年の冬であった。一度見舞に行こうと思っているうちに、大衆文学会の忘年会になった。おどろいたことに、竹内さんは病院から強引に外出許可をもらい、会に出席したのである。顔色は土気色というに近く、自慢のヒゲの手入れもままならないようだった。

間もなく、闘病中の竹内さんから手紙がきた。生涯を賭けて収集した雑誌をすべて、然るべき蔵書機関に有償で引き取ってもらいたいが、どこか紹介してもらえないかというのである。私は暗然とした。当時私の関わっていた文学館では、予算不足のために動いてもらえないことはわかっていた。しかし、資料を絶対に散逸させず、公開したいとする意思は貴い。できる限りの協力を約したが、このときほど自分の無力を恥じたことはない。

二〇一一年六月二十七日、多臓器不全のため東京都八王子市の病院で亡くなったときは、まだ五十五歳だった。その少し後、生前に投函されたらしいハガキが届いた。それには蔵書の一部を大宅壮一文庫に無償で寄贈したとあった。

あとがき

本書は私が物心ついたころより現在までの約七十年間、ミステリや幻想怪奇文学に親しんだ回想録である。読者として親しみ、研究者や作家としての立場から関わった時間の総和が、数十年の長きに及んだということで、無論回り道も多かったが、たまたま戦中戦後というすこぶる起伏に富んだ時代を背景にしたために、客観的にも書きのこす意味があるように思えたことが、執筆の動機である。

一九三五年といえば厳密には戦前の生まれだが、最初の記憶が疎開や空襲ということなので、実感としては戦中生まれというのが正しく、さらには戦後最初の民主主義教育を受けた世代としては、戦後派第一号ともいえる（当時のアプレゲールは戦中派）。こうした激動期――空前絶後ともいうべき価値観の一八〇度転換期の体験は、多くの同世代によって語られている。私もこれまでに『幻想と怪奇の時代』という回想録を本書と同じ版元から上梓し、別に戦時体験を中心とした回想を『横浜少年物語』（二〇〇九、文藝春秋）として刊行している。

本書はこれらとは独立して、私が半生にわたって最も親しんだミステリ～幻想怪奇文学というジャンルを軸に、これまでの歩みに再照明をあてようとする試みで、これにより戦後の時代精神や文化の一面を浮き彫りにすることを目的に、新たに筆を起こしたものである。

ミステリ中心の時期については「ハヤカワ・ミステリマガジン」（小塚麻衣子編集長当時）の二〇一〇年一月号より翌二〇一一年九月号まで連載し、幻想怪奇的な主題を中心とした個所を新稿として書き下ろした。全体として、この両ジャンルが本源的には一つのものであることを強調するため、既発表分も大幅に改訂した。

また、この種のジャンルに人生のあらゆる段階を通じて親しむことは、通常では考えにくいし、たとえあったとしても生い立ちなどの要因にまで遡ることはないと思われるが、私の場合はどうやら特異な例外らしいことも、長い間にわかってきた。とくに『横浜少年物語』の発表以来、このことが気になっていたので、機会あれば自己のケースヒストリー的な部分を見直してみたいと思うようになった。それが地域の近代史と重なる部分があるとしたら、なおさらのことである。

本書執筆の動機は以上のようなものだが、私の回想録はこれが最後と思われるので、従来ふれ得なかったことにも筆を費やした。とくに大学ミス研第一号の慶應義塾推理小説同好会の活動、同人誌「ＳＲマンスリー」の初期活動、畏友大伴昌司との個人的な交友のエピソードなどである。単なるノスタルジーではなく、高度成長期以降の文化の多様化、商品化時代にはない、創成期特有の活力や試行錯誤の努力を知っていただきたいという思いで、記憶の底を探りながら綴ってみた。お名前を拝借した方々には、失礼も多々あることとは思うが、あらかじめお詫びしておきたい。

執筆にあたり、ご協力をいただいた田村良宏氏、書物として仕上げていただいた松籟社編集部の木村浩之氏に厚くお礼を申しあげたい。なお、本文の章題は日夏耿之介の詩句に因んだものである。

二〇一四年十一月

著　者

幻島はるかなり

【著　者】
紀田　順一郎（きだ・じゅんいちろう）

評論家・作家。1935年横浜市に生まれる。慶應義塾大学経済学部卒業。

書誌学、メディア論を専門とし、評論活動を行うほか、創作も手がける。

主な著書に『紀田順一郎著作集』全八巻（三一書房）、『日記の虚実』（筑摩書房）、『東京の下層社会』（同）、『生涯を賭けた一冊』（新潮社）、『知の職人たち』（同）、『日本語大博物館』シリーズ（ジャストシステム）、『書林探訪』（松籟社）、『乱歩彷徨』（春風社）、『横浜少年物語』（文藝春秋）など多数。訳書に『M・R・ジェイムズ怪談全集』（東京創元社）などがある。荒俣宏と『世界幻想文学大系』（国書刊行会）を編纂、『幻想と怪奇の時代』（松籟社）により、2008年度日本推理作家協会賞および神奈川文化賞（文学）を受賞。2006～2013年まで神奈川近代文学館館長を務めた。


サイト「紀田順一郎　書斎の四季」：http://plus.harenet.ne.jp/~kida/

幻島《げんとう》はるかなり　推理・幻想文学の七十年

2015年1月31日　初版発行　　定価はカバーに表示しています

著　者　紀田順一郎
発行者　相坂　一

発行所　松籟社（しょうらいしゃ）
〒612-0801　京都市伏見区深草正覚町1-34
電話　075-531-2878　振替　01040-3-13030
url　http://shoraisha.com/

印刷・製本　モリモト印刷株式会社
装丁　仁木　順平

Printed in Japan

 ISBN978-4-87984-331-9　C0095